Im Verlauf eines heißen, langen Sommers in einer Kleinstadt in North Carolina bereitet Evie Decker ihrem ereignislosen Dasein als Mauerblümchen und Musterschülerin schlagartig ein Ende. Sie verfolgt die Spuren eines einheimischen, erfolglosen Rocksängers, der eines Tages ihre Aufmerksamkeit durch sein ungehobeltes Benehmen während eines Radiointerviews erregt. Gemeinsam mit ihrer Freundin Violet macht sie sich jeden Samstag zu seinen Konzerten im Unicorn auf. Der finstere, unnahbare Bertram ›Drumstrings‹ Casey scheint jedoch für Evie unerreichbar zu sein, bis sie eines Tages zu einer Tat bereit ist, die sein Leben nachhaltig verändern würde: sie ritzt sich seinen Namen spiegelverkehrt in ihre Stirn. Überzeugt davon, daß ihm Ruhm und Erfolg gebührt, bietet sie sich an, während seiner Auftritte den vernarbten Schriftzug zur Schau zu stellen. Der immer um Publicity bemühte Schlagzeuger und Manager David engagiert Evie gegen Caseys Willen, der sie schroff mißachtet. Das lästige Anhängsel macht sich bald bezahlt, und Evie scheint nicht mehr gebraucht zu werden. Nachdem er sich jedoch in Schwierigkeiten bringt und zu Hause rausfliegt, taucht ›Drum‹ Casey bei Evie auf und hält um ihre Hand an. Auf merkwürdige Weise angezogen, gesteht er ihr den Wunsch nach Geborgenheit. In einer schäbigen Hütte führen die beiden ein bescheidenes Dasein. Überrascht von der Einfachheit des Ehelebens gewinnt die arglose Evie Sicherheit und Selbständigkeit in ihrer Rolle als unterstützende Ehefrau. Als sie schwanger wird und ihr alleingelassener Vater stirbt, verläßt sie Casey. Er würde doch nie tun, was sie von ihm erwartet.
Anne Tyler erzählt leichthändig in einem ihrer frühen Romane die Geschichte einer ungewöhnlichen Teenagerliebe, die auf selbstverständliche Weise scheitert und befreit.

Anne Tyler, geboren 1941 in Minneapolis, gehört zu den erfolgreichsten Autorinnen der amerikanischen Gegenwartsliteratur. Die promovierte Slavistin wurde für ihren Roman ›Atemübungen‹ mit dem Pulitzer-Preis ausgezeichnet. Ihr Roman ›Die Reisen des Mr. Leary‹ wurde vom ›Time Magazine‹ zu den fünf besten amerikanischen Romanen des Jahres 1985 gezählt – 1995 erhielt Anne Tyler diese Auszeichnung auch für ihren Roman ›Kleine Abschiede‹.
Im Fischer Taschenbuch Verlag: ›Der Blechbüchsenbaum‹ (Bd. 12809), ›Caleb oder Das Glück aus den Karten‹ (Bd. 10829), ›Fast ein Heiliger‹ (Bd. 12721), ›Mr. Morgan und die Puppenspielerin‹ (Bd. 12047), ›Nur nicht stehenbleiben‹ (Bd. 11409), ›Wenn je der Morgen kommt‹ (Bd. 12806), ›Kleine Abschiede‹ (Bd. 13437), ›Atemübungen‹ (Bd. 10924). Bei S. Fischer: ›Segeln mit den Sternen‹.

Anne Tyler
Leben gehen
Roman

Aus dem Amerikanischen
von Ulrike Becker
und Claus Varrelmann

Fischer Taschenbuch Verlag

Deutsche Erstausgabe
Veröffentlicht im Fischer Taschenbuch Verlag GmbH,
Frankfurt am Main, Oktober 1997

Die Originalausgabe erschien 1983 unter dem Titel
›A Slipping-Down Life‹ bei Hamlyn Paperbacks, London
© 1969, 1970 Anne Tyler Modarressi
Für die deutschsprachige Ausgabe:
© Fischer Taschenbuch Verlag GmbH, Frankfurt am Main 1997
Druck und Bindung: Clausen & Bosse, Leck
Printed in Germany
ISBN 3-596-12808-0

Gedruckt auf chlor- und säurefreiem Papier

Leben gehen

1

Evie Decker war nicht musikalisch. Das sah man ihr schon auf den ersten Blick an – sie war klein, rund und schwerfällig. Sie hörte Marschmusik, ohne im Takt mitzuwippen, konnte sich die Melodie von »The Star-Spangled Banner« nicht merken und lief beim Gymnastikunterricht in einem stockenden Two-Step durch die Turnhalle der High-School. Während Evie mittags in der Cafeteria ein Sandwich mampfte, spielten ein paar Jungs vom Spielmannszug in einer Ecke Dixieland. Schrille, blecherne Töne schossen wie rote und gelbe Pfeile über die Tische hinweg. Evie aß weiter, ein dickes, reizloses Mädchen in einem braunen, an den Ellbogen ausgebeulten Pullover.

Daher konnte Violet Hayes (ihre einzige Freundin) es kaum fassen, als Evie sie zu einem Rockkonzert im Stardust-Kino einlud. »Warum willst du da hingehen?« fragte sie. »Ist das dein Ernst? Weißt du denn überhaupt, was ein Rockkonzert ist?«

»Ich höre schließlich Radio«, sagte Evie.

Das stimmte. Sie hörte andauernd Radio. Da sie zu Hause außer ihrem Vater und dem Mädchen, das bei ihnen putzte, keine Gesellschaft hatte (und die beiden waren so sehr mit anderen Dingen beschäftigt, daß sie ihr kaum je Gesellschaft leisteten), mußte sie die oft stundenlange Stille irgendwie füllen. Sie schaltete ihr Radio frühmorgens an und ließ es laufen, während sie sich ungeschickt anzog und ihre Haare entwirrte. Nachmittags vermischten sich in ihrem Kopf die Werbespots für Leberpillen und Düngemittel mit ihren Hausaufgaben. Beim Einschlafen hörte sie eine Sendung mit dem Titel »Liebesgrüße«, in der ein Diskjockey namens Herbert vor jedem Song die Namen mehrerer Paare vorlas, denen er gewidmet war. »Für Buddy und Jane, für Sally und Carl, für George und Sandra, er hat sie sehr lieb...« Herbert war ein alter Mann mit brüchiger Stimme und der einzige Diskjockey des Senders. Er las die Widmungen stockend vor, als würden sie ihn erstaunen. »Für

Paula von Sam, er bittet wegen gestern abend um Verzeihung...«, und dann hörte man das Rascheln eines Blattes Papier, das gesenkt wird, und er hatte eine Weile Zeit, es anzustarren. Am Ende eines Songs sagte er: »Das waren die Rowing – die Rolling Stones.« Er klang traurig und verwirrt wegen des Fehlers, aber nicht verwirrter als Evie.

Sie lauschte konzentriert. Sie lag im Dunkeln auf dem Rücken, trug ein langes, weites Seersucker-Nachthemd und betrachtete stirnrunzelnd die Lichtstreifen, die durch die Ritzen des Radios drangen. Manchmal waren ihr die Namen vertraut – Paare, die sie beobachtet hatte, wie sie händchenhaltend im Partnerlook durch die Schulkorridore schlenderten, oder Mädchen, die Zelda-Nell oder Shalamoor hießen und darum keine Chance hatten, unerkannt zu bleiben. Wenn sie wußte, wer sich hinter den Namen verbarg, schenkte sie den anschließenden Songs besondere Aufmerksamkeit, verfolgte mit beharrlicher Neugierde die Texte, ohne auf die Melodien zu achten. Pop, Hardrock und Soul quollen aus ihrem lädierten braunen Kofferradio, aber der einzige Unterschied, den sie zwischen den Stilrichtungen feststellte, war der, daß man die Texte der Popsongs am leichtesten verstehen konnte.

An einem Abend im Februar gab es einen Studiogast in der Sendung. Er kam gleich nach den Nachrichten. »Hier bei mir im Studio ist Mr. Bertram Casey«, sagte Herbert. »Besser bekannt als... als Drumstrings.« Er hüstelte und raschelte mit ein paar Zetteln. »Es freut mich sehr, Sie bei uns zu haben, Mr. Drumstrings.«

Niemand antwortete.

Evie saß auf dem Bett und rollte ihre Haare zu kleinen Locken zusammen, die sie dann mit Klammern feststeckte. Als die Stille auffällig lange anhielt, nahm sie die Haarklemme aus ihrem Mund und schaute zum Radio. Sie hörte nur ein Knistern. Schließlich sagte Herbert: »Nun ja. Heute beginnen wir mit einer neuen Rubrik in ›Liebesgrüße‹: Interviews. Darf ich fragen, ob Sie in North Carolina gebürtig sind, Mr. Drumstrings?«

Jemand sagte: »Bestimmt nicht mehr lange.«

Die Stimme klang kühl und unbewegt, so als würde ein Stein in einen Teich plumpsen. Herbert hüstelte erneut.

»Aus welcher Ecke von North Carolina?« fragte er.

»Farinia.«

»Aha, Farinia. In der Nähe vom Highway –«

»Aber ich zieh da weg«, sagte Drumstrings Casey.

»Ah ja. Wo ziehen Sie hin?«

»In eine Großstadt. In welche ist noch nicht ganz klar. Ich habe vor, Schallplatten aufzunehmen und in Nachtklubs zu spielen, und wenn ich hier erst mal die Fliege gemacht habe, werde ich nie wieder hierher zurückkommen, nicht mal zu Weihnachten. Sollten meine Eltern mich vermissen, können sie ja dahin kommen, wo ich wohne. Ich werde ihnen ein Haus mit weißen Telefonen und einem Swimmingpool kaufen.«

»Das ist sehr nett von Ihnen«, sagte Herbert. »Haben Sie schon viele Plattenaufnahmen gemacht?«

»Nein.«

»Wie lauten die Titel Ihrer, ähm, Schallplatten?«

»Es gibt keine.«

»Tja, dann zu Ihrem Stil. Würden Sie ihn bitte für unsere Hörer beschreiben?«

»Stil?«

»Ihren Stil.«

»Stil – so was hab ich nicht.«

»Tja, was... was machen Sie denn eigentlich?«

Es entstand eine Pause, die noch länger war als die vorige. »Wenn Sie nicht wissen, was ich mache«, sagte Drumstrings schließlich, »warum haben Sie mich dann in Ihre Sendung eingeladen?«

Herbert murmelte etwas.

»Wie war das?«

»Weil ich die Anweisung bekommen habe, sagte ich. Um Himmels willen, junger Mann, antworten Sie doch einfach auf meine Fragen. Bringen wir die Sache hinter uns.«

»In Ordnung«, sagte Drumstrings.

»Alles, was man mir gegeben hat, war ein Zettel, auf dem Ihr Name stand.«

»Das ist nicht meine Schuld. Ich bin hier, weil man mich darum gebeten hat.«

»Schon gut, schon gut. Wo war ich stehengeblieben?«

»Sie wollten wissen, was ich mache. Ich singe und spiele Gitarre. Rockmusik.«

»Sie haben also eine Band«, sagte Herbert.

»Ich singe allein. Ich habe einen Schlagzeuger, aber ich weiß nicht, ob ich den behalten werde.«

»Wieso das?«

»Er verschleppt irgendwie den Rhythmus.«

»Ach so«, sagte Herbert.

Es folgte eine Reihe klackender Geräusche; jemand klopfte mit den Fingern auf Holz.

»Sie könnten mich fragen, woher mein Songmaterial stammt«, sagte Drumstrings.

»Woher kommt Ihr Songmaterial?«

»Ich denke es mir aus.«

»Das klingt ja sehr interessant.«

»Einiges stammt von anderen Leuten, aber das meiste ist von mir. Ich denke es mir in meinem Zimmer aus. Ich liege auf dem Bett, streite mich sozusagen mit den Gitarrensaiten, und früher oder später kommt etwas dabei heraus. Dann fangen meine Finger an, auf die Saiten zu schlagen – deswegen nennt man mich Drumstrings. Wie viele Leute kennen Sie, die allein mit einer stinknormalen elektrischen Gitarre ein komplettes Schlagzeug nachmachen können? Die meisten sagen, das ist unmöglich. Aber *ich* kann es. Ich geb nichts auf das, was die anderen sagen. Also: Wie kommen meine Songs zustande. Die Texte fallen mir einfach ein. Sachen, die ich gehört habe. ›*Oh, Lord, why can't you ever come home on time like decent people do...*‹« Er sang jetzt und schlug mit den Fingern rhythmisch auf eine harte Oberfläche. Es kam so plötzlich, daß Herbert sich überrascht räusperte, aber Evie lauschte, ohne eine Miene zu verziehen, und kaute geistesabwesend an der Gummispitze einer Haarklemme. »Das ist nicht weiter schwer«, sagte Drumstrings. »Man muß sich bloß die Sätze greifen, die überall herumschwirren, und sie mit einem schnellen Beat unterlegen. Weiter nichts.«

»Tatsächlich?« sagte Herbert.

Drumstrings Casey schwieg wieder.

»Meinen Sie, wir – nun ja, ich glaube, wir haben jetzt alles besprochen. Leute, sagt auf Wiedersehen zu –«

»Auf Wiedersehen«, sagte die kühle Stimme.

»Und schenkt ihm einen ordentlichen Applaus.«

Aber natürlich war niemand da, der ihm hätte applaudieren können – nur die Beatles, die, abrupt und gehetzt, mitten in einem Lied einsetzten, das nicht durch die übliche Reihe von Namen eingeleitet worden war.

»Kennst du einen Sänger namens Drumstrings Casey?« fragte Evie im Mathematikunterricht den hinter ihr sitzenden Jungen. Er war Bongospieler. Manchmal hörte sie, wie er tonlos eine Melodie pfiff, rhythmisch auf die Tischplatte klopfte und die Schultern dazu im Takt bewegte. Aber er sagte: »Noch nie von ihm gehört.«

»Er ist ein Rock 'n' Roll-Sänger.

»Rock 'n' Roll ist völlig *out*.«

»Ach so, ich verstehe«, sagte Evie.

Sie war meistens allein unterwegs. Sie drückte ihre Bücher an die Brust und ließ die Schultern hängen. Ihr Gesicht mit den schwammigen, unausgeprägten Zügen war zu weit vorgestreckt. Wie die meisten übergewichtigen Menschen hatte sie schon seit langem keine großen Erwartungen mehr an ihre Kleidung. Ihr Mantel war altmodisch, mit breiten Schultern, und fiel in üppigen, ungleichmäßigen Falten um ihre Waden. Der weiße Kragen, den sie trug, um ihren Teint aufzuhellen, hatte die Angewohnheit, sich zur Seite zu drehen und an ihrem Hals hochzurutschen, so daß über ihrem Mantelkragen ein Streifen Haut sichtbar wurde. Wenn Klassenkameraden ihren Weg kreuzten, nahmen sie kaum Notiz von ihr und liefen eilig vorbei. Evie sprach sie nie an. Sie bückte sich, um eine heruntergerutschte Socke hochzuziehen, oder sie band die Schnürsenkel ihrer Halbschuhe neu. Dann ging sie weiter.

Auf dem Heimweg von der Schule sah sie eines Tages ein Plakat. »Lange Rocknacht!« lautete die Überschrift. »Das erste Rockkonzert in Pulqua nur mit einheimischen Musikern!«

Darunter stand eine Liste von Namen, von denen sie noch nie gehört hatte: The Huddlers, Spooney und James, Daphne Ligget. Und ganz unten stand: Drumstrings Casey. »Bertram ›Drumstrings‹ Casey.« Der Name wirkte auf sie abgenutzt und zugleich verletzlich, wie etwas, das ihr allzu vertraut war. Sie holte einen Zettel aus einer alten Schreibmappe mit Reißverschluß und notierte die Zeit und den Ort des Konzerts. Dann faltete sie den Zettel und legte ihn in ihr Geschichtsbuch.

»Ist das dein Ernst?« sagte Violet am Telefon. »Weißt du denn überhaupt, was ein Rockkonzert ist?«

»Ich höre schließlich Radio«, sagte Evie.

»Was hat denn das damit zu tun? Du sitzt in deinem Zimmer und hörst Radio. Aber weißt du, welcher Abschaum in Rockkonzerte geht?«

»Das ist mir egal«, sagte Evi. Sie hatte sich in ihrem Wandschrank versteckt, um zu verhindern, daß Clotelia, die Putzfrau, sie belauschte. Ihre Stimme wurde von Kleidern und Stiefeln und Koffern gedämpft, und ihre Worte, die unbeschwert wirken sollten, klangen dadurch geheimnistuerisch und dringlich. »Es findet in einem Kino statt. Was kann dort schon passieren? Ich finde, wir sollten hingehen, Violet.«

»Hör mal zu«, sagte Violet. »Mein Onkel ist in Raleigh in so einem Konzert gewesen, damals, als er noch nicht verheiratet war. Er sagte, die Leute hätten überall in den Gängen *Dirty Bop* getanzt. Er sagte, es sei ihm so unangenehm gewesen, daß er stocksteif auf seinem Platz gesessen hätte. Er habe nie etwas Derartiges gesehen.«

»Wie tanzt man *Dirty Bop*?«

»Das weiß ich doch nicht.«

»Na ja, ich nehme an, der ist mittlerweile außer Mode gekommen. Die Leute tanzen ihn bestimmt nicht mehr.«

»Nein, aber sie werden sich etwas Neues ausgedacht haben«, sagte Violet.

»Na wenn schon. Ich will nur einen speziellen Sänger hören. Dann können wir wieder gehen.«

»Tatsächlich? Wie heißt er denn?«
»Oh, er ist nicht sehr bekannt.«
»Wie *heißt* er?«
»Bertram Drumstrings Casey.«
»Drumstrings?«
»Kennst du ihn?« fragte Evie.
»Nein. Woher kennst *du* ihn denn?«
»Ich kenne ihn gar nicht. Ich habe ihn nur im Radio gehört.«
»Was für Sachen spielt er?«
»Ich habe ihn nur reden hören.«
»Ach, du lieber Himmel«, sagte Violet. Aber sie schien die Sache zu überdenken, und nach einer Weile sagte sie: »Hast du deinen Vater um Erlaubnis gefragt?«
»Nein«, sagte Evie. Ihr Vater war Mathematiklehrer an der High-School, ein zerstreuter, liebenswürdiger Mann, der davon ausging, Evie würde schon zurechtkommen, egal, wo sie hinging. In ihren Unterhaltungen mit Violet erschien er jedoch regelmäßig als einer von den Vätern, die häufig ein Machtwort sprechen. »Ich glaube, ich werde ihn damit nicht belästigen«, sagte sie.
»Oh-oh.«
»Kommst du mit?«
»Na ja, natürlich«, sagte Violet. »Jetzt, wo ich den Grund kenne.«

Als sie aufgelegt hatte, wartete Evie einen Augenblick und stieß dann ruckartig die Schranktür auf. Aber Clotelia war nirgends zu sehen. Im Erdgeschoß sagte ein Schauspieler in einer Seifenoper gerade: »Es fällt mir sehr schwer, dir das zu sagen, Bertha —«
»O Bertha, nimm dich in acht!« brüllte Clotelia.
Evie stand auf und strich ihren zerknitterten Rock glatt.

Violet und sie trafen sich in der Eingangshalle. Violet trug einen dünnen, purpurfarbenen Mantel. Sie war ein unglaublich fettes Mädchen mit toupiertem schwarzen Haar und einem wunderschönen Gesicht, und sie kleidete sich immer in leuchtenden Farben, als hätte sie noch nie irgendwelche Ratschläge für Übergewichtige gelesen. Neben ihr wirkte Evie beinahe schlank, aber leblos – ihre Haut war fahl, ihre Frisur langweilig. Sie hatte ihren Schulmantel und Halbschuhe an. »Willst du in *denen* tanzen?« sagte Violet.

»Mit wem sollte ich denn tanzen?«

Sie wurden vorwärtsgeschoben von pomadisierten Jungs in Lederjacken und Mädchen in engen Pullovern und mit falschen Augenwimpern, die so lang waren wie die Borsten einer Kleiderbürste. Von ihrer Schule war fast niemand zu sehen. »Wir sind von der Zivilisation völlig abgeschnitten. Ich hoffe, das ist dir klar«, sagte Violet. »Mein Gott, hast du die *Ohrringe* von dem Mädchen da drüben gesehen?« Ihre Stimme hatte einen trägen, vollen Klang. Jedesmal, wenn sie etwas sagte, drehten sich ein paar Jungs nach ihr um, wandten den Blick aber gleich wieder ab.

Im Kinosaal mußten sie sich an weiteren Jungs, die in Gruppen durch die Gänge streiften, vorbeizwängen. Über den »Nichtraucher«-Schildern bildeten sich bereits bläuliche Rauchschwaden. Paare standen, Arm in Arm, gegen die Wände, die Notausgänge und das Stahlrohrgeländer an der Vorderseite gelehnt – sie waren überall, nur nicht auf den Sitzen. »Ist es etwa üblich, die ganze Zeit zu stehen?« fragte Evie, und Violet sagte: »Kommt gar nicht in die Tüte.« Sie ließ sich auf einem der Holzstühle nieder, die in einer größeren Stadt in der Nähe gebraucht gekauft worden waren. Ein Junge, der seitwärts durch ihre Reihe ging, sagte: »Mach Platz, Süße.«

»Mach doch selber Platz«, sagte Violet.

Violet ließ sich durch nichts aus der Ruhe bringen. Sie schaute mit einem strahlenden, verbindlichen Lächeln zur leeren Bühne, und der Junge quetschte sich unter halblautem Gemurmel an ihren breiten, blassen Knien und an denen von Evie vorbei. »Gibt's denn hier kein Popcorn?« sagte Violet seelenruhig. Sie strich ihren Rock glatt und starrte weiter auf die Bühne.

Aber der Popcorn-Stand war an diesem Abend geschlossen. Das Kino hatte eine Verwandlung durchgemacht, ähnlich wie eine Turnhalle, wenn sie für den High-School-Abschlußball benutzt wird, oder ein Versammlungsraum der American Legion, wenn er als Bankettsaal dient. Wegen der Nut- und Federwände herrschte eine höhlenartige Kälte, obwohl schwere Samtvorhänge vor den Fenstern hingen. Die Decke wirkte höher und schmutziger als sonst, und als Evie nach oben schaute, sah sie in schwindelerregender Höhe Lampen, deren Glaskugeln von Insektenschwärmen, die sie nie zuvor bemerkt hatte, verdunkelt wurden. Die Kinoleinwand an der Vorderfront war aufgerollt worden. Die Bühne mit den Verstärkeranlagen sah aus wie ein Zimmer voller Kühlschränke. Ein Mann in Hemdsärmeln entwirrte gerade ein paar Mikrofonkabel. »Test, Test«, sagte er. »Hört ihr mich?« Der Ton war laut gestellt, aber die Worte gingen im Stimmengewirr des Publikums unter.

Als die erste Band auftrat, hatten nur wenige Leute Platz genommen. Vier Jungs in Satinhemden kamen mit ihren Instrumenten auf die Bühne, stellten sich im Halbkreis auf, und einer von ihnen rückte umständlich seine Manschetten zurecht. Dann fingen sie an zu spielen. Die Musik war ohrenbetäubend. Sie vermischte sich mit den Stimmen im Saal zu einem Klangbrei, so daß es unmöglich war, einer Melodie zu folgen oder den Text zu verstehen. »Das tut ja *weh*«, sagte Violet, aber sie mußte es Evie direkt ins Ohr schreien. Außer ihr schien es niemanden zu stören. Gruppen von jungen Menschen bewegten sich rhythmisch, ohne jedoch richtig zu tanzen, andere ließen sich auf den Arm- und Rückenlehnen der Sitze nieder, schnippten mit den Fingern und schwenkten die Köpfe, während sie mit ihren Gesprächen fortfuhren. Als die Musik verstummte, johlten sie. Nach drei weiteren Songs wurde vereinzelt geklatscht, und die Musiker nahmen ihre Instrumente und verließen die Bühne. Niemand beachtete ihren Abgang.

»Wer war das?« fragte Violet. Sie hatten jedoch keinen Programmzettel, dem sie es hätten entnehmen können. Ein paar Minuten später traten drei Jungs und ein Mädchen auf. Das Mädchen sang ein Lied und vollführte ein paar winzige, komplizierte Tanzschritte. Der Text des Lieds war schlüpfrig und klagend: »*Oh, ya, ya, my honey knows how…*« Evie spürte ein Unbehagen in sich aufsteigen, aber die übrigen Zuschauer hörten unbekümmert zu und klatschten und pfiffen am Ende.

Nach der vierten Gruppe gab es eine Pause. Von irgendwoher drang die Musik einer Mantovani-Platte. Ein paar von den Jungs gingen zu den Cola-Automaten in der Halle, andere zogen flache, gewölbte Flaschen aus ihren Gesäßtaschen. Evie und Violet blieben als einzige auf ihren Plätzen. Sie hatten ihre Mäntel anbehalten, als würden sie auf dem Weg zu einer anderen Verabredung nur kurz vorbeischauen. »Wo ist Drumstrings Casey?« fragte Violet. »War er einer von denen?«
»Nein. Ich glaube nicht.«
»Woran werden wir ihn erkennen?«
»Er wird nur von einem Schlagzeuger begleitet. Hör mal, vielleicht sollten wir lieber gehen. Was meinst du?«
»Warum?«
»Ich glaube, es war ein Fehler herzukommen. Sollen wir gehen?«
»Ach, wieso? Ich amüsiere mich«, sagte Violet. »Laß uns wenigstens bis zum Auftritt von Drumstrings bleiben.«
Vor Drumstrings Casey betrat ein blonder Junge die Bühne, der um einen Hocker herum Trommeln anordnete. Auf die größte Trommel war mit einer Schablone in verschmierten, schwarzen Buchstaben der Name »Casey« geschrieben. »Es ist soweit«, sagte Evie. Sie setzte sich aufrechter hin und raffte über der Brust ihren Mantel zusammen. Ein dunkelhaariger Junge war dem Blonden auf die Bühne gefolgt. Sein langes, schwarzes Haar glänzte übertrieben, war im Nacken gerade abgeschnitten und hing ihm schräg in die Stirn. Seine Kleidung war aus schwarzem Jeansstoff. Er trug eine kurze Jacke mit Reißverschluß und enge Hosen, die in hohen Lederstiefeln mündeten. Er ging nicht, er schwebte. An seiner metallisch glitzernden Gitarre hing ein Kabel, um das sich der Schlagzeuger kümmerte, während Casey seelenruhig weiterging und sich dabei fast im Takt mit Mantovanis Geigen bewegte. »Abstellen«, rief jemand. Mantovani hörte abrupt zu spielen auf. Es trat eine kurze, andächtige Stille ein, während der blonde Junge sich hinter das Schlagzeug setzte. Dann nahm er die Trommelstöcke in die Hände. Er gab einen schnellen, abgehackten Rhythmus vor, woraufhin der schwarzhaarige Junge mit dem Fuß auf den Boden

stampfte. Nach dem Moment der Stille kam es Evie so vor, als würde Drumstrings Caseys Gitarrenspiel die Luft um sie herum in Fetzen reißen.

Falls es einen Text zu seinem Song gab, konnte Evie ihn jedenfalls nicht verstehen. Sie hörte das Dröhnen der Gitarrensaiten, das von den Trommelschlägen, bis auf ein Nachklingen am Ende des Taktes, vollkommen übertönt wurde, und eine kräftige, rauhe Stimme, die die Vokale dämpfte und die Konsonanten in die Länge zog. »Nnhnn«, sagte er ab und zu, dicht am Mikrofon. Dann hörte der Gesang auf, aber die Musik ging weiter. Drumstrings wandte sein schmales, ausdrucksloses Gesicht dem Publikum zu.

»*Warum trampelst du mir auf den Nerven herum?*« sagte er plötzlich.

Evie drehte den Kopf zur Seite und schaute sich um.

»*Wie oft muß ich dir das noch sagen? Wie oft?*

Wir haben ihn auf dem Berg getroffen. Er pflückte Blaubeeren.

Sie leerte den Mülleimer.

Geh jetzt nicht!«

Dann wurde das Gitarrenspiel wieder lauter und das Schlagzeug ebenfalls. Der Song ging weiter wie zuvor, mit denselben undeutlichen Worten. Nur wenige Leute klatschten, als er zu Ende war.

»Tja, vielen Dank, daß du mitgekommen bist«, sagte Evie zu Violet auf dem Nachhauseweg.

»War es so, wie du erwartet hast?«

»Mehr oder weniger.«

Sie überquerten eine stille, neonbeleuchtete Straße. Ihre Spiegelbilder glitten über die dunkle Fensterscheibe eines Brillengeschäfts wie über eine Wasseroberfläche.

»Was ich meinte«, sagte Violet, »war, ob Drumstrings Casey – ob *er* so war, wie du erwartet hast?«

»Nicht ganz«, sagte Evie.

»Tut es dir leid, hingegangen zu sein?«

»Nein, eigentlich nicht.«

Sie blieb an der Ecke vor der Stadtbücherei stehen. Dort trennten sich ihre Wege, aber statt die Hawthorne Street hinunterzugehen, stand Evie regungslos da, breitbeinig, die Hände in die Taschen gesteckt. »Dieses Sprechen zwischendurch«, sagte sie.

»Das war wirklich merkwürdig«, sagte Violet. »Ich habe so etwas noch nie gehört.«

»Ich auch nicht.«

»Na ja, außer bei langsamen Liedern natürlich. Diese Schnulzen, bei denen ein Mädchen zwischen den Strophen einen Liebesbrief vorliest.«

»Aber das vorhin war anders. Drumstrings Caseys Musik war nicht schnulzig.«

»Nein.«

»Was?« sagte Evie. »Hat es dir etwa gefallen?«

»Also, ich glaube schon.«

»Mir auch.« Evie beschrieb mit einem Fuß langsam einen Halbkreis vor sich auf dem Boden und beobachtete die Bewegung. »Ich hätte ihm unheimlich gerne geantwortet. Weißt du, diese kreischenden Mädchen in der Ed Sullivan Show – also, die verstehe ich jetzt.«

»Er ist natürlich ziemlich primitiv«, sagte Violet.

»Klar, das weiß ich.«

»Die schmierigen Haare.«

»Die enge Hose.«

»Der aufreizende Gang.«

»Hast du Lust, auf eine Cola mit zu mir zu kommen?« fragte Evie.

»Na gut, warum nicht.«

Sie bogen beide in die Hawthorne Street ein und schlenderten gemächlich auf das gelb erleuchtete Fenster über Evies Veranda zu.

2

Nach dem Konzert kamen Evie die Tage länger und öder als sonst vor. Sie trödelte auf dem Weg zur Schule und blieb oft stehen, um in Schaufenster zu schauen. Sie trug mittlerweile ihre Frühlingskleidung. Die Bündchen ihrer weiten Röcke verdrehten sich, ihre ärmellosen Blusen hingen unordentlich heraus, und die Riemen ihrer Sandalen rutschten über die Fersen – alles Probleme, die ihre ständige Aufmerksamkeit erforderten. Beim Gehen zog sie dauernd an ihren Sachen, machte Knöpfe auf und wieder zu, so als sei sie nervös. Wenn man genau hinschaute, sah man jedoch, daß ihr Gesichtsausdruck leer und lustlos war. Sie beschwerte sich bei Violet, daß es nichts gab, worauf sie sich freuen konnte. »Bald sind Sommerferien«, sagte sie, »und ich werde auf der Veranda herumsitzen, immer dicker werden und Liebesromane lesen. Mein Vater wird den ganzen Tag zu Hause sein und sich im Garten zu schaffen machen. Wünschst du dir nicht auch, daß du etwas zu tun hättest?«

»Du könntest als Betreuerin in einem Feriencamp arbeiten«, sagte Violet.

Evie seufzte bloß und zog ruckartig einen Träger ihres Unterrocks hoch.

Im Umkleideraum saßen an Turntagen halb angezogene Mädchen auf langen Holzbänken und unterhielten sich über ihre Lieblingssänger. Ihre Spinde waren mit bunten Bildern der Beatles und der Monkees beklebt, ihre Mappen zierten die Titel der Songs aus der Hitparade und sie tauschten stapelweise billige Heftchen aus grauem Papier, in denen die neuesten Liedtexte und mit Autogrammen versehene Fotos abgedruckt waren. Die von ihnen angebeteten Stars lebten in Detroit, Nashville oder London, wechselten die Gruppen wie Profisportler die Vereine oder starteten eine Solokarriere und veränderten ihren Musikstil, sobald er aus der Mode kam. Evie konnte bei diesen Gesprächen nicht mithalten.

Während ihre Klassenkameradinnen redeten, zog sie sich hinter einer dünnen Trennwand um, hielt einen Arm vor ihren 95-D-BH, wenn sie nach ihrer Bluse griff, und belauschte mißmutig die Gespräche der anderen.

»Da steht, man braucht bloß den Coupon ausfüllen und abschicken. Der Hauptgewinn ist ein Rendezvous mit deinem Lieblingsstar. Ihr geht essen, tanzen, und du bekommst ein Erinnerungsfoto von dem Abend. Siehst du, da steht's.«

»Ja, aber was ist, wenn ich gewinne?«

»Dann hast du Glück gehabt.«

»Ich meine, würdest du nicht vor Aufregung *sterben*?«

»Ich doch nicht.«

»Ich schon. Ich würde den ganzen Abend kein Wort herausbringen. Worüber soll man mit einem Rockstar reden?«

»Darum muß man sich genau überlegen, für wen man sich entscheidet. Man kann nicht nur nach dem Aussehen gehen, man sollte jemanden mit Charakter nehmen.«

»Paul McCartney hat Charakter.«

»Sein Name steht aber nicht auf der Liste.«

Eines Tages sagte Fay-Jean Lindsay, deren Vater eine kleine Farm gepachtet hatte: »Diese Typen in den Zeitschriften sind ja ganz nett. Die Rolling Stones und wie sie alle heißen. Aber ich persönlich würde mich für Joseph Ballew entscheiden.«

»Den kenne ich nicht«, sagte ein Mädchen.

»Er stammt aus Pulqua. Aus der Nähe von Pulqua.«

»Wieso kennen wir den nicht?«

»Keine Ahnung. Ihr solltet ihn aber kennen. Er singt wirklich gut.«

»Wo lebt er denn jetzt?«

»In Pulqua.«

»Ach so, du liebe Zeit«, sagten die anderen und wechselten das Thema.

Sobald Evie vollständig angezogen war, kam sie hinter der Trennwand hervor, um mit Fay-Jean zu reden. Fay-Jean kniete auf dem Ende einer Bank und zog ihren Kamm durch ihr helles, schimmerndes Haar. »Ich habe gehört, du findest Joseph Ballew gut«, sagte Evie.

Fay-Jean steckte den Kamm weg und holte einen Spiegel hervor, in den sie eine Weile schaute. Mehr konnte sie nicht tun. Sie hatte ein winziges, perfekt geformtes Gesicht, das noch nicht ausgeprägt genug war, um die kleinbäuerlichen Züge erkennen zu lassen. »Wen?« sagte sie schließlich.

»Joseph Ballew.«

»Er ist okay.«

»Ist er bei dem Rockkonzert vor ein paar Wochen aufgetreten?«

Fay-Jean schaute auf. »Wieso, ja, ist er«, sagte sie. »*Dich* habe ich da aber gar nicht gesehen.«

»Ich saß ziemlich weit hinten.«

»Hat er dir gefallen?«

»Na ja, ehrlich gesagt – welcher war er?«

»Er ist dir bestimmt aufgefallen. Einer seiner Songs hieß ›Honeypot‹. Daran erinnerst du dich bestimmt.«

»Ja«, sagte Evie. »Ich habe eine Frage. Kennst du Drumstrings Casey?«

»Ob ich ihn kenne? Warte mal.«

Fay-Jean begann in ihrer Mappe zu kramen. Sie holte rot angestrichene Klassenarbeiten, eine Ausgabe der Zeitschrift *Silver Screen* und schließlich ein Blatt liniertes Papier hervor, das sie Evie gab. Darauf war das Bleistiftportrait eines schmalgesichtigen Jungen mit hohen Wangenknochen und unterschiedlich großen Augen zu sehen. Seine Gesichtszüge waren undeutlich, die Linien hauchdünn, und der Mund war mehrfach ausradiert und mit energischen Strichen neu gezeichnet worden. »Wer ist das?« fragte Evie.

»Das ist Drumstrings Casey, wer denn sonst?«

»Kennst du ihn persönlich?«

»Nein. Findest du, daß ihm das Bild ähnlich sieht?«

»O ja, auf jeden Fall«, sagte Evie. »Aber wie bist du – hast du ihn gebeten, dir Modell zu sitzen?«

»Nein, ich hab's im Unicorn gemacht. Da tritt er auf, genau wie Joseph Ballew. Joseph Ballew ist eigentlich mein Lieblingssänger, aber ich finde den hier irgendwie auch ganz süß. Warst du schon mal im Unicorn?«

»Ich weiß gar nicht, was das ist«, sagte Evie.

»Es ist eine Kneipe. Ein paar Kilometer südlich von Pulqua. Du kannst ja mal mitkommen, wenn du Lust hast. Ich kann mir einen Wagen leihen.«

»Morgen?«

»Was?«

»Fährst du morgen hin?«

»Morgen ist doch Freitag. Casey spielt nur samstags.«

»Wirst du am Samstag hinfahren?«

»Klar, vermutlich schon.«

»Dann komme ich mit«, sagte Evie. »Darf ich noch eine Freundin mitbringen?«

»Klar. Und behalt die Zeichnung ruhig, wenn sie dir gefällt.«

»Oh, vielen Dank. Ich habe aber nichts, was ich dir zum Tausch anbieten kann.«

»Zum...?«

»Tausch. Zum Tausch gegen die Zeichnung.«

»Warum willlst du mir irgend etwas zum Tausch geben?«

»Ich weiß auch nicht«, sagte Evie.

Sie klebte das Bild mitten auf ihren Spiegel. Von nun an sah sie jedesmal, wenn sie sich kämmte, Drumstrings Caseys mit Bleistift gezeichneten Kopf anstelle ihres eigenen. »Du mußt unbedingt einen Fotoapparat mit ins Unicorn nehmen«, sagte Violet. »Sich mit Leuten wie Fay-Jean Lindsay abzugeben ist ja schon schlimm genug; aber ich begreife nicht, wie du es aushältst, ständig ihr Kunstwerk vor Augen zu haben.«

»Mich stört das nicht«, sagte Evie.

Das Unicorn war ein grauer, fensterloser Kasten und befand sich inmitten stockfinsterer Felder, an einem wenig befahrenen Highway. Autos, Motorräder und Lieferwagen parkten kreuz und quer auf einem Schotter-Parkplatz. Ein Polizist stand mit verschränkten Armen neben der Eingangstür, zwischen deren Rahmen sich ein Fliegengitter nach außen wölbte. Es war kein Lokal, für das die

Gäste sich feinmachten, aber das hatten Evie und Violet nicht gewußt. Sie erschienen in weiten, schimmernden Kleidern und hochhackigen Pumps. Fay-Jean trug einen Rock und eine Bluse, bedruckt mit Pudeln, deren Halsbänder aus echten Metallringen waren, und sie ließ unbekümmert die Autoschlüssel um den Zeigefinger kreisen, als sie an dem Polizisten vorbeiging.

Es schien fast, als werde das Fliegengitter vom Lärm ausgebeult – Fetzen von Geschrei, Gitarrenmusik, Schlagzeuggetrommel und dem zornigen Gesang eines Sängers drangen nach draußen. Der Lärm schlug Evie entgegen, begleitet von dem Geruch nach Bier und modrigem Holz. Jemand wollte Brezeln haben anstelle von Kartoffelchips. Jemand anderes wollte wissen, wo Catherine abgeblieben war. Die Stimme des Sängers wurde immer rauher, und er sang lauthals:

> *You ask me to be somebody I'm not*
> *How can you say you're my honeypot?*

»Hörst du das?« fragte Fay-Jean.

Evie dachte, wenn es noch lauter würde, müßte man den Lärm sehen können.

Sie folgte Fay-Jean durch den dunklen Raum, vorbei an Reihen aus langen Tischen, an denen hauptsächlich Paare saßen. Einmal stolperte sie beinahe über ein ausgestrecktes Bein. Als sie einen Tisch fanden, an dem noch Platz für drei war, stellte Evie fest, daß eine Hand mit einer brennenden Zigarette auf der Lehne ihres Stuhls lag. »Entschuldigen Sie bitte!« schrie sie. Die Worte lösten sich in nichts auf, sobald sie ihren Mund verlassen hatten. Schließlich streckte Fay-Jean den Arm aus und schob die Hand weg, und Evie rückte ihren Stuhl vom Tisch ab.

»*What did you do with that ring I bought?*« fragte der Sänger. Über ihm hing eine schwach leuchtende, rote Glühbirne, und er ging beim Singen in kleinen Kreisen auf der Bühne herum. »*You ain't acting like no honeypot.*« Außer seiner Gitarre wurden noch drei andere Instrumente gespielt, möglicherweise auch Klavier, aber das konnte Evie nicht genau erkennen. Sie sah bloß jemanden, der geräuschlos auf die Tasten drückte. Einige Leute tanzten hinter den Musikern. Durch den Biergeruch fühlte sich die Luft kühl an. Die schlichten Wände und Tische, die aus dem gleichen rohen Holz gezimmert waren, wie man es für Picknick-Pavillons benutzt, ließen das Gebäude instabil und behelfsmäßig wirken.

Ein dicker Mann mit einer Schlachterschürze brachte den Gästen Bier. Als er auf sie zukam, brüllte Fay-Jean: »Wie alt bist du?«

»Siebzehn«, sagte Evie.

»Wie alt ist Violet?«

»Ich bin achtzehn«, sagte Violet. »Ich hatte Scharlach, als ich in die vierte Klasse ging, und mußte –«

»Was?«

»Achtzehn, hab ich gesagt.«

»Das ist in Ordnung. *Du* –« und sie zeigte auf Evie, »mußt ordentlich übertreiben. Sag, du bist zwanzig. Dann wird er keinen Ausweis verlangen.«

Aber der dicke Mann fragte sie gar nicht nach ihrem Alter. Er wollte Fay-Jeans Führerschein sehen, den sie ihm auch zeigte. Dann schaute er zu Evie hinüber, die sich, die Arme unter ihrem bauschigen Oberteil verschränkt, gegen den Tisch lehnte. »Was darf's sein?« sagte er.

»Was?«

»Ein Budweiser«, sagte Fay-Jean zu ihm.

»Für Sie dasselbe, Ma'am?«

Violet nickte.

Joseph Ballew verließ die Bühne. Die Tänzer blieben, wo sie waren, wackelten auf den Absätzen und schauten sich im Saal um, bis schließlich jemand eine Frank-Sinatra-Platte auflegte und »Young at Heart« erklang. Da gaben sie auf und gingen zurück zu ihren Plätzen.

»Ich bin ein Fan von Joseph Ballew«, sagte Fay-Jean. »Die großen Stars überlasse ich euch, die sind mir egal. Er ist erst neunzehn, sieht aber mindestens wie fünfundzwanzig aus, mit den zwei tollen senkrechten Falten rechts und links neben seinem Mund.«

»Bist du schon mal zu ihm hingegangen und hast mit ihm geredet?« fragte Evie.

»Klar doch, das tu ich andauernd. Einmal hab ich ihn angerufen, und er hat so getan, als sei er beschäftigt, aber ich habe gemerkt, daß er sich echt geschmeichelt fühlte.«

»Was sagt man zu so jemandem?« fragte Evie.

»Ach, irgend etwas, das einem gerade durch den Kopf geht. Dir wird schon was einfallen. Du willst doch mit Casey reden, oder?«

»Oh, das könnte ich niemals«, sagte Evie.

Das Bier wurde ihr in einem angestoßenen Glas gebracht. Sie nippte daran und drehte den Kopf zur Seite, um sich die anderen Gäste anzuschauen.

»Einmal«, sagte Fay-Jean, »ist hier ein Mädchen in Ohnmacht gefallen, fast genau an der Stelle, wo ich jetzt sitze. Sie hörte der Musik zu, und plötzlich fiel sie in Ohnmacht. Sie lag bewußtlos auf dem Fußboden. Das wäre mir an ihrer Stelle ziemlich peinlich gewesen.«

»Wer spielt gerade?« fragte Violet. »Drumstrings Casey oder Joseph Ballew?«

»Was? Ich weiß nicht. Es stellte sich später heraus, daß sie eine Art Anfall hatte. Keiner von beiden hat sich damit gebrüstet, der Grund gewesen zu sein. Allerdings muß ich sagen, daß sie eine Menge Aufmerksamkeit erregt hat. Sie mußte ausgestreckt auf einen Tisch gelegt werden. Als sie wieder bei Bewußtsein war, sagte Casey: ›Das hier ist für das hübsche Mädchen da drüben‹, und er spielte einen Song für sie. Anscheinend wußte sie nicht mal, daß sie ohnmächtig gewesen war. Sie rutschte vom Tisch, setzte sich auf ihren Stuhl und schaute sich eine Weile lächelnd und irgendwie verblüfft um.«

»Tatsächlich?« sagte Evie. Sie betrachtete einen Moment lang den Schaum auf ihrem Bier. Dann sagte sie: »Also, wo du gerade von Aufmerksamkeit redest: Würde es sehr stören, wenn ich ein Foto von ihm mache? Ich habe meine Kamera mitgebracht.«

»Ich dachte, ich hätte dir das Bild von ihm geschenkt.«

»Das hast du ja auch«, sagte Violet. »Ich sehe es noch deutlich vor mir.«

»Also, ich wüßte nicht, warum es wegen eines Fotos Probleme geben sollte. Joseph Ballew hat einmal eine Frau mitgebracht, die den ganzen Abend geknipst hat, weil sie einen Artikel über ihn für eine Motel-Zeitung schreiben wollte.«

Drumstrings Casey glitt, so still und geschmeidig wie ein dunkler Fisch, auf die Bühne. Niemand machte *schscht* oder schaute in seine Richtung. Aber seine glatte, olivfarbene Gesichtshaut leuchtete über den Wangenknochen und auf dem Nasenrücken. Dem Publikum fiel bestimmt der Kegel aus stehender Luft auf, der ihn wie eine Trennwand umgab. Er zog mit der Stiefelspitze einen Stuhl in die Mitte der Bühne, stellte einen Fuß darauf und starrte über Evies Kopf hinweg. Dann kam hinter einem Verstärker der blonde Junge hervor und schlurfte zum Schlagzeug. »Wo ist die Trommel, auf der ›Casey‹ steht?« fragte Evie Violet.

»Woher soll ich das wissen?«

»Er sollte seine eigenen Trommeln benutzen.«

»Vielleicht sind die hier besser.«

»Mir wäre es lieber, wenn er seine eigenen benutzen würde. Die hier gehören womöglich jemand anderem.«

»Vielleicht ist es zu umständlich, sie jedesmal extra aufzubauen. Und es ist doch auch egal, oder?«

»Na ja, trotzdem.«

Sie spielten einen Song namens »My Girl Left Home«. Evie verstand vom Text nur die ersten vier Worte. Nach einer Weile wurde die Musik langsamer und Drumstrings runzelte die Stirn.

»*Bleib dran*«, sagte er.

Die Zuschauer hörten auf zu reden.

»*Du sagst, sie hat dich verlassen?*«

Er spielte mehrmals nacheinander denselben Ton.

»*Wo warst du? Warst du da, als sie wegging?*
Gleich kommt der Stromableser.
Kauf die Eintrittskarten. Warte in der Halle.
Hast du gemerkt, daß alles immer teurer wird?«

»My girl left home!« rief der Schlagzeuger. So als sei ihm durch das, was er eben gehört hatte, der Titel wieder eingefallen. Casey schlug alle Saiten gleichzeitig an und spielte den Song weiter. Hier und da fuhren Leute mit ihren Gesprächen fort, aber ein paar Mädchen hielten den Blick auf die Gitarrensaiten gerichtet.

Fay-Jean tanzte mit einem Kaugummi kauenden Jungen. Nach dem Ende des ersten Songs legte sie eine Hand auf seine Schulter und redete auf ihn ein. Dann begann ein neues Stück, und ein anderer Junge nahm den Platz des ersten Jungen ein. Auch auf ihn redete sie ein und schaute währenddessen zum Publikum, als brauchte sie über ihre Worte nicht nachzudenken. Ihre Füße beschrieben ein verschlungenes Muster auf dem nackten Dielenboden. Die Musik kam Evie bekannt vor. Möglicherweise war es das Lied, das Drumstrings Casey bei dem Rockkonzert gespielt hatte; als die Gitarrenmusik langsamer wurde und er zu sprechen begann, kamen der beerenpflückende Mann und die Frau, die Mülleimer leerte, jedoch nicht vor. Diesmal erzählte er von jemandem, der Kronkorken gen Himmel schleuderte. Und dann von einem Fahrrad.

»*Mit einem Korb vorne drauf. Glänzte in der Dunkelheit. Wenn ich es dir noch einmal erkläre, wirst du dann zuhören? Ist auch egal.*«

Der Song ging weiter. Evie zerrte ihren Fotoapparat aus ihrer Handtasche, und ohne lange nachzudenken, stand sie auf und richtete den Sucher auf die Bühne. Casey schaute an ihr vorbei. »Casey!« rief sie. Er drehte den Kopf, während er weiterspielte, sah sie aber nicht. Als das Blitzlicht aufleuchtete, blinzelte er und fixierte sie mit seinem Blick. »*Oho, she lied*«, sang er und musterte ihr bleiches, zitterndes Gesicht. Sie setzte sich wieder hin und umklammerte den Fotoapparat so fest, daß kein Blut mehr durch ihre Hände zu fließen schien.

»Also wirklich, Evie«, sagte Violet.

Evie sagte nichts.

Als nächstes sang er einen Song von jemand anderem, einen, den sie schon einmal bei »Liebesgrüße« gehört hatte. Als sein Gitarrenspiel langsamer wurde, trieb ihn der Schlagzeuger durch lautes Trommeln an. Drumstrings redete diesmal nicht dazwischen. Am Ende senkte er leicht den Kopf. Es sollte offenbar eine Verbeugung sein: alle klatschten.

Danach verließ er die Bühne und ging an Evies Tisch vorbei. Ein Schwall kühler Luft begleitete ihn, so als sei er durch eine Winternacht gelaufen und gerade erst hereingekommen. Evie hörte, wie seine Jeansjacke Violets Stuhl streifte, und als sie glaubte, ihm unbehelligt nachschauen zu können, drehte sie sich um. Aber er war gar nicht weitergegangen. Er stand mit hochgerecktem Kinn hinter ihr und hatte seine halbgeschlossenen Augen auf sie gerichtet.

»Arbeitest du für eine Zeitung?« fragte er.

»Nein«, sagte Evie.

»Oh«, sagte er und ging hinaus.

»›Oh‹, hat er gesagt. War es wirklich ›oh‹? Oder ›aha‹? Ich hätte eine Antwort parat haben sollen.«

»Damit hast du ja schließlich nicht rechnen können«, sagte Violet. Sie verbrachte die Nacht bei Evie, oben in ihrem Schlafzimmer mit der Blümchentapete, wo immer noch das Radio dudelte. Außer den beiden war niemand im Haus wach. Sie hatten sich erst spät auf den Heimweg gemacht und in dem Studebaker von Fay-Jeans Vater zu dritt nebeneinander auf der Vorderbank gesessen, während hinter ihnen Werkzeuge in einer Kiste vor sich hin klapperten. Jetzt saß Violet gähnend und blinzelnd auf dem Bett und löste ihre Frisur, aber Evie war hellwach. Sie lief, komplett angezogen, durchs Zimmer und knipste Fotos. »Ich will den Film vollkriegen«, sagte sie.

»Hat das nicht bis morgen Zeit?«

»Ich will ihn morgen beim Drugstore abgeben. Hat Lowry's sonntags geöffnet? Was meinst du, ob die Aufnahme wohl einigermaßen gut geworden ist?«

»Ach, ich glaube schon.« Violet gähnte erneut und griff nach ihrem Kamm.

»Nachdem ich aufgestanden war, konnte ich mich nicht entscheiden, wie ich ihn nennen sollte«, sagte Evie. »Bertram oder Drumstrings.« Sie fotografierte ihre Pinnwand, an der Programmzettel, Zeitungsausschnitte und eine handschriftliche Bescheinigung eines Lehrers, den sie vor einem Jahr noch bewundert hatte, hingen. Dann sagte sie: »Die Schreibweise seines Namens ist das Problem. Daß ›Drumstrings‹ in Anführungszeichen steht. Wie soll man so jemanden anreden?«

»Mach es doch wie bei Nat ›King‹ Cole.«

»Stimmt. Daran hab ich gar nicht gedacht. Wie wird der genannt?«

»Nat.«

»Dann hätte ich also ›Bertram‹ sagen sollen. Aber das hätte ich nicht gekonnt. Ich wäre mir lächerlich vorgekommen, wenn ich ihn ›Bertram‹ genannt hätte.« Sie knipste sich selbst in dem bis auf den Boden reichenden Spiegel. »Ich habe vor Angst förmlich gezittert.«

»Ich weiß. Ich hab's gesehen.«

»Meine Hände haben gezittert. Man hat es also gemerkt?«

»Na ja, ich war direkt neben dir.«

»Weißt du, ich hatte die Sache nicht geplant. Es war ein spontaner Einfall. ›Warum nicht?‹ hab ich gedacht, und dann hab ich's getan. Ich bin einfach aufgestanden und hab's getan.« Sie drehte sich zu Violet um, die sich auf der anderen Seite des Bettes ausgestreckt hatte. »Ich bin einem *Impuls* gefolgt. Das war es.«

»Stimmt«, sagte Violet mit geschlossenen Augen.

»Wenn ich vorher darüber nachgedacht hätte, wäre ich bestimmt beim Aufstehen ausgerutscht. Oder ich hätte die Kamera fallen gelassen. Oder meine Stimme hätte versagt. Einem Impuls zu folgen war die einzige Möglichkeit. Hörst du mir überhaupt zu?«

Sie bekam keine Antwort. Evie steckte einen weiteren Blitz auf ihren Fotoapparat und knipste das Gesicht der schlafenden Violet.

3

Fay-Jean tanzte immer, und manchmal ging sie nach draußen, um mit Jungs, die sich nur ein einziges Mal blicken ließen, in dunklen Autos zu knutschen. Sie war nicht der Typ, der auf Dauer zwei Mädchen herumkutschierte. Deshalb begannen Evie und Violet sich abwechselnd die Wagen ihrer Väter auszuleihen und fuhren jeden Samstag abend selber ins Unicorn. Sie saßen immer noch mit Fay-Jean am selben Tisch, allerdings war ihr Stuhl meistens leer, und ihre Handtasche lag sperrangelweit geöffnet neben ihrem Bierglas. Sie kamen inzwischen auch in Rock und Bluse und winkten dem Polizisten an der Tür zu. Evie trug dunkle Röcke, um schlanker zu wirken. Ihre Bluse aus weißem Baumwollstoff sah bereits nach der Hälfte des Abends grau und verschwitzt aus. Violet trug rote, purpurfarbene oder knallgrüne Röcke. Sie benahm sich, als gehöre das Lokal ihr – stolzierte wie eine stattliche Königin zwischen den Stühlen hindurch, nahm alle Pfiffe und Schmährufe gelassen hin, bestellte krugweise Faßbier und schenkte es gekonnt an der Innenwand ihres Glases entlang ein, damit sich kein Schaum bildete. Sie erinnerte Violet an die Anstandsdamen aus früheren Zeiten, von denen sie im Spanischunterricht gehört hatte, obwohl Violet den Pflichten solcher Damen nicht nachkam. Fay-Jean kehrte nach länger dauernden Abwesenheiten mit unbekannten Gefährten zurück, wobei sie ihren Kopf so kraftlos wie eine Stoffpuppe gegen deren Schulter lehnte, und Drumstrings Casey ließ träge die Hüften kreisen, während Violet gelassen zuschaute. Sie sagte, ihr gefalle diese Atmosphäre: »Ich sollte Kellnerin werden.« Als ein Junge vom Nebentisch »He, du fette Kuh« zu ihr sagte, warf sie den Kopf in den Nacken und lachte.

Nur Evie schien sich unwohl zu fühlen. Sie war diejenige von beiden, die sich ausgiebig auf diese Abende vorbereitete, ihr Haar mit Malzessig spülte, einem abgebrochenen Fingernagel nachtrauerte und Violet bat, sie nicht dadurch zu blamieren, daß sie ihr

Haarteil trug. Im Unicorn saß sie dann zusammengesunken vor ihrem Bierglas, kaute auf ihrem Daumen und schaute mißmutig drein. Sie drehte sich oft um und musterte die Gesichter der anderen Gäste, besonders, wenn Drumstrings Casey spielte. Wer war die Blondine, die versuchte, das Publikum zum Schweigen zu bringen, sobald Casey die Bühne betrat? Evie konnte eben nichts für sich allein haben, ohne daß etliche Leute sich dazwischendrängten und sie am Ende ausstachen. Ihre Anwesenheit schien auf geheimnisvolle Weise eine anziehende Wirkung zu haben, denn jeden Samstag wurde die Zahl der Zuschauer größer und der Beifall lauter. »Siehst du. Ich weiß eben, was gut ist«, sagte sie zu Violet. »Inzwischen finden ihn *alle* klasse.« Jedoch schien sie darüber nicht besonders glücklich zu sein. Sie setzte eine nachdenkliche, abschätzige Miene auf, wenn er auf dem Weg zur Bühne das Haar eines Mädchens verwuschelte.

»Du weißt, ich bin spät dran«, sagte er. *»Laß mich in Ruhe, okay?*
Den ganzen Abend habe ich zugehört.
Den ganzen Tag habe ich nachgedacht.
Gesichter kann ich mir viel schlechter merken als Namen.«

Der Schlagzeuger schlug auf seine Trommeln ein. Die Musik wurde lauter. Diese gesprochenen Zeilen waren wirklich etwas Besonderes. Hätte er das doch bloß niemals angefangen. Während er redete, verharrte Evie reglos, anschließend ließ sie ihren Blick durch den Saal schweifen und sagte: »Warum tut er das wohl?«

»Mir gefällt es irgendwie«, sagte Violet und wandte sich ihrem zweiten Glas Bier zu.

»Will er etwas Bestimmtes ausdrücken? Hat es eine verborgene Bedeutung? Ist es eine verschlüsselte Botschaft?«

Andere Mädchen scheuten sich nicht, direkt zu ihm zu gehen. Sie umringten ihn, sobald sein Auftritt vorbei war. »Sag mal, wie bist du bloß...«, »Woher hast du...« Casey schaute durch sie hindurch und schlenderte träge, die Gitarre in der Hand, von der Bühne. Er schien zu glauben, daß die Mädchen zum Programm dazugehörten. Währenddessen saß Evie neben Fay-Jeans leerem Stuhl und malte Gesichter in den nassen Abdruck eines Bierglases.

»Wenn ich seine Aufmerksamkeit erregen wollte«, sagte sie zu Violet, »dürfte ich vorher nicht darüber nachdenken. Es müßte einfach so passieren. Kannst du dir vorstellen, wie ich zusammen mit den anderen zu ihm gehe? Ich würde es genau planen, meinen Rock glattstreichen, meine Bluse zurechtrücken, irgendeinen auswendig gelernten Satz herunterleiern und mich dabei total verhaspeln.«
»Das würde ihm gar nicht auffallen«, sagte Violet.
»Genau das meine ich ja.«
An einem Samstag stand eine Rothaarige, die auf der Bühne tanzte, stocksteif da, während Casey sprach. Es war nur eine Zeile:
»*Wenn ich dich mit falschem Namen anspräche, würdest du dann trotzdem ja sagen?*«
Als die Musik erneut abbrach, sagte die Rothaarige: »Und ob ich das würde!« Dann ließ sie ihren Partner stehen und zog Casey an der Schulter herum, um mit ihm den Tanz zu beenden. Er tanzte, während er weiterspielte und lächelte. Zum ersten Mal sah Evie ihn lächeln. Durch die plötzliche Bewegung in seinem glatten, olivfarbenen Gesicht wirkte er unreif und linkisch, wie ein alberner, kleiner Bruder.
»Siehst du, *so* erregt man seine Aufmerksamkeit«, sagte Violet. »Man muß sich ihn grapschen.« Aber als sie sich umdrehte, sah sie, daß Evie schon mehrere Tische entfernt war und eilig in Richtung Damentoilette ging. Der Junge rechts neben Violet sagte: »Na, Zuckerpuppe, jetzt bist du ganz allein.« Violet lächelte und schenkte sich Bier nach.
Oder kamen die Leute wegen Joseph Ballew? Er stolzierte mit gesenktem Kopf und erhobener Faust auf die Bühne, genau wie ein Profiboxer. Alle klatschten. Fay-Jean tauchte in einer Männerlederjacke auf und sagte: »Schau dir bloß mal an, wie lockig sein Haar ist. Ich wünschte, *meins* wär auch so.«
»*Nobody got a right to leave me like you left me*«, sang Joseph. Er spielte nur zornige Songs. Seine Stimme klang belegt und unheilvoll, wurde bei Vokalen rauh, während er ganz dicht vor dem Mikrofon stand. Als er mit seinem zweiten Song begann, sagte

Fay-Jean: »Hör dir das an. Evie Decker kann Drumstrings Casey von mir aus geschenkt haben. Wo ist sie überhaupt?«

»Für kleine Mädchen«, sagte Violet.

Jemand schrie.

Joseph Ballew wirkte erfreut und schlug zwei scharf jaulende Töne auf seiner Gitarre an. Dann ließ er sie sinken, um die nächste Strophe zu singen. Er spielte und sang nie gleichzeitig. Hinter ihm erhob sich ein lautes Gemurmel. Die anderen Musiker schauten sich um, aber Joseph sang mit geschlossenen Augen weiter.

»Wer hat da geschrien?« fragte Violet.

Fay-Jean ging weg. Als sie verschwunden war, wollte Violet nach ihrem Bierglas greifen, aber dann hörte sie einen zweiten Schrei. Diesmal war es Fay-Jeans Stimme.

»Um Himmels willen, Evie Decker!« rief sie.

Violet erhob sich. Joseph Ballew hörte auf zu spielen. In einer Ecke, vor der Tür zur Damentoilette, gab es eine Menschenansammlung, aber auch nachdem Violet sich einen Weg dorthin gebahnt hatte, konnte sie nichts sehen, weil die Leute zu dicht beieinanderstanden.

»Würden Sie mich bitte durchlassen?« sagte sie. »Was ist los? Würden Sie mich bitte durchlassen?«

Jemand stieß sie von hinten an. »Polizei«, sagte eine Männerstimme. »Machen Sie den Weg frei. Los, machen Sie den Weg frei.« Die Leute traten zur Seite. Violet ging an ihnen vorbei und verbreiterte so die Gasse für den Polizisten. Als sie bei der Tür zur Damentoilette ankam, blieb sie plötzlich stehen, prallte zurück und fiel gegen die Brust des Polizisten.

»Evie?« sagte sie.

Evie lächelte. Sie wurde von der Rothaarigen und einem mageren, blonden Mädchen gestützt. Die beiden hielten sie auf professionelle Weise fest, so wie Krankenschwestern im Film. Sie hatten jeweils eine Hand unter Evies Ellbogen geschoben und die andere in ihr Kreuz gelegt. Blut rann in dünnen Bächen über Evies Gesicht. Ein dunkelrotes Zickzackmuster überzog ihre Stirn, und ihre Haare waren blutverklebt. »Was ist *passiert*, Evie?« sagte Violet.

»Das ist sein Name«, sagte Evie.
Der Polizist trat zu ihr, in den Händen einen kleinen Notizblock und einen Kugelschreiber mit ausfahrbarer Mine. Er ließ den Kugelschreiber klicken. »Name?« fragte er.
»Drumstrings Casey«, sagte Evie.

4

Sie hatte die Buchstaben mit einer Nagelschere eingeritzt. Sie verliefen quer über ihre Stirn, breitgezogen, zerfranst und griechisch aussehend, denn gerade Linien ließen sich leichter ritzen: YƎSAƆ. Nachdem das Blut abgetupft worden war, trat in der Notaufnahme eine sekundenlange Stille ein. »*Falschrum?*« fragte schließlich jemand. Es sah aus, als schaue Evie von der Innenseite ihrer Stirn auf die Buchstaben. Was auch immer der Grund dafür war, Evie verriet ihn nicht. Sie saß mit hängenden Schultern auf einem weißen Emailstuhl neben einem Instrumentenschrank. Der übrige Teil ihres Gesichts wirkte unter den klaffenden, roten Schnitten bleich, ausdruckslos und rundlich. Ihre plumpen Füße, die in Plastiksandalen steckten, hatte sie um die Querstreben des Stuhls geschlungen. Neben ihr stand der Polizist, der sie ins Krankenhaus gebracht hatte und der aus Neugier noch blieb, obwohl er bereits alle Formalitäten erledigt hatte; und gegenüber von ihr, neben dem Arzt und der Schwester, stand Violet. Oh, so leicht war Violet nicht aus der Fassung zu bringen. Sie war mit Evie auf dem Rücksitz des Streifenwagens gefahren und hatte geistesabwesend ihre Hand gestreichelt. »Evie Decker, also wirklich«, sagte sie, »kannst du mir mal erklären – meine Güte, hörst du das? Sirenen und Blaulicht. Alles deinetwegen.« Evie blinzelte nur und sah zu, wie die Lichtkegel der Scheinwerfer den Rand eines Tabakfeldes streiften. Als sie die Auffahrt zum Krankenhaus hochfuhren, sagte sie: »Ich habe meine Handtasche auf der Damentoilette liegenlassen.«

»Oh, mach dir deswegen keine Sorgen. Ich werde anrufen.«

»Und was ist mit deinem Auto? Mein Bier habe ich auch nicht bezahlt.«

»Mach dir keine Sorgen.«

Die anderen behandelten sie so, als sei sie gar nicht bei Bewußtsein. Sie legten ihr die Hände auf die Schultern und beugten sich vor, um über sie zu sprechen. »Ist mit ihr alles in Ordnung?« fragte die Schwester und tätschelte Evies Wangen so heftig, daß es aussah, als wolle sie sie ohrfeigen. »Glauben Sie, mit ihr ist alles in Ordnung?«

Der Arzt zuckte die Achseln und zog die Spritze für eine subkutane Injektion auf. »Wer weiß?« sagte er. »Diese bescheuerten Teenager. Sehen Sie doch mal bitte nach, in welches Zimmer wir sie legen können. Ich will sie über Nacht zur Beobachtung hierbehalten.« Die Schwester ging hinaus, und der Polizist folgte ihr und blickte noch einmal über die Schulter, als er die Tür schloß.

»Hätten wir ihm ein Trinkgeld geben sollen?« fragte Violet.

»Nein«, sagte der Arzt. »Am besten rufen Sie jetzt bei der Familie an. Hat sie Angehörige?«

»Nur ihren Vater.«

»Er muß benachrichtigt werden.«

Also ging Violet hinaus, nachdem sie Evie mit fünf Fingern zugewinkt hatte. »Bin gleich wieder da«, sagte sie. »Sei schön brav.«

Evie war die einzige Patientin in der Notaufnahme. Der Arzt arbeitete schweigend, schnitt dicht über ihren Augen mit behandschuhten, sich leblos anfühlenden Fingern die Fäden ab, während hinter ihm irgendwo ein Wasserhahn tropfte. »Ist Casey dein Freund?« fragte er schließlich.

»Nein.«

»Wer ist er denn?«

»Bloß ein Sänger.«

»Rock 'n' Roll, nehme ich an.«

»Genau.«

»Mhm.« Er schnitt einen weiteren Faden ab. »Die Wunden sind ungefährlich, weißt du. Nicht sehr tief. Aber die Ränder sind unsauber. Es werden Narben zurückbleiben. Du wirst einen guten Schönheitschirurgen brauchen, um sie wieder loszuwerden.«

Evie starrte auf eine Falte in seinem weißen Kittel.

»Alles in Ordnung?« fragte er.

»Ja, mir geht es bestens.«

»Also, das ist mir unbegreiflich.«

Violet kam zurück. Sie schwenkte ihre Handtasche an dem langen Riemen, so daß sie bei jedem Schritt klimpernd gegen ihr Schienbein stieß. »Dein Vater ist unterwegs«, sagte sie. »Ich habe gesagt, bei dir müßte eine kleine Schnittwunde genäht werden. Das war doch richtig? Ich konnte es ihm nicht einfach so sagen.« Sie ließ sich auf einem Hocker neben dem Arzt nieder und drapierte ihren Rock um sich herum. »Oder wäre dir das lieber gewesen?«

Evie schüttelte den Kopf.

»Stillhalten«, sagte der Arzt.

Er schien ewig zu brauchen, schnitt immer wieder Fäden ab und stieß von Zeit zu Zeit einen langen, pfeifenden Seufzer durch die Zähne aus. Neben ihm drehte sich Violet summend auf dem Hocker hin und her. Der Zeiger der Uhr über dem Ausgang zuckte nach jeder Minute mit einem tiefen, scharfen Klicken. Als der Arzt endlich einen Streifen Mull über die Stiche legte, sah Evie, daß es fast Mitternacht war. »Das ist wahrscheinlich ein Rekord«, sagte er. »Gibt es denn keine Sänger, die Al heißen? Oder Ed?«

»Sein Vorname ist Drumstrings«, erklärte Violet.

»Dann hat sie sich ja doch für das kleinere Übel entschieden.« Er streifte seine Handschuhe ab. »Du kannst morgen wieder nach Hause, wenn du in normaler Verfassung bist. Wie *die* allerdings aussehen soll – deine Freundin kann dich auf die Station bringen. Fragt dort nach Schwester Conolly. Ich rede mit deinem Vater, bevor ich ihn zu dir schicke.«

»Danke«, sagte Evie.

»Vielleicht solltest du zum Friedenskorps gehen«, sagte der Arzt.

In Evies Zimmer standen zwei weiße Betten, beide leer, und eine Ahornkommode, über der ein Spiegel hing. Es brannte nur ein Nachtlicht. Als sie in den Spiegel schaute, erblickte sie einen breiten, dunklen Schatten mit einem verblüffend weißen Streifen auf der Stirn. Sie berührte den Streifen mit einem Finger. »Sieh mal, hier ist ein Krankenhaushemd für dich«, sagte Violet. »Bloß zwei Schnürbänder am Rücken, und eins davon ist kaputt. Soll ich dir frische Sachen für morgen vorbeibringen? Dein Vater denkt bestimmt nicht daran.«

»Nein, wahrscheinlich nicht«, sagte Evie.

Sie streifte ihre Kleider ab, die sich zerknittert und schwer anfühlten, weil sie zu lange getragen worden waren. Sie ließ die einzelnen Stücke auf den Boden fallen, und Violet suchte sie im Dunkeln zusammen und legte sie über einen Stuhl. Beide bewegten sich langsam und lautlos – Evie, weil sie sich unbeholfen vorkam, Violet ohne erfindlichen Grund, denn Violet kam sich nie unbeholfen vor. Als Evie das Nachthemd angezogen hatte, stieg sie in das Bett, das am weitesten vom Fenster entfernt stand. Sie lehnte sich mit dem Rücken gegen das metallene Kopfteil und faltete die Hände über ihrem Bauch.

»Wahrscheinlich kriegst du das Frühstück ans Bett«, sagte Violet.

»Weiß Drumstrings Casey Bescheid?«

»Also, da bin ich mir nicht sicher.«

»Die Sache hat ziemlich viel Aufsehen erregt. Meinst du nicht, daß er es mitbekommen hat?«

»Er war nicht auf der Bühne. Joseph Ballew sang gerade. Ich weiß es wirklich nicht.«

»Hast du ihn denn nicht gesehen?«

»Ehrlich, Evie, ich habe keine Ahnung. Ich war bei dir. Zusammen mit dem Polizisten. Wir waren voll und ganz damit beschäftigt, dich rauszubringen.«

»Ich glaube, es war das Beste, was ich je getan habe«, sagte Evie. »Etwas, das gar nicht zu mir paßt. Etwas Endgültiges. Das keine Versicherung abdeckt. Ich bin ganz sicher, daß sich alles zum Guten wenden wird.«

Violet bückte sich, um die Plastiksandalen ordentlich nebeneinander unter das Bett zu stellen. »Sag mir doch, was du morgen anziehen willst«, sagte sie. »Ich gehe dann bei dir zu Hause vorbei und hole es.«

»Ach, irgendwas. Rock und Bluse. Als ich mit dem Polizisten durch die Menge lief, dachte ich immer wieder an meinen Namen: Evie Decker. *Ich*. Endlich habe ich mal etwas aus eigenem Antrieb getan. Ich dachte, wenn ich schon früher so viel Initiative wie heute gezeigt hätte, dann wäre mein Leben ganz anders verlaufen.«

»Ja, allerdings. Zweifellos«, sagte Violet. »Wie auch immer, Rock und Bluse also. Soll ich hierbleiben, bis dein Vater kommt?«
»Nein, nicht nötig. Deine Familie wird sich fragen, wo du bleibst.«
»Na gut. Bis morgen früh dann.«
Violets Schuhe machten ein weiches, ploppendes Geräusch auf dem Fußboden, während sie den Flur hinunterging. Als das Geräusch nicht mehr zu hören war, legte Evie sich auf den Rücken, deckte sich zu und starrte an die Decke. Helle Lichtkegel von Autoscheinwerfern schwenkten langsam über sie hinweg. Unter ihrem Fenster erzeugte ein Gebläse ein stetiges Rauschen, durch das alle anderen Geräusche unwirklich und entfernt klangen. Ihre Stirn war wie ein gespanntes, dünnes Laken. Sie spürte nur einen oberflächlichen Schmerz, aber die Spannung gab ihr das Gefühl, ihre Haut könne jeden Moment in viele kleine Risse aufbrechen. Sie legte eine Hand quer über ihre Stirn und schob die Haut zwischen Daumen und Zeigefinger leicht zusammen, um das Ziehen zu mildern.
»Evie?« sagte ihr Vater.
Sie ließ die Hand sinken und zuckte beim Anblick des erleuchteten Türrahmens zusammen. Ihr Vater bildete eine große, kantige Silhouette, die in der Mitte gebeugt war. Er trat mit vorgestrecktem Kopf ein, genau wie er in der Schule das Klassenzimmer betrat, während die Schüler flüsterten und sich Zettel zusteckten, ohne Notiz von ihm zu nehmen. »Ich habe dir etwas zum Anziehen mitgebracht«, sagte er.
»Oh. Wirklich?«
»Brauchst du denn nichts?«
»Nun, Violet wollte mir etwas bringen.«
Er ging zur Kommode hinüber und knipste eine Lampe an, so daß sie wegen des plötzlichen Schmerzes die Augen zusammenkniff. »Ist das – muß der Verband wirklich so groß sein?« fragte er sie.
»Er muß die gesamte Stirn bedecken.«
»Die ganze?«
Sie legte eine Hand über ihre Augen, um ihn ansehen zu können. »Ich dachte, der Arzt hätte dir alles erzählt«, sagte sie.

»Das hat er auch.«
»Möchtest du es sehen?«
»O nein, nein, schon gut.«
»Es macht mir nichts aus.« Sie setzte sich auf, nahm den Mull ab, der an beiden Seiten mit Klebeband befestigt war, und legte ihn in ihren Schoß. »Es ist nur eine Fleischwunde«, sagte sie.
»Ja, das hat er auch gesagt. Er –« Ihr Vater schaute sie nur eine Sekunde lang an, ehe er seinen Blick wieder senkte. »Ich begreife es nicht«, sagte er.
»Es ist der Name eines Sängers.«
»Ja, ich weiß. Casey. Ich weiß.«
»Du kennst ihn?«
»Ich meine, ich weiß, daß er so heißt. Ansonsten habe ich noch nie etwas von diesem Casey gehört.«
»Oh.«
»Ich habe noch nie von ihm gehört.«
»Tja«, sagte Evie.

Ihr Vater beugte sich über die Einkaufstasche zu seinen Füßen. »Deine Sachen«, sagte er. Er zog eine Bluse, einen geblümten Rock und eine Unterhose heraus, aber keinen BH. Schließlich brachte er noch ein rosafarbenes Bettjäckchen mit Rüschen zum Vorschein, das sie vor zwei Jahren von einer Tante geschenkt bekommen, aber nie getragen hatte. Er legte es auf ihren Schoß. Evie nahm es, drehte es um und strich über die Rüschen. »Ein Bettjäckchen«, sagte sie.
»Ich dachte, du könntest es vielleicht gebrauchen.«

Unter Evies fleischigen Händen wirkten die Rüschen übertrieben und unpassend. Vermutlich hatte er auch ihrer Mutter nach Evies Geburt ein Bettjäckchen gebracht – weil man ihm gesagt hatte, daß es sich so gehörte, zusammen mit Blumen und einer Flasche Parfüm. Evies Mutter war die letzte Frau in Pulqua County gewesen, die an Kindbettfieber gestorben war. Ihr Vater sprach nie von ihr (und er sagte auch nie: ›Gegen dich habe ich deine Mutter eingetauscht, und das war ein schlechter Tausch‹, obwohl Evie ständig damit rechnete, diesen Vorwurf zu hören zu bekommen). Aber durch das Bettjäckchen mit den Satinknöpfen schien er sich unbewußt zu verraten, schien er indirekt auszusprechen, was er all die Jahre nur gedacht hatte. »Vielen Dank«, sagte Evie.

Er trat ans Fenster und steckte die Hände tief in die Hosentaschen. Alles an ihm war lang und knochig; seine Unbeholfenheit war das einzige, was Evie von ihm geerbt hatte. Sein Haar und seine Wimpern waren hell, die Augen lagen in tiefen, überschatteten Höhlen, seine Haut war mit großen Sommersprossen übersät, die so blaß waren, daß es den Anschein hatte, als lägen sie unter einer dünnen weißen Farbschicht. »Schönheitschirurgen verlangen natürlich viel Geld –«, sagte er jetzt.

»Ich brauche keinen Chirurgen.«

Er hörte sie kaum. Ihm war ein neuer Gedanke gekommen. »Evie, hattest du etwa zuviel getrunken?« fragte er. »Lag es daran?«

»Ein halbes Glas Bier.«

»Aber warum hast du es sonst getan?«

Evie spreizte ihre Finger und betrachtete sie wie eine Hand Spielkarten, während sie ihre Antwort sorgfältig bedachte. »Also, ich möchte nicht unverschämt sein«, sagte sie dann, »aber es war schließlich mein Gesicht. Es *ist* mein Gesicht. Wie es aussieht, ist allein meine Sache.«

»Du willst doch nicht dein Leben lang den Namen ›Casey‹ auf der Stirn tragen. Das wäre doch albern.«

»Es wäre noch alberner, wenn ich ihn am Tag, nachdem ich ihn eingeritzt habe, wieder entfernen ließe«, sagte Evie.

»Nun, das ist ja das Schlimme daran. Du *kannst* ihn gar nicht gleich wieder entfernen lassen. Du mußt warten, bis die Wunden geheilt sind. Wie wär's, wenn du solange einen Pony trägst?«

»Nein«, sagte Evie.

Ihr Vater rieb mit energischen Bewegungen die Tränensäcke unter seinen Augen. »Evie, Liebes«, sagte er. »Es gibt *jede Menge* netter Jungs auf der Welt. Laß dir Zeit. Du bist ein hübsches Mädchen, und wenn du erst mal ein bißchen abge... – wenn du erst mal etwas älter geworden bist, dann werden sich die Jungs förmlich um dich reißen, glaube mir. Du bist doch erst sechzehn.«

»Siebzehn«, sagte Evie.
»Siebzehn. Warum willst du dein Leben wegen irgendeines Kneipenmusikers ruinieren? Hör zu. Der Arzt gibt dir ein Beruhigungsmittel. Dann schläfst du dich richtig aus, und morgen hole ich dich ab, und wir sprechen über alles. Du wirst sehen, morgen früh sieht die Welt schon ganz anders aus.«
Evie sagte nichts. Sie rollte die Mullbinde zusammen.
»Also dann. Gute Nacht, Evie.«
Er knipste die Lampe aus. Er blieb an der Tür stehen und drehte sich um. »Noch etwas«, sagte er. »Sag diesem Casey, er soll sich nicht mehr blicken lassen. Ich werde nicht erlauben, daß du ihn weiterhin triffst.«
Evie blickte auf, und in ihren Augenwinkeln bildeten sich zwei Freudenfältchen. Aber da hatte er seine Hände schon wieder in die Hosentaschen geschoben und war weggegangen.

Sie bekam eine Tablette, verbrachte aber trotzdem eine unruhige Nacht und wälzte sich in leichtem, nervösem Schlaf. Fremde Betten machten ihr immer zu schaffen. Traumfetzen kamen und gingen und hinterließen nur eine vage Erinnerung am Morgen. Und als sie erwachte, taten ihr alle Muskeln weh. Sie setzte sich auf und schaute in den Korridor hinaus, wo die Sonnenstrahlen langsam über den gebohnerten, roten Fußboden strichen. »Schwester!« rief sie. Niemand antwortete.
Irgendwann während des Aufwachens fiel ihr der Name auf ihrer Stirn wieder ein, so wie eine Überraschung vom Vortag, ein Geschenk, von dessen Vorhandensein man sich erneut überzeugen muß. Sie rutschte aus dem hohen Bett und ging hinüber zu dem Kommodenspiegel, wobei sie ihr Nachthemd am Rücken zusammenhielt.
Mit dem gezackten Netz aus schwarzen Fäden erinnerte ihre Stirn an die einer grimmig dreinblickenden Puppe. Das Wort ›Casey‹, vom Spiegel richtigherum zurückgeworfen, wurde erst nach Sekunden sichtbar, in denen sie verblüfft und regungslos mit leicht geöffnetem Mund dastand. Später würde es vielleicht auf den ersten Blick lesbar sein. Aber heute bildeten die Fäden auf ihrer Stirn

nur ein wirres Muster, ein grau-weißes Patchwork, das sich über die Fläche zwischen ihrem Haaransatz und ihren geraden, braunen Augenbrauen, die mit getrocknetem Blut verklebt waren, erstreckte. Ihre übrigen Gesichtszüge schienen sich aufgelöst zu haben. Die Lippen waren bleich, die Augen heller als sonst. Ihre Nase wirkte platter. Jahrelang waren die wenigen Überraschungen, die ihr unförmiger Körper zu bieten hatte, ihr lieb und teuer gewesen: die schmale Nase, die schlanken Handgelenke und die makellosen ovalen Fingernägel. Während sie weiterhin in den Spiegel schaute, hob sie beide Arme und hielt die von blauen Adern durchzogenen, schimmernden Innenseiten der Handgelenke vor den Spiegel. Sie trat ganz langsam von der Kommode zurück. Aber als sie so weit entfernt war wie möglich und mit dem Rücken an der Wand stand, waren die schwarzen, fransigen Buchstaben immer noch deutlich zu sehen. ›Casey.‹ Eine innere Stimme las ungerührt den Namen vor: ›Casey.‹

Irgend etwas wurde den Flur entlang in Richtung ihres Zimmers gerollt. Evie kletterte wieder ins Bett, setzte sich aufrecht hin und legte die immer noch nach außen gedrehten Handgelenke in den Schoß, während ihr Herz unregelmäßig pochte. Es wollte sich nicht beruhigen. Sie atmete tief, starrte auf eine leere Wand und reckte ihren Rücken. Ihr Herz raste, hielt immer wieder kurz inne, nur um dann weiterzurasen.

Eine Krankenschwester schob einen Rollwagen herein, auf dem Pappbecher mit Tabletten und ein Glas voller Thermometer standen. »So, da wären wir«, sagte sie. Sie schaute zu Evie hinüber, ließ das Thermometer in ihrer Hand auf halber Höhe in der Luft schweben und öffnete den Mund, sagte aber nichts. Ihr Gesicht hatte den gleichen blassen, verblüfften Ausdruck, den Evies eigenes Gesicht im Spiegel auch gehabt hatte. Aber als sie ihre Sprache wiederfand, sagte sie nur: »Gut geschlafen?« Sie schob Evie das Fieberthermometer in den Mund und griff nach einem ihrer Handgelenke. Evie war zu sehr mit ihrem Herzschlag beschäftigt, um zu antworten. Sie starrte weiter die Wand an und hielt gewissenhaft die Lippen um das Fieberthermometer geschlossen. Jeden Augenblick würde die Krankenschwester an ihrem Pulsschlag feststellen, daß etwas nicht stimmte. Sie würde ihr Handgelenk fallen lassen und wegrennen, um einen Arzt, ein Sauerstoffzelt und eine Spritze zu holen – und dadurch Evie die Verantwortung abnehmen und es ihr ermöglichen, sich endlich auszuruhen, während jemand anders ihren Herzschlag stabilisierte. Aber als die Minute um war, hatte die Schwester noch immer nichts gesagt. Evie hörte auf, die Wand anzustarren. Sie sah, wie die Schwester sie nur kurz musterte, dann die Augen auf das Thermometer heftete, es herauszog und es nach einem sehr flüchtigen Blick herunterschüttelte. »Frühstück kommt gleich«, sagte sie. Sie legte das Thermometer auf ein Papiertuch und schob den Rollwagen hinaus.

Wenn sie still lag, hörte Evie das ungleichmäßige Pulsieren des Blutes in ihren Ohren. Sie verdrängte das Geräusch, indem sie schwerfällig aus dem Bett aufstand, ein Laken durch das halbe Zimmer hinter sich herschleifte und dabei mit dem Bein, das sich in den Falten des Lakens verheddert hatte, hinkte. Als sie sich bückte, um ihren Fuß zu befreien, bauschte sich ihr Krankenhaushemd wie ein Segel. Ihr Haar fiel in dunklen, steifen, blutverklebten Strähnen nach vorne. Nachdem sie die Tür mit dem Fuß zugestoßen hatte, zog sie sich absichtlich geräuschvoll an: sie ließ die Schnallen klikken, schleifte die Sandalen über den Boden und schob laut die Kommodenschubladen auf und zu, in denen sie nach einem liegengelassenen Kamm suchte. Sie fand lediglich eine Schachtel Kosmetiktücher und ein Büchlein mit dem Titel ›Unser täglich Brot‹. Sie schloß die letzte Schublade, hob den Kopf und lauschte. Ihr Herzschlag war wieder regelmäßig. Oder doch zumindest unauffällig. Im Spiegel sah sie, wie ihre Halsschlagader unter dem Kragen pulsierte, und weiter oben prangte wie ein Firmenzeichen das schwarzgepunktete Muster.

Nach dem Frühstück erschien eine Schwesternhelferin in der Tür, verschränkte die Arme vor dem Kittel und sagte: »Ein Fotograf kommt. Sie werden noch berühmt.«

Evie hatte sich auf das Fußende des Bettes gesetzt, immer wieder ihr Uhrarmband auf- und zuschnappen lassen und darauf gewartet, daß jemand sich an ihre Anwesenheit erinnerte. »Berühmt?« sagte sie. »Was? Ein Fotograf?«

»Die haben gehört, was Sie getan haben«, sagte die Schwesternhelferin. Sie drehte sich auf dem Absatz um und verließ den Raum. Bevor sie verschwand, fügte sie noch schnell hinzu: »Und der Sänger kommt auch.«
»Welcher Sänger?«
»Yesac.«
Evie erhob sich vom Bett. Stehen war besser. Nein, doch lieber sitzen. Aber außer dem Bett, dessen Laken immer noch auf dem Fußboden lag, gab es keinen Platz zum Sitzen. Sie stand mitten im Zimmer, hatte die Hände auf dem Rücken verschränkt und trat von einem Bein aufs andere. Sie kam sich vor wie ein Paket, das adressiert und abgestempelt auf dem Postamt auf seine Abholung wartete, während sich der Adressat mit klackenden Schritten über den Flur näherte. Sie konnte ihn jetzt deutlich hören. Sie hörte, wie durch seinen schwingenden Gang kurze Pausen zwischen den einzelnen Schritten entstanden: Klack, Pause, klack, während die weichen Sohlen eines unbekannten Begleiters ein gleichmäßiges Ploff-Ploff erzeugten. Der Fotograf, ein kleiner, glatzköpfiger Mann, um dessen Hals verschiedene Apparate an langen Riemen hingen, erschien als erster im Türrahmen. »Paul Ogle, *Pulqua Times*«, sagte er. Er durchquerte das Zimmer bis in die hintere Ecke und hielt unterwegs einen Beleuchtungsmesser unter Evies Kinn. Und dann, endlich, kam Drumstrings Casey herein. Er trug seinen schwarzen Jeansanzug und die hohen Lederstiefel. Er hatte eine silberne Sonnenbrille auf, in der Evie deutlich ihr Spiegelbild sah und die sein eigenes Gesicht, oder was davon zu sehen war, ebenso hart und undurchsichtig wie die dunklen Gläser erscheinen ließ. »Die Sonnenbrille muß ab, Casey«, sagte der Fotograf. »Ich will eine Reaktion von dir sehen.«
Drumstrings Casey lehnte sich gegen den Türrahmen, kreuzte die Füße und nahm die Brille ab. Sein Gesicht verlor das glatte Aussehen. Er hatte schmale, braune Augen, genau wie von Evie erwartet, und die geraden Lider verliefen fast parallel zueinander. Sein langes Haar war heute nicht mit Pomade an den Kopf geklatscht; er fuhr mit den Fingern hindurch und strich dann über seine Stirn. »Das ist ja die Frau von der Zeitung«, sagte er.

»Nein«, sagte Evie. Sie wollte damit sagen, daß sie keineswegs bei der Zeitung war und ihm das auch bereits erklärt hatte; aber Casey mißverstand sie und sagte: »Nun, du siehst ihr jedenfalls verdammt ähnlich.«

»Ein bißchen mehr Reaktion bitte, Casey«, sagte der Fotograf. Casey verzog den Mund zu einer breiten, geraden Linie. »Würden Sie sich bitte zu mir umdrehen, Miss?« Evie drehte sich um, aber solange sie spürte, daß Casey sie beobachtete, hielt sie ihren Blick auf einen Schubladenknauf geheftet. Der Fotograf drückte auf den Auslöser. »Und jetzt legen Sie den Arm um sie, Casey. Lächeln Sie. Können Sie denn nicht lächeln?« Aber Casey starrte nur krampfhaft auf den unteren Teil von Evies Gesicht. Ab und zu huschte sein Blick hinauf zu ihrer Stirn und gleich wieder hinunter, als hätte er für einen Moment die Kontrolle über ihn verloren. Sein Arm lag schlaff und reglos auf Evies Schulter, die geöffnete Hand baumelte neben ihrem Ärmel. Er verströmte den angenehm herben Geruch von Ringelblumen. Selbst aus nächster Nähe schien ihn ein kalter Lufthauch zu umgeben.

Die Kamera klickte erneut. Erst jetzt fiel Evie wieder ein, daß in der Tasche, die sie im Unicorn vergessen hatte, auch der Schnappschuß von Drumstrings Casey steckte. »Oh –« sagte sie, aber als die beiden Männer ihr die Köpfe zuwandten, starrte sie sofort wieder auf den Schubladenknauf. Der Schnappschuß war voller winziger, glitzernder Lichtflecken, die aus einem unerfindlichen Grund seine dunkle Gestalt umgaben und außerdem sein Gesicht bedeckten, das leicht aufwärts geneigt war, während er mit verschleiertem Blick in ihre Richtung schaute.

»Also, Sie heißen Evie, stimmt's? Evie Decker«, sagte der Fotograf. Er machte sich Notizen auf einem Zettel mit abgebissen aussehenden Ecken. »Alter?«

»Siebzehn.«

»Siebzehn. Wirklich? Beruf?«

»Ich bin Schülerin.«

»Ich habe Sie für älter gehalten«, sagte der Fotograf. »Na schön. Können Sie mir sagen, was Sie damit bezweckt haben?«

»Bezweckt?«

»Was Sie mit dieser Tat erreichen wollten.«

»Oh. Ach so«, sagte Evie.

»Dann eben, welchen Grund Sie hatten. Können Sie mir den Grund nennen?«

Drumstrings Casey verlagerte sein Gewicht auf das andere Bein und schob die Finger in die Gesäßtaschen seiner Jeans.

»Warum machen wir nicht folgendes«, sagte der Fotograf. »Wir schreiben einfach, Sie seien Musikfan. Sie stehen auf Rockmusik, vor allem auf Caseys. Stimmt das in etwa?«

»Na ja, ich denke schon.«

»Dann setzen wir es in Anführungszeichen. Und jetzt sagen Sie mir bitte noch, womit Sie es gemacht haben.«

»Ich weiß es nicht mehr«, sagte Evie, die plötzlich müde war.

»Kam es plötzlich über Sie? Oder hatten Sie es geplant?«

»Schwer zu sagen.«

»Na ja, ich schätze, das reicht«, sagte der Fotograf. »Es soll ja nur eine Bildunterschrift werden.«

Drumstrings Casey richtete sich auf. »Was soll das heißen, bloß eine Bildunterschrift«, fragte er. »Können Sie nicht mehr daraus machen?«

»Das entscheide nicht ich, sondern mein Boß.«

»Allmächtiger«, sagte Casey.

»Was ist denn?«

»*Sie* waren schließlich derjenige, der mich heute morgen um sieben aus dem Schlaf geholt und von Publicity gefaselt hat. Und wozu das alles? Nur für ein mickriges Zeitungsfoto, das aus einem Haufen grauer Punkte besteht und auf dem kein Mensch was erkennen kann.«

»Beschweren Sie sich nicht bei mir, beschweren Sie sich bei Ihrem Schlagzeuger«, sagte der Fotograf. »Der hat *mich* angerufen. Also, vielen Dank, Leute.« Und weg war er. Die beiden standen allein mitten im Zimmer.

»Tja«, sagte Casey. Er setzte seine Brille wieder auf und stopfte sein Hemd tiefer in die Hose. Dann drehte er sich zu Evie um. Wegen der Sonnenbrille war jedoch schwer zu sagen, wohin er schaute. »Wieso hast du das Wort falschrum eingeritzt?« fragte er.

»Es ist einfach so geworden«, sagte Evie.
»So geworden, wie meinst du das?«
»Keine Ahnung, es hat sich so ergeben. Kann man es etwa nicht lesen?«
»Klar kann man es lesen.«
»Ich gebe zu, daß die Buchstaben schief sind«, sagte Evie. »Das wird mich noch ganz schön ärgern. Jedesmal, wenn ich in den Spiegel gucke, werde ich denken: ›Wieso ist mir das Y verrutscht? Wieso habe ich beim C gewackelt?‹«
»Warum hast du ›Casey‹ genommen?« fragte Casey.
Sie starrte ihn an, denn sie hatte ihn falsch verstanden. Sie dachte, er hätte die einzige Frage gestellt, die sie nicht beantworten wollte.
»Warum nicht meinen Vornamen?« wollte er wissen. »Caseys gibt es massenhaft.«
»Was, *Drumstrings*? So breit ist meine Stirn nun auch wieder nicht.«
»Drum«, sagte er. »Kein Mensch sagt Drumstrings zu mir.«
»Du wirst Drum genannt?« fragte Evie.
»Stimmt genau.«
»Nun, das hätte ich wissen sollen.«
»Tja, jetzt ist es wohl zu spät«, sagte er.
Er wippte auf seinen Absätzen, hatte die Hände wieder in den Gesäßtaschen und wollte offenbar gehen. Evie preßte ihre Handflächen gegeneinander und sagte: »Du wirst eines Tages berühmt sein.«
Er schob die Sonnenbrille hoch und starrte sie an. Seine Augen wirkten durch das plötzliche Licht ausgeblichen. »Komisch«, sagte er. »Ich hätte dich nie für einen Rockfan gehalten.«
Evie hielt unter seinem Blick still, bis er schließlich die Brille wieder auf die Nase sinken ließ und sich abwandte. »Echt ein seltsames Gefühl«, sagte er wie zu sich selber. »Als würde man plötzlich irgendwo seinem eigenen Gesicht begegnen.« Er war jetzt halb zur Tür hinaus, aber er sagte beim Gehen nicht auf Wiedersehen, machte keine zusammenfassende Bemerkung, brachte das Gespräch nicht zu einem Abschluß. »Kommt mir fast vor wie aus

einem Traum«, sagte er, aber da war er schon außer Sichtweite. Seine Stimme wurde leiser, während er mit schlurfenden Schritten den Korridor hinunterging. Evie rührte sich minutenlang nicht vom Fleck und starrte durch die offene Tür auf den Flur hinaus. Sie war an klare Schlußpunkte gewöhnt. Aber Drum Casey zog beim Hinausgehen Gesprächsfetzen hinter sich her, so wie Fasern von einem Wattebausch, die die Luft vernebelten. Seine Stimme blieb im Flur hängen, körperlos. Seine Absätze klickten noch lange, ohne daß sie sich zu entfernen schienen. Als der Arzt kam, fand er Evie allein vor, mitten im Zimmer, wo sie die Innenseiten ihrer Handgelenke betrachtete. Er schüttelte den Kopf und unterschrieb wortlos ihre Entlassungspapiere.

5

Wo Evie saß, entstand Unordnung; das entsprach der Stimmung, in der sie sich befand. Nachdem sie aus dem Krankenhaus zurück war, saß sie tagelang in einem schmuddeligen Bademantel im Haus herum, als wäre sie behindert, während sich um ihren Sessel auf magische Weise Müll ansammelte. Der Teppich war mit Flusen übersät. Die Aschenbecher quollen von Bonbonpapier über. Der Schonbezug des Sessels leierte aus und wurde faltig und spekkig. Doch Evie rührte sich kaum, saß nur von morgens bis abends mit ausgebreiteten, hängenden Armen und zurückgelehntem Kopf tief im Sessel, eine aufgeschlagene Zeitschrift auf dem Schoß. Wenn Clotelia das Wohnzimmer putzte, schob sie den Besen zwischen Evies Beinen hindurch. »'tschuldigung. Beweg dich mal«, sagte sie. Evie runzelte beim Anblick des Besens die Stirn und nahm sich noch eine Praline aus der Schachtel neben ihrem Ellbogen.

Leute riefen an, um sich nach ihr zu erkundigen. Nicht ihre Klassenkameraden, sondern Freunde ihres Vaters. »Sprich *du* mit ihnen«, sagte Evie zu Clotelia. Wenn ihr Vater in der Dämmerung den Rasen sprengte, hörte sie draußen manchmal Stimmen. »'n Abend, Sam. Ist Evie – ich habe gehört, sie hatte einen kleinen Unfall. Oder vielmehr –« »Jetzt mal ehrlich«, sagte jemand, »es heißt, deine Tochter hat sich die Initialen eines Filmstars ins Handgelenk geritzt. Ist das wahr?« »In die Stirn«, sagte ihr Vater. »Den ganzen Nachnamen. Von einem Sänger.«

Wenn er wieder hereinkam, wirkte sein Gesicht fahl und eingefallen. Erwachsene mit diesem Gesichtsausdruck gaben auf Nachfrage gewöhnlich zur Antwort: »Nein, ich bin nicht wütend. Nur enttäuscht.« Aber Evie fragte nicht nach, und ihr Vater sagte es nicht von sich aus, jedenfalls nicht laut.

Sie bedeckte ihre Stirn mit Mull aus der Hausapotheke und klebte den Verband an den Seiten fest, genau wie der Arzt es gemacht hatte. Ihr Haar, das sie immer noch nicht gewaschen hatte, war vorne steif von dem Blut und hing am Hinterkopf schlaff und fettig herab. Sie trug einen ursprünglich himmelblauen Bademantel, der inzwischen vor allem an den Kanten zu einem hellen Grau verblichen war. Ihre Hausschuhe waren ebenfalls grau, aus mattem Velours, das früher einmal weiß gewesen war. Auch ohne das mysteriöse Durcheinander um sie herum hätte jeder Ort, an dem sie sich aufhielt, unsauber gewirkt. »Du siehst echt verboten aus«, sagte Clotelia. »Du bist die Unordnung in Person.« Evie starrte sie bloß an und blätterte eine Seite in ihrer Zeitschrift um.

Ihre Lehrer gaben ihre Hausaufgaben ihrem Vater mit. Anfangs schien ihr Vater erleichtert darüber zu sein, daß sie nicht zur Schule ging. Wenn er morgens wegging, sagte er: »So ist es brav. Ruh dich einfach eine Weile aus. Bis heute abend dann.« Aber es war klar, daß er damit rechnete, daß sich die Situation langsam verändern würde – daß sie das Blut aus ihren Haaren waschen, den Verband von der Stirn nehmen, sich einen Pony schneiden würde. Evie unternahm jedoch nicht das Geringste. Ende der Woche ging sie wie geplant zum Arzt, um die Fäden ziehen zu lassen, aber zu Hause zog sie sofort wieder den Bademantel an. »Laß dich mal ansehen«, sagte ihr Vater an diesem Abend. Evie hob das Gesicht und zeigte ihm ihre Stirn, auf der in getrockneten, roten Punkten ›Casey‹ geschrieben stand. »Ah ja«, sagte ihr Vater und schaute wieder weg.

Sie stand morgens auf, wenn er gerade aus dem Haus ging, und trank in ihrem Sessel ein Glas Orangensaft. Dann schlug sie eine Zeitschrift auf. Ihr Vater kaufte ihr die Zeitschriften an einem Kiosk und achtete sorgfältig darauf, nur solche auszuwählen, die nichts mit Rockmusik, Teenagern oder gar mit Liebe zu tun hatten. Wenn sie keine Lust zum Lesen hatte, lag meist eine davon aufgeschlagen in ihrem Schoß, während sie ins Leere starrte. Wenn sie sich langweilte, dann fischte sie unter dem Sessel nach Clotelias Lektüre: *Jet, Ebony* und *Romantische Enthüllungen*. Sie kaute auf einem Fingernagel und überflog verworrene, hoffnungsvolle Liebesberichte und verschmierte Anzeigen für haarglättende und busenvergrößernde Mittel. Schließlich kam Clotelia und fuchtelte mit einem schmutzigen Staubtuch im Wohnzimmer herum. »Wieso liest du diesen Schund?« fragte sie Evie. »Davon wirst du bloß wirr im Kopf.«

»Ich will feststellen, woher deine Weltanschauung stammt«, sagte Evie.

Clotelia leerte einen Papierkorb, indem sie den Inhalt Stück für Stück in einen anderen tat.

Clotelias Haut hatte eine helle Kakaofarbe, aber seit sie mit Brewster Miggs ausging, bezeichnete sie sich als eine Schwarze und trug eine buschige Frisur. »Außerdem will Brewster nicht, daß ich weiterhin als Haushälterin arbeite«, erklärte sie Evie. »Er meint, ich soll kündigen. Das werde ich, habe ich ihm gesagt.« Aber sie erschien weiterhin jeden Morgen um neun, oder um halb zehn oder zehn, in Skihosen und einem afrikanischen Umhang. Wenn sie sich entschloß, ein bißchen zu putzen, dann führte sie ununterbrochen Gespräche mit dem Schmutz. »Komm da raus, du. Ich sehe dich genau. Willst du mich ärgern, oder was? Dieses Haus besteht nur aus Dreck. Aus nichts anderem als Dreck.«

»Du mußt es ja wissen«, sagte Evie. Sie war von Clotelia enttäuscht. Nach vier Jahren war sie immer noch eine gleichgültige Fremde, die mit den Spitzen ihrer beigen, hochhackigen Wildlederstiefel Staubknäuel durch die Gegend kickte. Jede andere wäre inzwischen ein Teil der Familie geworden. Clotelia nahm immer ihre Handtasche mit, wenn sie von einem Zimmer ins andere ging, und rieb ihre Hände mit pinkfarbener Lotion ein, während sie aus dem Küchenfenster starrte. Und wenn sie den Mop hinter einen Heizkörper schob, hatte Evie das Gefühl, das ganze Haus leide unter ihrer Geringschätzung. Es war ein bedrückendes, feucht riechendes Haus. Die geblümten Polstermöbel und die Porzellanfiguren standen schon so lange an ihren Plätzen, daß sie wie festgewachsen wirkten. Clotelia lief spöttisch zwischen ihnen herum, mit Ohrringen, die so groß wie Sklavenringe waren und messerscharfe Lichtblitze an die Wände warfen.

Mittags, wenn die Seifenopern anfingen, saß Clotelia mit ausgestreckten Beinen und einem Bier zwischen den Knien vor dem Fernseher. »Clotelia, was ist mit dem Mittagessen?« fragte Evie.

»Ich schaue mir gerade die Serien an.«
»Ja, das sehe ich.«
»Ist irgendwas mit deinen Füßen?«
»Ich bin gerade erst aus dem Krankenhaus gekommen«, sagte Evie.
»Was denn, haben dir etwa deine Füße Scherereien gemacht? Nein, meine Liebe. Es war der Kopf.« Sie tippte sich mit einem Finger an die Schläfe und richtete dann ihre Aufmerksamkeit wieder auf »Love of Life«. Evie hätte sowieso kein Mittagessen gegessen. Sie aß Pralinen oder den Rest einer Tüte Bonbons aus Clotelias Handtasche. Unterdessen reihte sich im Fernsehen eine Seifenoper an die andere. Leute stritten sich und schluchzten und rannten von Orgelmusik begleitet aus dem Zimmer, und Evie sagte immer wieder: »Großer Gott –«, schaute aber dennoch zu, vom Geschehen auf dem Bildschirm in Bann gezogen. Clotelia sprach von den Figuren, als wären sie Verwandte von ihr. »Also, was *die* da macht, ist mir ein Rätsel. Der Typ interessiert sich doch nicht die Bohne für sie. Hast du ihre Mutter schon mal gesehen? Die Neugier in Person. Weihnachten ist sie dem Mädchen bis nach New York gefolgt, da war sie nämlich über die Feiertage, und dann dieser Adlerblick! Wenn ich die nur sehe, läuft's mir kalt den Rücken runter. Ich hasse solche Frauen.«

»Sie mischt sich ständig in anderer Leute Privatangelegenheiten ein«, sagte Evie, während sie das Einwickelpapier eines Bonbons zerknüllte.

»Allerdings, das kann man wohl sagen. Weißt du noch, als ihr Sohn sich verlobt hat?«

»Das habe ich nicht gesehen.«

»Na ja, das Mädchen war ganz süß, aber ich hatte kein gutes Gefühl bei der Sache. Sie hatte was zu verbergen. Seine Mutter hat es natürlich sofort gemerkt. Der entgeht nichts. Hör doch auf, dauernd mit dem Fuß zu wippen. Das macht mich ganz verrückt.«

»Ich habe nichts Besseres zu tun«, sagte Evie, aber sie hielt den Fuß ruhig.

»Immer, wenn ich von hier komme, sagt Brewster: ›Schätzchen, was bist du heute so kratzbürstig? So kratzbürstig kenne ich dich ja gar nicht.‹ Und ich sage: ›Das liegt an dieser Evie. Die macht mich ganz wirr‹, sage ich.«

»Ich tue dir doch gar nichts«, sagte Evie.

»Ach nein? Sieh dich doch mal um. Wo immer du dich hinsetzt, verursachst du das reinste Chaos. Ich habe hier heute schon aufgeräumt. Guck dir das bloß an.«

Evie schaute sich um. Zerknülltes Zellophan lag neben ihrem Sessel, der Teppich und ihr Schoß waren mit Cracker-Krümeln übersät. »Was erwartest du denn?« fragte sie. »Schließlich bin ich gerade erst aus dem Krankenhaus gekommen.«

»Krankenhaus, genau. Und da wirst du auch bald wieder landen, wenn du deinen fetten Hintern nicht ein bißchen bewegst. Weißt du, was passiert, wenn man zu lange sitzt?«

»Was denn?«

»Die Hautnähte reißen. Sie platzen einfach auf, und das Innere quillt aus allen Ritzen.«

Clotelia benahm sich nie so, wie man es von ihr erwartete.

Nach der Schule kam Violet vorbei. Sie hatte ihre Bücher und den ganzen Krimskrams, den sie im Laufe des Tages angesammelt hatte, bei sich: einen kaputten Schnellhefter, Fehldruckseiten aus dem Schulzeitungsbüro, eine Papierblume, die sie in einem Papierkorb gefunden hatte. Sie trug alles mögliche zusammen. Unter anderem Klatsch und Tratsch aus dritter Hand, bei dem es um Personen ging, von denen Außenseiterinnen wie Evie und sie gelegentlich nicht einmal die Namen wußten. »Du kennst doch das große Mädchen, das Cheerleaderin ist, oder? Die, die nach dem Anfeuerungslied den Spagat macht? Die mußte jetzt heiraten. Lola Nesbitt hat sich mit dem Typen, mit dem sie geht, gestritten. Ich habe gesehen, wie er ihr einen Brief ins Klassenzimmer geschickt hat und dann draußen rumhing und darauf wartete, daß sie ihn lesen würde, aber sie hat ihn gar nicht aufgemacht.«

Evie, die sich plötzlich auf eine neue Reihe von Geschichten einstellen mußte, betrachtete stirnrunzelnd den Bildschirm und versuchte, ihre Gedanken zu sortieren. »Ist das der, der immer bei den Debatten dabei ist?«

»Ich glaube, ja. Miss Ogden ist von ihrer Hochzeitsreise zurück. Sie heißt jetzt Mrs. Bishop. Sie trägt einen ziselierten Ehering mit Diamantsplittern. Sieht ein bißchen kitschig aus; das sagen alle.«
»Und was sagen sie über mich?« fragte Evie.
»Ich weiß nicht.«
»Sie reden nicht?«
»Na ja, dies und das. Du weißt schon.«
Im Fernsehen sprachen gerade zwei verlegene Eheleute abwechselnd über ihre Gefühle, wobei sie sich nach jedem Satz bedeutungsvoll anschauten, untermalt mit Musik, die schon bei jeder simplen Bemerkung und einem gesenkten Blick bedrohlich anschwoll. Violet schaute ihnen zu und klopfte mit einem Fingernagel gegen ihre Vorderzähne.
»Mein Vater glaubt, ich werde zu einem Schönheitschirurgen gehen«, sagte Evie.
»Wirst du das denn nicht?«
»Ha«, sagte Clotelia. »Du glaubst doch wohl kaum, daß sie so viel Verstand besitzt.«
»Ich weiß noch nicht«, sagte Evie. »Aber ich bezweifle es.«
»Du könntest dir einen Pony schneiden.«
»Das wäre noch schlimmer. Plötzlich in der Schule mit einem Pony erscheinen, wo doch jeder wüßte, warum.«
»Dann geh zu einem Chirurgen.«
»Seht euch das an«, sagte Clotelia. »Der Typ da ist ganz schön raffiniert. Hört euch bloß dieses Süßholzgeraspel an. Gestern war er noch hinter der Blonden her, die wir vor der Werbung gesehen haben. Reichlich wankelmütig.«
»Es tut mir nicht leid, daß die Buchstaben *da* sind«, sagte Evie. »Darüber bin ich froh. Ich meine etwas anderes.«
»Was denn?«
»Na ja, ich weiß auch nicht genau.«
»In ein paar Wochen ist das Schuljahr sowieso vorbei«, sagte Violet.
»Das hatte ich ganz vergessen.«
»Das kommt davon, daß du nie vor die Tür gehst. Es ist inzwischen warm draußen.«

»Ja?« Evie drehte sich im Sessel um und zog eine Haarsträhne durch ihre Finger. »Ich finde den Sommer einfach gräßlich.«

»Das sagst du jedes Jahr.«

»Weil es stimmt. Worauf soll ich mich schon freuen? Weißt du was, Violet? Ich dachte, dieser Sommer würde vielleicht anders werden. Aber es sieht nicht so aus.«

»Warum sollte er anders werden?«

Evie gab keine Antwort, aber Clotelia übernahm das für sie. »Weil sie dachte, dieser Casey-Typ würde angeritten kommen und sie mitnehmen, sobald er von ihrer Tat gehört hat.«

»Sei still«, sagte Evie.

»Also, bis jetzt hat er hier jedenfalls noch nicht auf der Matte gestanden, oder?«

»Beachte sie gar nicht«, sagte Evie zu Violet.

Violet seufzte und verschränkte ihre Hände. »Du kannst vielleicht die Abschlußarbeiten zu Hause schreiben. Dein Vater könnte das bestimmt regeln.«

»Glaubst du etwa, ich habe Angst, wieder in die Schule zu gehen?«

»Na ja, Evie, schließlich sitzt du immer noch hier herum. Wieso bleibst du denn sonst die ganze Zeit zu Hause?«

»Hör zu. Warum willst du mir nicht sagen, was die anderen reden. Es macht mir nichts aus, wirklich nicht. Sag mir einfach, was du gehört hast.«

»Das habe ich doch schon«, sagte Violet. »Bloß dies und das, weiter nichts. Jemand kommt auf mich zu und sagt: ›Stimmt das, was ich über deine Freundin gehört habe?‹ ›Was hast du denn gehört?‹ sage ich, und die Person sagt: ›Ach, du weißt schon.‹«

»Aber du mußt doch manchmal eine Antwort geben«, sagte Evie. »Was sagst du dann?«

»Ich sage, ja, ich glaube, so was in der Art ist tatsächlich passiert.«

»Tun sie dann überrascht?«

»Warum sollten sie überrascht tun? Wenn sie fragen, müssen sie ja schon davon gewußt haben.«

»Na, dann eben schockiert. Lachen sie? Was *sagen* sie?«

»Sie überlegen nur einen Moment lang. So ähnlich wie bei – ach, nein, doch nicht ganz so –«

»So ähnlich wie bei wem?«

»Wie bei der Cheerleaderin, die heiraten mußte, wollte ich sagen.«

»Dann denken sie also, ich habe etwas Unanständiges getan?«

»Nein, so habe ich das nicht gemeint. Du meine Güte. So ähnlich wie bei jemandem, der eine Grenze überschritten und etwas getan hat, was die anderen nicht nachvollziehen können. Schwanger werden zum Beispiel, oder sterben, oder wie bei dem Typ vom Spielmannszug, der sich erschossen hat. Weißt du noch? Man denkt: ›Mensch, dem bin ich doch oft auf dem Flur begegnet. Und in Mathe saß ich hinter ihm. Aber ich hatte keine Ahnung, und jetzt hat er es einfach getan.‹ So reden sie.«

»Aha«, sagte Evie.

Beim Abendessen saßen sich Evie und ihr Vater an dem winzigen Küchentisch gegenüber. Clotelia stellte ihnen das Essen hin, ehe sie ging. Sie knallte meistens die Haustür hinter sich zu und stolzierte mit lauten Schritten davon. Sie verabschiedete sich nur selten. In der Stille, die sie hinterließ, lag etwas Wütendes, als habe sie sagen wollen: ›Na bitte, das habt ihr nun davon. Ich hau ab. Mir reicht's.‹ Die beiden blickten schuldbewußt und verlegen drein, während sie in ihren gebackenen Bohnen herumstocherten. »Nun«, sagte ihr Vater meistens irgendwann. »Erzähl mal, was du heute so gemacht hast. Hast du mit jemandem gesprochen? Warst du viel draußen?« Aber Evies Antwort lautete immer: »Ich habe niemanden getroffen. Ich bin gar nicht weg gewesen.«

»Ist Violet vorbeigekommen?«

»Ja.«

»Und wie geht es ihr?«

»Oh, gut.«

Sein Unmut war gezügelt, er äußerte sich nur in der Art, wie er mit der Gabel hantierte oder mit tiefen, hastigen Schlucken Wasser trank. Er las jetzt nicht mehr beim Essen. Er richtete seine Aufmerksamkeit ausschließlich auf Evie, als hätte er einen Entschluß gefaßt. Wenn Evie ihrerseits zu lesen versuchte, dann lasteten sein

Blick und sein verkrampftes Lächeln so schwer auf ihr, daß sie schließlich resigniert ihre Zeitschrift beiseite schob. »Na schön«, sagte sie dann zu ihm.
»Was?«
»Wolltest du etwas sagen?«
»Nein, nein. Nicht daß ich wüßte.«
Sie beendeten ihre Mahlzeit schweigend. Jedes Klimpern einer Gabel, die auf einen Teller traf, klang so laut und künstlich wie ein akustischer Effekt. Essen, das ihr nicht schmeckte, glaubte Evie, machte auch nicht dick. Sie kämpfte sich durch den Berg aus Bohnen und Würstchen, lauwarmen Ananasringen aus der Dose und Instant-Kartoffelbrei, und alles sank schwer in ihren Magen und verursachte ein unbehagliches, aber zufriedenstellendes Gefühl. Wenn ihr Vater die Glasschälchen mit Wackelpudding aus dem Kühlschrank holte, aß sie ihre Portion restlos auf und legte anschließend ihren Löffel fein säuberlich neben das Messer auf den Tisch. Dann waren sie erlöst. Sie konnten sich jeder in einen anderen Teil des Hauses zurückziehen und ihren Beschäftigungen nachgehen.

Sie hörte mittlerweile nicht mehr Radio. Sie lag auf dem Bett, feilte sich die Nägel oder blätterte in Zeitschriften, und manchmal verfiel sie in Tagträume, in denen sie flüsternd einseitige Gespräche führte. »Bist du nicht Drum Casey? Dacht ich's mir doch. Ich habe dich vor Jahren mal singen gehört. Ja, ich bin Evie Decker. Damals war ich noch dick, ich hätte nicht gedacht, daß du mich wiedererkennen würdest.« Sie warf ihr Haar zurück, und eine glatte, weiße Stirn kam zum Vorschein. Aber nicht künstlich glatt. Denn sie stellte sich das Ergebnis der Schönheitsoperation als ein künstliches, weißes, porenloses Rechteck vor, das aussah wie ein leeres Etikett und von einer dünnen Linie aus Narbengewebe umrahmt war. In ihrem Tagtraum besaß ihre Stirn jedoch eine natürliche Glätte, und die zerfransten Buchstaben, die das Wort ›Casey‹ ergaben, waren nur ein Witz gewesen, etwas, das sie aus Jux mit roter Tinte geschrieben hatte, oder besser noch, etwas, das Casey sich ausgedacht hatte. »Buchstaben? Ich habe mir doch keine Buchstaben in die Stirn geritzt. Wie kommst du denn *darauf*? Glaubst du etwa, ich ritze mir den Namen eines Wildfremden ins Gesicht?«

Aber am Ende fühlte sie sich jedesmal niedergeschlagen und betrogen. Wenn sie aufstand, um ein Kleenex oder eine Papierfeile zu holen, fiel ihr Blick auf ihr Gesicht im Spiegel über der Kommode, das ihr etwas zuflüsterte, und sie preßte die Lippen zusammen und legte sich wieder hin. Gegen neun Uhr versuchte sie dann einzuschlafen. Alle ihre Muskeln waren steif, weil sie den ganzen Tag gesessen hatte. Sie wälzte sich von einer Seite auf die andere und strich immer wieder die Laken glatt, um das Gefühl von Unordnung, das sie bis ins Bett verfolgte, loszuwerden.

Am Dienstag morgen, zehn Tage nachdem sie aus dem Krankenhaus gekommen war, sagte ihr Vater: »Evie, Liebes, ich muß mit dir reden.«

»Hmm?« sagte Evie. Sie saß bereits in ihrem Sessel, eine Tüte Marshmallows neben sich.

»Ich habe mir Gedanken wegen der Schule gemacht. Willst du nicht langsam wieder hingehen?«

»Nein, eigentlich nicht«, sagte Evie. Sie schaute zu ihrem Vater hoch, der leicht schaukelnd vor ihr aufragte. Die Morgensonne hellte die Spitzen seiner Wimpern auf. »Ich bin noch nicht soweit«, erklärte sie ihm.

»Noch nicht soweit? Was meinst du damit?«

»Na ja, ich glaube, ich habe einen leichten Virus. Sonst würde ich bestimmt hingehen, aber ich glaube, es ist besser, wenn ich so lange zu Hause bleibe, bis ich ganz gesund bin. Der Kopf tut mir weh.«

»Aber wenn es nur das –«

»Und mein Magen ist nicht in Ordnung. Meine Gelenke schmerzen.«

»Evie, Liebes, die Schulleitung hat sich in deinem Fall wirklich sehr großzügig gezeigt. Aber jetzt, wo die Abschlußarbeiten bevorstehen –«

»Na schön, vielleicht morgen«, sagte Evie.

»Meinst du das ernst?«

»Klar.«

Aber an der Tür blieb er noch einmal stehen und klimperte mit den Schlüsseln in seiner Tasche, und die Stille, die er hinterließ, gab Evie das Gefühl eines Aufschubs.

Sie saß reglos da, die Hände auf ihrem Schoß gefaltet, und starrte ins Leere. Eine Uhr schlug. Ein Rasenmäher wurde angeworfen. Clotelia knallte die Haustür und ging direkt in die Küche, um Kaffee zu kochen. Evie sah nur einen wirbelnden Zipfel ihres Umhangs. »Clotelia!« rief Evie.

Clotelia antwortete nicht.

»*Clotelia!*«

Aber sie hörte nur das Klappern von Besteck.

Evie wartete noch einen Augenblick, dann erhob sie sich mühsam aus dem Sessel und ging zum Telefon im Flur. Das Telefonbuch neben dem Apparat war von einer Staubschicht bedeckt. Sie ging mit dem Daumen die Seiten durch, bis sie Farinia gefunden hatte: es waren anderthalb Seiten mit Namen, von denen die meisten Frazell lauteten. Es gab dreimal den Namen Casey. Der erste hieß Asquith, was ihr unwahrscheinlich vorkam. Dann ein B. L., und danach Obed E. Wenn der Name seines Vaters B. wie Bertram lautete, würde Drum dann nicht Bertram junior heißen? Sie wählte die Nummer trotzdem. Eine Frau meldete sich mit atemloser Stimme. »Hallo«, sagte Evie. »Kann ich bitte mit Drum sprechen?«

»Mit wem?«

»Drumstrings.«

Schweigen.

»Bertram?« sagte Evie.

»Wer?«

»Ich muß mich wohl verwählt haben.«

»Ja, scheint so.«

Die Frau legte auf. Evie drückte kurz die Gabel hinunter und rief dann bei Obed E. an, wo sich wiederum eine Frauenstimme meldete. »Ja, hallo?«

»Ich möchte bitte mit Drum sprechen«, sagte Evie.

»Mit – ach so.« Der Hörer am anderen Ende stieß irgendwo gegen, und die Frau rief: »Bertram? Telefon.« Evie stand gekrümmt vor dem Flurtischchen und preßte die Falten ihres Bademantels gegen ihren Bauch.

»Hallo«, sagte Drum Casey.

»Hier spricht Evie Decker.«

»Hmh?«

»Ich habe mir deinen Namen in die Stirn geritzt.«

»*Oh*, ach ja«, sagte Drum. Er schien gerade etwas zu essen; er kaute und schluckte.

»Ich würde dich gerne kurz treffen.«

»Also...«, sagte Drum.

»Es wird nicht lange dauern. Ich möchte etwas mit dir besprechen.«

»Was denn?«

»Das kann ich dir nur persönlich sagen. Kannst du herkommen?«

»Ich bin in Farinia«, sagte Drum.

»Das weiß ich. Hast du kein Auto?«

»Hör mal, glaubst du etwa, mein Telefon wird abgehört? Warum sagst du es mir nicht einfach jetzt gleich?«

»Es ist in deinem eigenen Interesse«, sagte Evie. Ihr Tonfall wurde immer förmlicher. Um das auszugleichen, sagte sie: »*Mir ist es schnuppe.*«

»Also gut, warte einen Moment«, sagte Drum. Sie hörte, wie er sich vom Apparat entfernte und »Mutti?« rief. Der Gedanke verblüffte sie, daß Drum Casey der Sohn von jemandem war, zu einer Familie gehörte und ein bestimmtes Alter besaß, über das sie noch gar nicht nachgedacht hatte. Als er zurückkam, sagte er: »Okay. Wo bist du?«

»Ich bin zu Hause.«

»Und wo ist das, bitte?«

»Hawthorne Street vierzehnhundertzwanzig.«

»Bist du ganz sicher, daß du es mir nicht am Telefon sagen kannst?«

»Absolut sicher«, sagte Evie.

Als sie aufgelegt hatte, stellte sie fest, daß Clotelia mit einer Tasse Kaffee in der Hand dicht hinter ihr stand und den Kopf schüttelte. »Evie«, sagte sie. »Das muß aber ein wichtiger Anruf gewesen sein, daß du mich nicht mal bemerkt hast.«

Evie wandte sich ab und ging, ohne zu antworten, die Treppe hinauf.

Sie hatte nichts Passendes anzuziehen. Sie besaß nicht ein einziges Kleid, das ihr gefiel; sie durchwühlte ihren ganzen Kleiderschrank und zerrte an allen Röcken, so daß die Bügel klimperten. Schließlich entschied sie sich für ein Partykleid aus rotem Taft. Der Schnitt und die Länge waren schon seit Jahren nicht mehr modern, aber immerhin war es rot. Sie streifte es über ihren Kopf und zog es zurecht, bis die Knöpfe auf einer Höhe mit den Knopflöchern waren. Dann schlüpfte sie in ihre Plastiksandalen. Im Badezimmer wusch sie sich im Waschbecken die Haare mit Ivory-Seife. Zum Glück hatte sie sich keinen Pony geschnitten. Ihr Haar fiel vom Mittelscheitel aus in nassen Strähnen herab, die sich auf Kinnhöhe schlangenförmig ringelten. Ihre sonst fast unsichtbaren Sommersprossen stachen auf der blassen Haut deutlich hervor und bildeten eine Art Fortsetzung der roten Punkte auf ihrer Stirn. Sie lächelte ihrem Spiegelbild zu und entblößte dabei große, eckige Zähne. Stirnrunzelnd wandte sie sich ab.

Während sie auf der vorderen Veranda wartete und ihre Bücher an sich gedrückt hielt, hatte sie den Eindruck, daß ihr aus der Nachbarschaft eine Welle der Mißbilligung entgegenschlug. Eine Frau mit einem Gärtnerhut war gerade dabei, ihre Hecke zu schneiden, und warf Evie bei jedem Schnippen der Schere einen scharfen Seitenblick zu. Abweisende Häuserfronten musterten sie streng. Hinter ihr, in ihrem eigenen Haus, schlug Clotelia die Türen, verrückte die Möbel und murmelte vor sich hin, aber Evie konnte nicht verstehen, was sie sagte. Einmal trat sie mit einer langhalsigen Gießkanne an die Fliegengittertür. »Ich hätte nicht übel Lust, deinen Vater anzurufen«, sagte sie zu Evie.

»Was willst du ihm denn sagen?«

»Er würde nicht erlauben, daß du diesen Mistkerl triffst, das weißt du genau.«

»Ich tue nichts Unrechtes«, sagte Evie. Sie drückte den Rücken durch und warf der Frau im Garten unvermittelt ein Lächeln zu.

Ihr Vater hatte Drum Casey Hausverbot erteilt, als würde Drum dauernd mit einem Blumenstrauß und einer Leiter in den Vorgarten stürmen und um Einlaß betteln. Fast gelang es ihr, sich einzubilden, daß ihr Vater mehr wußte als sie. Aber als Drum endlich in einem zerbeulten, schwarzen Dodge mit falschherum angebrachten Nummernschildern vorfuhr, lehnte er sich bloß aus dem Wagenfenster und starrte sie an, ohne zu lächeln. Evie umklammerte ihre Bücher fester und ging auf ihn zu.

»Gehst du gerade weg?« fragte er.

»Ich muß zur Schule. Ich dachte, du könntest mich vielleicht hinfahren, und wir reden unterwegs im Auto.«

»Komische Zeit, zur Schule zu gehen.«

»Ich weiß. Ich bin spät dran.«

Sie öffnete die Wagentür und stieg auf den Beifahrersitz. Das Innere des Autos war von der Morgensonne erwärmt und roch süßlich. Statt des schwarzen Jeansanzugs, in dem er auftrat, trug Drum Casey Blue Jeans und ein T-Shirt, dessen Ärmel er über die Oberarmmuskeln hochgerollt hatte. In den hellen Farben wirkte er gutmütiger und weniger eindrucksvoll. Er hatte sich auf das Lenkrad gestützt, und das Haar hing ihm ins Gesicht. Er ließ den Blick über ihre Stirn gleiten, ohne genau hinzusehen. »Ich habe nicht viel Zeit«, sagte er.

Evie lächelte nur. »Ich dachte, du hättest vielleicht ein Motorrad«, sagte sie.

»Ich, eine Maschine?«

»Ein Motorrad.«

»Nee, die sind mir zu gefährlich.«

»Ach so, verstehe«, sagte Evie. Sie schaute zu, wie Drum den Wagen in Bewegung setzte. Er steuerte gelassen, die Unterarme auf das Lenkrad gelegt. Er trug eine Armbanduhr mit einem silbernen Gliederband, deren Anblick ihr noch einmal eine abgeschwächte Version des Schrecks versetzte, den sie empfunden hatte, als sie ihn nach seiner Mutter rufen hörte. Zog er etwa jeden Morgen die Uhr auf und sah nach, ob sie richtig ging, versuchte er, pünktlich zu sein, so wie ein ganz normaler Mensch? »Wie alt bist du?« fragte sie ihn.

»Neunzehn.«

»Ich bin siebzehn.«

Drum sagte nichts.

»Wenn du neunzehn bist«, sagte Evie, »gehst du dann noch zur Schule?«

»Nein.«

»Was machst du denn dann?«

»Eigentlich nichts Besonderes.«

Das Auto bog in die Hauptstraße ein. Sie fuhren an ein paar kleinen Läden und Cafés vorbei, an der Bowling-Bahn und an dem Lesesaal der Christian-Science-Gemeinde. Evie rückte dicht ans Fenster, aber es war niemand da, der sie hätte sehen können.

»Was wolltest du mir sagen?« fragte Drum.

»Also, mir ist heute morgen eine Idee gekommen.«

»Muß ich hier abbiegen?«

»Nein, erst an der nächsten Ecke.«

»Ich war erst einmal hier, aber ich habe einen guten Orientierungssinn.«

»Wir waren in der Zeitung. Hast du es gesehen?« fragte Evie.

»Ja, habe ich. War aber bloß ein Bild.«

»Besser als nichts.«

»Stimmt.«

»Jemand hat mir den Ausschnitt mit der Post geschickt.« Sie wühlte in ihrer Mappe, bis sie ihn gefunden hatte: ein in Plastik eingeschweißtes Foto von ihr und dem finster blickenden Drum, wie sie im Krankenhauszimmer nebeneinander vor dem auf dem Boden liegenden Laken standen. Auf die Plastikfolie war eine getippte Nachricht geklebt: »Wir gratulieren Ihnen zu Ihrem jüngsten Erfolg. Und wenn Sie auch sonst erfolgreich sein wollen, dann kommen Sie zu Sonny Martin, *dem* Fachmann für Immobilien in Pulqua County.« »Eigentlich steht es dir zu«, sagte Evie. »Hier, du kannst es haben.« Drum schaute einen Augenblick von der Straße weg, um einen Blick auf den Ausschnitt zu werfen, dann nickte er und steckte ihn in seine Gesäßtasche.

»Danke«, sagte er.

»Es ist gute Publicity.«

»Ja, vermutlich.«

»Was für Werbung machst du sonst?« fragte sie ihn.

Drum stieß ein kurzes, überraschtes Lachen aus. »*Solche* jedenfalls nicht«, sagte er.

»Gibst du Anzeigen auf?«

»Ich habe einen Manager.«

»Ich dachte, nur Boxer hätten Manager.«

»Nein«, sagte Drum. »Na ja, die natürlich auch.« Er hatte inzwischen vor der Schule gehalten, saß aber mit gerunzelter Stirn da und trommelte mit einem Finger auf das Lenkrad, so als wäre er plötzlich nicht mehr sicher, ob er wirklich einen Manager hatte. »Allerdings ist er gleichzeitig mein Schlagzeuger«, sagte er schließlich.

»Gibt er Anzeigen auf?«

»Manchmal. Meistens redet er. Geht zu allen möglichen Leuten und spricht mit ihnen.«

»Fände er es nicht gut, wenn du mehr Publicity kriegen würdest?«

»Worauf willst du hinaus?«

»Wie wäre es, wenn ich zu all deinen Auftritten kommen würde, damit die Leute mich sehen können. Mit dem Haar aus der Stirn gekämmt. Würde das nicht Aufsehen erregen und sich herumsprechen? Alle würden sagen: ›Seht nur, was sie für ihn getan hat. Irgendwas muß also an ihm dran sein.‹ Meinst du nicht?«

»Ja, wahrscheinlich«, sagte Drum. »Bis es geheilt ist.«

»Geheilt? Was meinst du damit? Es wird nicht heilen.«

Er reagierte nicht so, wie sie erwartet hatte. Er hörte auf, mit dem Finger zu trommeln, ließ sich gegen die Rückenlehne fallen und starrte die Windschutzscheibe an. Nach einer Weile sagte er: »*Was?*«

»Ich dachte, das wüßtest du.«

»Heißt das, es werden, ähm –«

»Narben bleiben«, sagte Evie.

Eine Reihe von Mädchen in Turnhosen lief über den Sportplatz, gefolgt von Drums finsterem Blick. »Mein Gott«, sagte er.

»Tja, das ist jetzt nicht mehr zu ändern. Fändest du es nicht gut,

wenn ich bei deinen Auftritten im Publikum sitzen würde? Die Leute würden sagen: ›Wir müssen uns unbedingt Drum Casey anhören, wegen dem hat sich ein Mädchen –‹«
»Hast du den Verstand verloren?«
»Wieso? Was ist daran so verrückt?«
»Du findest das vielleicht normal«, sagte Drum. »Aber *ich* werde unter solchen Umständen nicht auftreten.«
»Unter welchen Umständen?«
»Was glaubst du denn, wie ich mich fühlen würde?«
»Also, ich wüßte nicht –«
»Geh jetzt«, sagte Drum. »Steig aus. Was passiert ist, tut mir sehr leid, aber ich muß mein eigenes Leben leben.«
»Dagegen hat ja keiner was.«
»Los, *geh* jetzt.«
»Du kannst dein eigenes Leben leben, soviel du willst«, sagte Evie, aber sie spürte, wie ihre Worte ungehört verklangen. Drum hatte sich über sie gebeugt, um die Wagentür zu öffnen. Sein Arm war mit feinen braunen Haaren bedeckt, auf denen ein schwacher Schweißglanz lag. Einen Moment lang starrte sie ihn wehmütig an, diesen einzelnen Arm, den sie zum erstenmal richtig wahrnahm. Dann sagte sie: »Na schön, dann eben nicht.« Sie stieg unbeholfen aus, umklammerte mit einer Hand ihre wegrutschenden Bücher und strich ihren zerknitterten Rock glatt. Ihr Kopf fühlte sich schwer an, als hinge ein Gewicht an ihrem Kinn, das ihr Gesicht nach unten zog.

Aber als sie die Stufen zur Schule hinauflief, starrten zwei Mädchen in Turnhosen an ihr vorbei auf den wegfahrenden Wagen. Sie schauten Evie an, dann wieder den Wagen. Evie lächelte ihnen zu und ging hinein. Wenn die zwei es gesehen hatten, dann würde es bis zum Mittag die ganze Schule wissen. Die Neuigkeit würde sich blitzschnell in den Klassenzimmern und in der Essensschlange ausbreiten. »Das Mädchen, das sich den Namen des Sängers eingeritzt hat – also, die trifft sich neuerdings mit ihm. Er hat sie zur Schule gefahren. Die beiden haben ziemlich lange im Auto gesessen. Was sie wohl die ganze Zeit gemacht haben?«

Sie lächelte einem Jungen zu, den sie nicht kannte, und legte ihre

Bücher vor ihrem Garderobenschrank ab. Falls der Junge ihre Stirn anstarrte, so bemerkte sie es jedenfalls nicht. Die Buchstaben prangten dort unübersehbar und stolz, umrahmt von feuchtem Haar, schöner als jedes künstliche Rechteck, das ein Chirurg hätte einsetzen können.

6

Drum Caseys Schlagzeuger hieß David Elliott. Einige Leute hatten ihn eine Zeitlang aus Spaß »Guitar« genannt, um das Bild abzurunden, aber David gehörte zu den Menschen, an denen Spitznamen nicht haften blieben. Er war nicht unbekümmert genug. Er spielte immer mit voller Konzentration, beobachtete dabei seine Hände und saß kerzengerade, anstatt sich wie andere Schlagzeuger über die Trommeln zu beugen. Dadurch wirkte er kindlich, obwohl er über einsachtzig groß war. Er hatte hellblonde, gerade geschnittene Haare, die ihm bis über die Augenbrauen hingen. Sein Gesicht hatte feine Züge, und die Farbe seiner fast durchsichtigen Augen erinnerte an altmodische blaue Weckgläser. Dennoch hatte er keinen Erfolg bei Mädchen. Sie mochten sein Aussehen, aber nicht seine Ernsthaftigkeit. Er sprach mit zuviel Nachdruck; in seinen Bewegungen lag eine nervöse Ungeduld, und er plante zu weit im voraus. »Wir sind gut. Wir kommen gut an«, sagte er zu den Mädchen. »Als nächstes werden wir in einem Nachtclub auftreten. Wir werden es bis ganz nach oben schaffen. Es ist nur eine Frage der Zeit.« Neben ihm wirkte Drum bedächtig, reserviert und undurchschaubar. Er machte ebenfalls Pläne, aber im Gegensatz zu David redete Drum nicht von »nach oben«, sondern von »raus«. »Wenn wir hier erst mal raus sind, kauf ich mir einen Sportwagen. Ich zieh so weit weg, daß ich nicht mehr nach Hause finde, weil ich den Namen dieser Stadt vergessen und die Landkarte von der Gegend hier weggeworfen habe. Und ich werde mir neue Bühnenklamotten kaufen. Was Glitzerndes.« Die Mädchen hefteten sich an seine Fersen, während David allein zurückblieb und sich neue Werbeideen ausdachte.

David sprach in Clubs und Kneipen und bei Kirchenorganisationen vor. Tagsüber ging er von Haus zu Haus und verkaufte Versicherungen, aber er nutzte jede Gelegenheit, das Gespräch auf Musik zu lenken. »Endlich ist Frühling. Planen Sie eine Tanzparty? Kennen Sie jemanden, der eine Tanzparty gibt? Sie sollten eine Band engagieren. Schallplatten sind nicht halb so gut wie Live-Musik. Was ist mit dieser Mrs. Howard, die in dem Haus auf dem Hügel wohnt? Die veranstaltet doch jedes Jahr im Mai eine Tanzparty. Braucht sie keine Band? Könnten Sie bei ihr mal nachfragen? Es ist billiger, nur uns beide zu engagieren; außerdem sind größere Bands oft unberechenbar.« Er war überzeugt, mit effektvollen Werbegags die Aufmerksamkeit unschlüssiger Menschen zu fesseln. Leuchtend rote Karten mit goldener Schrift – »Drumstrings mit der Gitarre, David mit den Trommelstöcken, 839-3036« – waren an alle Schwarzen Bretter in der Gegend geheftet. Davids Jeep war mit psychedelisch aussehenden Spiralen und einer purpurfarbenen Telefonnummer bemalt. Im Dezember hatte er an alle wichtigen Geschäftsleute in Pulqua, Farinia und Tar City Weihnachtskarten mit dem Bild eines Orchesters aus lauter Engeln geschickt. Er hatte Drum den Rat gegeben, seine Gitarre ständig mit sich herumzutragen, aber Drum tat es nicht. (»Auch wenn ich in die *Apotheke* gehe?« sagte Drum, »oder in den Schnapsladen? Du spinnst wohl?«) Und als Evie Decker den Namen »Casey« in ihre Stirn geritzt hatte, war David derjenige gewesen, der den Zeitungsfotografen anrief. »Siehst du, deswegen brauchst du einen Manager«, sagte er zu Drum. »Du wärst bestimmt nicht darauf gekommen. Dafür hast du keinen Sinn.«

»Du hast recht«, sagte Drum. »So was muß ich dir überlassen.«

Drum kam gut mit David aus, besser als die meisten anderen Leute. Ihm gefiel es, von seiner ungeheuren Energie zu profitieren, sich nicht um organisatorische Dinge kümmern zu müssen und den flüssigen, präzisen Formulierungen zuzuhören, die David, wie er vermutete, während seines dreimonatigen Studiums am Campbell College gelernt hatte. Aber die Präzision, die Drum beim Reden bewunderte, mochte er an Davids Schlagzeugspiel nicht. Er hielt zwar immer den Takt, aber es wirkte irgendwie mechanisch und seelenlos. Andere Schlagzeuger flippten beim Trommeln aus; David verlor nie die Kontrolle. Auch wenn er das Tempo immer weiter steigerte, verzog er keine Miene und beugte sich nicht einmal vor. »Du hinkst hinterher«, sagte Drum, »das spüre ich ganz genau.«

»Ich hinke nicht hinterher. Ich bin immer voll da.«

»Mag sein, aber du bremst mich irgendwie. Blockierst mich. Ich weiß auch nicht.«

»Dann such dir doch einen anderen Schlagzeuger.«

Aber das tat er nicht. Gemeinsam gingen sie jedes neue Stück durch, probierten einzelne Textstellen aus, stritten sich und warfen sich gegenseitig Schimpfworte an den Kopf. Wenn es um Musik ging, behielt Drum immer das letzte Wort. Er hatte das richtige Gespür. »Was soll dieses Gerede mitten in den Stücken?« fragte David einmal. »Was bezweckst du damit? Meistens redest du völlig zusammenhangloses Zeug.«

»Ich werde mich darüber nicht mit dir streiten«, sagte Drum. »Ich tu es einfach. Wenn du nicht weißt, warum, dann bist du hier fehl am Platz.«

»Schon gut. Ist mir auch egal.«

Er war schlau genug, sich bei solchen Themen nicht mit Drum anzulegen. Er hielt Drum für einen tollen Musiker, der es verdient hatte, bis an die Spitze zu gelangen. Wenn im Publikum Leute redeten, anstatt zuzuhören, verfluchte David sie leise während des gesamten Auftritts. Wenn Drum wieder einmal in trübsinnige Stimmung verfiel, lief David ihm hinterher und holte zerknüllte Zettel mit angefangenen Songs aus den Papierkörben. »Du hast überhaupt keinen Grund, den Kopf hängen zu lassen. Andere würden ihre rechte Hand dafür geben, wenn sie so was schreiben könnten. Du bist kurz vor dem Durchbruch. Du hast es beinahe geschafft.«

»Glaubst du wirklich? Ich weiß nicht. Vielleicht hast du recht«, sagte Drum dann schließlich.

David besuchte Evie Decker an einem Samstagnachmittag, kurz vor den Abschlußprüfungen. Sie war auf der vorderen Veranda und lernte. Sie lag auf einer hölzernen Schaukel, ein zusammengeknautschtes, geblümtes Kissen unter dem Kopf, und hatte einen Fuß auf den Boden gestellt, um sich Schwung geben zu können. Als sie den Jeep hörte, drehte sie den Kopf zur Seite und blinzelte. Bunte Spiralen bedeckten die Karosserie und das Stoffverdeck, auf dem die Farben verliefen und blasser waren. Die kleine, mit Nieten befestigte Tür ging auf, und Drum Caseys Schlagzeuger stieg aus und strich mit den Fingern seine Ponyfransen glatt. »Der Missouri-Kompromiß«, las Evie laut weiter, »wurde mit dem Ziel geschlossen...« Aber ihre Augen waren auf David gerichtet. Sie beobachtete ihn, wie er, stocksteif und mit energischen Schritten, den Vorgarten durchquerte und die Stufen hochstieg. Weil sein helles Haar im Sonnenlicht unwirklich glänzte, kam er ihr wie eine Gestalt aus einem ihrer Tagträume vor. Kein Grund zur Beunruhigung also. »Hallo«, sagte er.

»Hallo«, sagte Evie. Sie setzte sich auf und steckte einen Finger in ihr Geschichtsbuch, um die Stelle später wiederzufinden.

»Bist du Evie Decker?«

Aber das mußte ihm eigentlich klar sein, denn inzwischen konnte er ihre Stirn deutlich sehen. Sie antwortete nicht.

»Ich bin David Elliott. Ich spiele Schlagzeug bei Drum Casey.«

»Ich weiß. Ich habe dich gleich wiedererkannt«, sagte Evie. Sie wartete darauf, daß er fortfuhr, aber er schaute sich erst einmal in Ruhe um. Er betrachtete das weißgestrichene Haus, den Rasen, der wegen der laufenden Sprenkleranlage feucht glitzerte, und schließlich Evie selber, die ein weites Hängerkleid trug und barfuß war. Dann sagte er: »Können wir uns kurz unterhalten?«

»Ja, in Ordnung.«

Er setzte sich auf die oberste Verandastufe und legte die Unterarme auf die Beine. Jetzt, da er im Schatten war, hatte sein Haar den Glanz verloren. Er war eindeutig aus Fleisch und Blut und durchgeschwitzt. Evie begann sehr schnell hin und her zu schaukeln.

»Außerdem bin ich sein Manager«, sagte David.

»Ja, ich weiß.«

»Ich kümmere mich um die Werbung, organisiere Auftritte bei Partys und so weiter. Ich glaube, wir machen einen tollen Sound.« Er warf ihr einen kurzen Blick zu. »Das liegt vor allem an *Drum*.«

Evie hörte auf zu schaukeln.

»Drum hat echt was drauf«, sagte er zu ihr. Warum starrte er ihre Füße an? Sie krümmte die Zehen. »Findest du nicht auch?« fragte er.

»Ja, natürlich«, sagte Evie. »Das weißt du doch.« Sie schob eine lose Haarsträhne aus ihrer Stirn. David betrachtete einen Moment lang die Narben und schaute dann zu Boden – ein Verhalten, das sie normalerweise wütend machte. »Worüber willst du mit mir reden?« fragte sie ihn.

»Ach so. Nun, du hast Drum doch neulich einen Vorschlag gemacht. In Sachen Publicity.«

»Am Dienstag«, sagte Evie.

»Es stimmt also, daß du ihm etwas vorgeschlagen hast?«

»Na ja, ich dachte, ich könnte zu seinen Konzerten gehen und mich in die erste Reihe setzen, verstehst du. Dann würden die Leute sagen: ›Dieser Typ muß einfach gut sein. Seht doch mal, was sie seinetwegen getan hat.‹ Leider hat dein Freund –«

»Das ist keine schlechte Idee«, sagte David.

»Dein Freund hat nein gesagt.«

»Ach, er hat von so was keine Ahnung. Dafür bin ich zuständig.«

»Er sagte, er könne unter solchen Umständen nicht auftreten.«

»Was weiß er schon?«

»Er wird schon wissen, wann er auftreten kann und wann nicht«, sagte Evie.

»Hör zu. Hast du Lust, es zu versuchen? Nur einmal, heute abend. Wenn die Leute auf dich aufmerksam werden, kommst du auch in Zukunft mit. Wenn nicht, dann läßt du es bleiben. Abgemacht?«

»Was, ich soll einfach nur herumsitzen?«

»Genau, und zwar heute abend. Ich hole dich um acht ab und fahre dich hin. Du bekommst drei Dollar, und ich bezahl dein Bier. Aber trink nicht zuviel, verstanden? Das würde einen schlechten Eindruck machen.«

»Ich trinke sowieso nie mehr als ein Bier.«

»Allerdings, wenn ich es mir recht überlege, wäre auch nichts dagegen einzuwenden, wenn du viel trinkst. Das könnte nicht schaden.«

»Ich trinke nie mehr als ein Glas«, sagte Evie.
»Na gut.«
Er stand auf, und Evie erhob sich ebenfalls, das Buch immer noch in der Hand. »Warte mal«, sagte sie.
»Was ist?«
»Also, ich weiß nicht recht. Ich muß erst noch darüber nachdenken –«
Er wartete schweigend. »Es ist wegen deinem Freund«, sagte sie. »Drum, meine ich. Ich will auf keinen Fall über seinen Kopf hinweg etwas tun, was ihm wahrscheinlich nicht recht ist. Wie wird er reagieren? Was sagt er zu deinem Besuch hier?«
»Er weiß nichts davon«, sagte David.
»Oh«, sagte Evie.
»Er überläßt solche Sachen mir«, erklärte David. Er hob plötzlich den Kopf und schaute ihr direkt in die Augen. »Man darf nicht auf das hören, was *er* sagt. Wo wäre er denn, wenn es nur nach ihm gegangen wäre? Er würde in seinem Zimmer sitzen und nur für sich selber spielen. Es wär die reinste Verschwendung. Und ich hasse Verschwendung.«
Daraufhin schien alles geregelt zu sein. Evie nickte und ließ ihn gehen.

Um acht Uhr am selben Abend stieg Evie die Vorderstufen hinunter. Sie trug Rock und Bluse, ihre Plastiksandalen und ein blaues Nylon-Stirnband, das verhinderte, daß ihre Haare ins Gesicht fielen. Der Jeep stand bereits am Straßenrand. Hinter David saß Drum, die Beine auf der Rückbank ausgestreckt, die Gitarre im Arm. Evie war nicht auf den Gedanken gekommen, daß er auch mitfahren würde. Sie blieb erstarrt auf dem Bürgersteig stehen und krallte sich an ihrer Handtasche fest. Dann sagte David: »Nee, nee. Das geht so nicht.«
»Was?« fragte sie.
»Du mußt Schwarz tragen. Was Schickes.«
»Niemand macht sich für das Unicorn schick.«
»*Du* schon. Du willst doch auffallen. Wir warten solange.«
»Was? Ich soll mich *jetzt* noch mal umziehen? Das geht nicht.

Mein Vater würde garantiert Verdacht schöpfen. Er glaubt nämlich, ich besuche eine Freundin.«

»Dann warten wir eben an der nächsten Straßenecke auf dich.«

»Verdammt noch mal«, sagte Drum. David brachte ihn mit einer Handbewegung zum Schweigen.

»Überlaß das mir«, sagte er. »Ich habe alles genau durchdacht. Wir warten da hinten, Evie.«

Evie rannte hoch in ihr Zimmer. Sie zog sich hastig um, suchte nach Sachen, die direkt vor ihrer Nase lagen, zerriß Nylonstrümpfe, zerrte an klemmenden Reißverschlüssen und stolperte über auf dem Boden liegende Kleidungsstücke. Sie fürchtete, der Jeep könnte weg sein, wenn sie zu lange brauchte. Er würde verschwinden, wie ein winziges, federleichtes Boot, das von achtlosen, vergeßlichen Menschen gesteuert wurde. Sie zog eine schwarze Bluse mit rundem Ausschnitt und einen schwarzen Rock an. Dann nahm sie ein Paar Pumps in die Hand und lief auf Strümpfen die Treppe hinunter. »Bin bald zurück, Vati«, rief sie. Ihr Vater antwortete nicht. Er hatte sie vielleicht gar nicht gehört.

Der Jeep wartete an der Ecke. Drum zupfte immer wieder ein und dieselbe Gitarrensaite. Er hörte damit auch nicht auf, als sie in den Wagen stieg, aber David musterte sie eingehend und sagte: »In Ordnung. Viel besser.«

»Soll ich das jedesmal tragen?«

»*Jedesmal?*« sagte Drum. »Wie oft willst du denn mitkommen?«

Evie schaute David an, der gerade zurücksetzte. Er reagierte nicht. Schließlich drehte sie sich nach hinten um und sagte, ohne Drum direkt in die Augen zu schauen: »Wenn es klappt, jede Woche.«

»David«, sagte Drum. »Diesmal bist du zu weit gegangen.«

»Überlaß das bitte mir.«

»Du bist zu weit gegangen, Kumpel.«

Während der restlichen Fahrt sprachen sie kein Wort. David schaute stirnrunzelnd auf die Straße. Er schien nachzudenken, schüttelte von Zeit zu Zeit den Kopf und strahlte plötzlich, als sei er auf eine Idee gekommen. Auf dem Rücksitz zupfte Drum weiterhin die Gitarrensaite. Jedesmal, wenn David das Tempo verlangsamte, hörte Evie den immer gleichen metallischen Ton im Dämmerlicht.

Sie hielten auf dem Parkplatz des Unicorn neben einem Motorrad an. Es standen noch nicht viele Autos dort. Nachdem er den Motor ausgeschaltet hatte, sagte David: »Hör gut zu. Du wirst ganz vorne an einem Einzeltisch sitzen. Ich habe für dich eine Kerze mitgebracht. Das wird auffallen. Während der andere, dieser Joseph Ballew, spielt, liest du einfach Zeitung.«

»Bei Kerzenlicht?«

»Jetzt reicht's mir aber«, sagte Drum. »Joseph Ballew ist mein Freund. Das kommt nicht in Frage.«

»Na schön. Dann starr in dein Bierglas. Der Unterschied muß deutlich werden. Verstehst du, was ich meine? Die Leute sollen die Veränderung merken, sobald Drum auftritt. Setz dich kerzengerade hin. Starr ihn an. Ich habe noch ein paar andere Einfälle, aber die Zeit war zu kurz für die Vorbereitungen. Du könntest ihm beispielsweise Blumen zuwerfen.«

»Die würde ich zurückwerfen.«

»Das habe ich mir gedacht.«

»Und noch etwas«, sagte Drum. »Ich will, daß ihr beide mir jetzt gut zuhört. Ich bin mit diesem Plan überhaupt nicht einverstanden. Und ich werde ihm auch niemals zustimmen. Ich finde ihn zum Kotzen. Außerdem wird er gar nicht klappen, denn während meines Auftritts wird das gesamte Publikum flüstern und auf ein gewisses fettes Mädchen zeigen, auf deren Stirn mein Name steht. Das wollte ich nur mal gesagt haben.«

Evie sagte: »Also, ich will nicht –«

»Alles klar«, sagte David zu Drum. »Ich habe auch überlegt, ob sie vielleicht laut kreischen sollte. Aber ich glaube, das lassen wir lieber. Sie ist nicht der Typ dafür.«

Er schaute Evie noch einen Moment lang an, dann schüttelte er den Kopf und stieg aus dem Jeep. Evie mußte auf dem Weg über den Parkplatz ein paar Schritte hinter ihnen hergehen.

Der Polizist am Eingang erkannte sie wieder. Er nickte ihr zu, legte seine Hände unbeholfen auf den Pistolengurt und starrte in die Ferne. Der Inhaber erkannte sie ebenfalls wieder. Sobald sie durch die Tür getreten war, kam er mit besorgter Miene hinter der Bar hervor und strich seine Schürze glatt. »Du bist doch das Mädchen, das... ähem. Hör mal, ich hoffe, du hast nicht vor, wieder so eine Schau abzuziehen. Ich habe furchtbaren Ärger gekriegt. Die Bullen haben mich die ganze Nacht in die Mangel genommen, weil sie dachten, hier hätt's eine Messerstecherei gegeben.«

»Hat's ja auch«, sagte David.

»Keine *richtige*.«

»Na ja, wie auch immer. Sie ist hier, um Drum singen zu hören, das ist alles. Hast du einen Einzeltisch für sie?«

»Du weißt genau, daß ich keinen habe. Die Leute hier wollen lieber in Gruppen zusammensitzen.«

»Dann müssen wir eben einen Barhocker nehmen.«

Er schob den Hocker dicht vor den Teil der Bühne, auf dem getanzt wurde, und stellte einen Stuhl daneben. Er hatte zwar Tischhöhe, war aber viel zu klein, was David jedoch um so besser fand. »Der Effekt wäre völlig im Eimer, wenn sich jemand zu dir setzen würde«, sagte er. Aus einer braunen Papiertüte holte er eine Tischdecke und eine jener netzbespannten Vasen mit einer Kerze darin, die in Restaurants benutzt werden. Währenddessen stand Evie linkisch neben ihm, die Hände vor ihrer Handtasche gekreuzt. Drum war irgendwohin verschwunden. Durch eine Tür hinter der Tanzfläche hörten sie Gelächter und das Jaulen einer Gitarre.

»Setz dich«, sagte David.

Sie setzte sich.

»Nicht so, mach den Rücken gerade. Und leg deine Handtasche nicht auf den Tisch. Ich will, daß dein Gesicht dem Publikum halb zugewandt ist. Man darf dich nicht nur von der Seite sehen, man muß auch einen Blick auf –«

»Ich weiß Bescheid«, sagte Evie. »Überlaß nur alles mir. Ich krieg das schon hin.«

Und das stimmte. Sie saß aufrecht, hatte die Hände im Schoß gefaltet und rührte das vor ihr stehende Bier nicht an. Das Kerzenlicht auf ihrem Gesicht fiel um so mehr auf, je dunkler es im Saal wurde. Gäste kamen paarweise herein, begrüßten den Besitzer, scherzten miteinander, zwängten sich zwischen den Stühlen hindurch. Sobald sie die Kerze sahen, stockte ihre Unterhaltung. Sie schauten zuerst die Kerze und dann Evie an. Evie starrte geradeaus ins Leere.

Drum Casey sollte an diesem Abend als erster spielen. Als er die Bühne betrat, schaute Evie zu ihm hoch; mehr nicht. David gab ihr während des ersten Stücks immerzu durch stumme Zeichen zu verstehen: »Tu etwas. Beweg dich. Warum stellst du dich nicht hin? Trink dein Bier.« Evie ignorierte ihn. »*My girl has done and boarded a Carolina Trailways*«, sang Drum, »*she's scared to death of planes and can't stand railways*«, und Evie starrte auf sein Gesicht, ohne zu blinzeln. Umgeben von lauter plappernden Paaren, die tanzten oder zumindest den Takt schlugen, verharrte Evie als einzige regungslos. Sie präsentierte den anderen den Teil ihres fleischigen, weißen Rückens, der über dem rund ausgeschnittenen, schwarzen Baumwollstoff zu sehen war, und die Kontur einer abgewandten Wange. Ihre biedere Kleidung verlieh ihr ein matronenhaftes Aussehen. Im Kerzenlicht hatte es den Anschein, als würden ihre Narben oder zumindest die, die zu sehen waren, hauptsächlich senkrecht verlaufen, als seien sie eine ungewöhnliche Variante von Altersfalten oder Dehnungsstreifen, wodurch Evie erfahren und gegen jede Überraschung gefeit wirkte. »Siehst du das Mädchen da?« flüsterte jemand. »Ich glaube, das ist die aus der Zeitung. Nein, warte, bis sie sich umdreht. Erinnerst du dich nicht mehr an das Foto?« Die Leute vermieden es sorgsam, mit dem Finger auf sie zu zeigen. Mädchen wiesen oft bloß mit einem kurzen Blick in ihre Richtung. »Das ist sie. Nein, schau jetzt nicht hin.« Im hinteren Teil des Saals erhob sich ein Junge halb, um sie besser sehen zu können, aber Fay-Jean Lindsay zog ihn energisch wieder nach unten.

»*Bringst du mich noch zur Tür?*« fragte Casey.
»*Bleib, wo du bist.*
Kümmere dich nicht um das Licht.
Wann hörst du endlich mit dem Hämmern auf?
Wann werden sie endlich Ruhe geben?«

Evie sah auf die Tischdecke nieder. David machte ihr inzwischen keine Zeichen mehr. Er ließ seinen Blick durch den Saal schweifen und betrachtete die vielen Leute, die gebannt zwischen Evie und Drum hin und her schauten, so als würden sie mit den Augen einer gepunkteten Linie folgen. Dann nickte er zufrieden und richtete seine ganze Aufmerksamkeit auf den Song.

7

Es war, laut David, ein Engagement auf Lebenszeit, und er meinte damit, es würde so lange dauern, wie sie Aufsehen erregte, wie bei ihrem Anblick ein Raunen durch die Reihen ging. Aber wie lange würde das sein? Sie hatte am ersten Abend das Gemurmel und Geflüster hinter sich gehört. Am darauffolgenden Samstag waren die Zuschauer schon stiller.

»Vielleicht sollte ich nicht zusammen mit euch ankommen«, sagte sie zu David, obwohl sie keinesfalls auf die gemeinsamen Fahrten verzichten wollte. »Macht es nicht einen komischen Eindruck, wenn ich von dir und Drum hergebracht werde, bloß um hier herumzusitzen und euch zu bewundern?«

»Den Leuten ist das egal«, sagte David. »Es ist so, als würden sie einem Zauberer zuschauen. Sie sind gern davon überzeugt, daß die Spielkarten tatsächlich aus dem Nichts auftauchen.«

David hatte andere Pläne im Sinn. Nachdem der von Evie geklappt hatte, dachte er ständig über mögliche Verbesserungen nach. Sollte sie sich vielleicht betrinken? In Tränen ausbrechen? Drum Botschaften schicken? Aber Evie sagte nein. Sie bewegte sich auf einem schmalen Grat; es war in Ordnung, Geld dafür zu nehmen, daß sie ihr narbiges Gesicht jeden Samstag abend auf einen Rockmusiker richtete, aber nur solange sie sich von echten Gefühlen leiten ließ und nicht schauspielerte. Es entsprach durchaus einem echten Gefühl, still dazusitzen und Drum mit den Augen zu fixieren. Und echt waren auch ihre Narben, die gelegentlich weiß schimmernd hervortraten und immer sauber glänzten, selbst wenn ihr übriges Gesicht wegen der Hitze schweißverklebt war. »Wie wär's mit anderer Kleidung?« fragte David. »Etwas Tiefschwarzes, Seidiges. Und dazu eine glitzernde Halskette.« »Nein«, sagte Evie. Und sie klang so fest entschlossen wie Drum, als er sich geweigert hatte, seine gesprochenen Zwischentexte wegzulassen. David kam nie wieder auf das Thema zurück.

Sie bot an, ohne Bezahlung ins Unicorn zu kommen. Sie brauchte das Geld nicht unbedingt. David sagte: »Prima«, aber als Drum davon erfuhr, sagte er: »Was hat sie mit mir vor? Sie bekommt Geld dafür, und damit Schluß. Von mir aus kann sie es hinterher verbrennen. Aber sie bekommt ihr Geld.«

»Manchmal habe ich das Gefühl, es mit zwei störrischen Eseln zu tun zu haben«, sagte David.

Das Schuljahr ging zu Ende. Evie fühlte sich während der letzten Wochen wie in Trance. Ihre Klassenkameraden schauten angestrengt rechts und links an ihr vorbei und hielten die Augen auf den mittleren Knopf ihrer Bluse gerichtet, wenn sie mit ihr sprachen. Sogar Fay-Jean Lindsay schien nicht zu wissen, was sie mit ihr reden sollte. Am letzten Tag unterschrieben die Schüler draußen auf dem Schulrasen gegenseitig ihre Jahrbücher. In den vergangenen Jahren hatten die anderen Evie übergangen – sie hatten ihre Bücher an ihr vorbei jemand anderem gereicht, und sie war schließlich mit wenigen, hingekritzelten Namen in ihrem eigenen Buch nach Hause gegangen. Aber dieses Jahr baten sie alle um ihre Unterschrift. Sie streckten ihr mit gesenktem Blick die Bücher entgegen. ›Alles Gute, Evie Decker‹, schrieb sie. Es wäre ihr peinlich gewesen, sich an geistreichen Versen zu versuchen, so wie es andere Schüler taten. Nachdem sie zwanzig- bis dreißigmal ihren Namen geschrieben hatte, ging sie dazu über, auf ihrem Foto die Stirn mit dem Wort Y∃SAƆ zu versehen und sonst nichts. Als die Klingel ertönte, räumte sie ihren Spind aus und verließ das Gebäude, ohne einen Blick zurückzuwerfen.

»Was hast du in den nächsten Wochen vor?« fragte ihr Vater.

»Nichts Besonderes.«

»Langweilst du dich? Weißt du nicht, was du mit deiner Zeit anfangen sollst?«

»Oh, nein.«

Die Zeit schien eine Reihe riesiger, leerer Blätter Papier zu sein, nur unterbrochen von den Samstagabenden. Tagsüber zankte sie sich mit Clotelia oder führte lustlos die immer gleichen Gespräche mit Violet. Abends saß sie an ihrem Fenster, schlug Mücken tot und starrte in die dunkle Nacht, die so finster und still war, daß es schien, als würde gleich etwas geschehen, was aber nie der Fall war. Morgens wachte sie zerschlagen auf, und das naßgeschwitzte Bettzeug hatte sich um ihre Beine geschlungen.

Samstag abends brauchte sie stundenlang, um sich anzuziehen. Weil sie sich ständig neu frisierte, hing ihr Haar schlaff herab, und die Säume ihres schwarzen Rocks und ihrer schwarzen Bluse glänzten vom zu häufigen Bügeln. Sie hielt sich unzählige Stücke Modeschmuck an und warf sie dann auf die Kommode. Sie bürstete ihre schwarzen Wildlederpumps so lange, bis kleine, blanke Stellen zu sehen waren. »Oh«, sagte ihr Vater, wenn er sie zufällig auf der Treppe traf. »Gehst du aus?«

»Bloß zu Violet.«

»Viel Spaß.«

Warum hatte niemand ihm erzählt, wo sie hingen? Er lief weiter die Treppe hinauf, holte Schlüssel, Kleingeld und Briefmarken aus seinen Taschen und stieg automatisch über die hochstehende Kante des Teppichs.

Sie wartete an der Straßenecke auf den Jeep. Die Arme hatte sie vor der Brust verschränkt, so als fröstelte sie trotz der Hitze. Manchmal klapperten ihre Zähne. Mit ihren Gedanken war sie nicht bei dem Abend im Unicorn, sondern bei der Hin- und Rückfahrt, den beiden halben Stunden im Jeep. Sie betrachtete diese Zeit als ein Geschenk. So als hätte jemand zu ihr gesagt: »Du willst Drum Casey haben? Hier hast du eine halbe Stunde. Und hier noch eine. Sieh zu, was du daraus machen kannst.« Denn im Unicorn wechselten sie und Drum kein Wort miteinander. Entweder stand er auf der Bühne, oder er hielt sich im Hinterzimmer auf. Da sie das wußte, redete sie auf dem Weg dorthin und auf dem Weg zurück wie ein Wasserfall. Sie benahm sich ganz gegen ihre Natur. Sie legte ihre Zurückhaltung ab und löcherte ihn vom Beifahrersitz aus mit Fragen.

»Kannst du Noten lesen? Nimmst du Drogen? Wie bist du darauf gekommen, Musiker zu werden?«

»Für wen hältst du mich – natürlich kann ich Noten lesen«, sagte Drum. »Von Marihuana krieg ich Kopfschmerzen. Es fing damit an, daß ich einen Talentwettbewerb gewonnen habe.«

Fragen waren die einzige Möglichkeit, seine Aufmerksamkeit zu erheischen. Anfangs hatte sie es mit Aussagesätzen versucht. Sie hatte ihr Leben säuberlich und chronologisch geordnet vor ihm ausgebreitet und selbst die kleinste Einzelheit ausführlich erläutert, so als müsse er unbedingt alles erfahren. Drum schien ihr gar nicht zuzuhören. Aber sie brauchte nur zu sagen: »Sind *alle* in deiner Familie musikalisch?«, und schon gab er sein Schweigen auf und rang sich zu einer Antwort durch: »Keiner von denen ist musikalisch, aber sie bewundern mich alle sehr. Meine Mutter hat gesagt, sie würde ihren letzten Cent hergeben, damit ich ein Star werde.«

»Kommt sie manchmal zu deinen Auftritten?«

»Sie war bei dem Konzert im Kino. Meine ganze Familie war da.«

»Vielleicht sind sie mir ja aufgefallen. Wie sehen sie aus?«

»Ganz normal. Mehrere Brüder und sie und er.«

»Er? Ach so, dein Vater. Was arbeitet dein Vater?«

»Was ist los mit dir«, sagte Drum, »hast du einen Fragebogen vor dir liegen?« David, der ihn einen Augenblick lang beim Wort nahm, schaute kurz hinüber in Evies Schoß. Aber dann sagte Drum: »Er hat eine Tankstelle. Ich helfe da manchmal aus.«

»Ich wette, er ist stolz auf dich. Hab ich recht?«

»Na ja, kann schon sein.«

»Das muß er einfach«, sagte Evie. »Wenn jemand so gut spielt wie du, müßte seine Familie vor Stolz fast *platzen*.«

Sein Blick streifte sie so überraschend, als würde in einem leeren Fenster plötzlich irgendein Mensch auftauchen. Wenn sie über seine Musik redete, konnte er stundenlang zuhören, aber was sollte er antworten?

»Na ja, ich weiß nicht.«

Sie betrat das Unicorn allein und ging mit hocherhobenem Kopf und eingezogenem Bauch zu ihrem Tisch. Sie spürte deutlich, wie die Leute ihr nachschauten. Geflüsterte Bemerkungen huschten hin und her. »Ach, du bist's«, sagte der Inhaber. »Budweiser?«

»Ja, bitte, Zack. Kannst du mir ein Streichholz für meine Kerze geben?«

Sie betrachtete sich selbst als eine Lockvogel-Annonce. Die Leute kamen aus Neugier, gelangweilt von den endlosen Sommertagen. Sie fanden, es könne nichts schaden, sich das Mädchen anzugucken, das ihr Gesicht entstellt hatte. Aber nach ein paar Minuten blieb ihnen nichts weiter übrig, als sich auf den Sänger zu konzentrieren, der die Ursache dafür gewesen war. Sogar Drum mußte das einsehen. Die Leute, die wiederkamen, kamen nur wegen der Musik; für sie war Evie ein Teil des Inventars, jemand, den man neuen Gästen mit wissender Miene zeigen konnte. »*Wirst du auf mich warten?*« rief Drum. »*Wo wirst du auf mich warten?*« Einige der Gäste, die mit seinen Zwischenreden vertraut waren, antworteten ihm: »Klar, Mann! Hier!« Ein Kritiker schrieb über ihn in der *Farinia Weekly*: »Selbstkomponierte Rockmusik mit Anklängen von Country & Western. Seine Songs wirken anfangs originell, aber er neigt zu Wiederholungen.« Evie wurde genausowenig erwähnt wie die Farbe seiner Kleidung oder der Hersteller seiner Gitarre.

Evie mußte vor der Rückfahrt immer noch eine Weile im Unicorn herumsitzen. Die Warterei war nervtötend. Manchmal blieben sie bis nach ein Uhr morgens, und sie befürchtete dann, daß ihr Vater jeden Moment bei Violet anrufen würde. Sie beobachtete, wie die Gäste ihre Sachen nahmen und gingen. Der Besitzer wusch die Biergläser ab. Die Tanzfläche war dunkel und leer, und von Drum hörte sie bloß Musikfetzen aus dem Hinterzimmer. Wenn David an ihr vorbeilief, hielt sie ihn am Ärmel fest und sagte: »Gehen wir jetzt bald? Warum dauert es so lange?«

»Wir kommen gleich«, sagte David daraufhin. Aber er hatte meist einen vollen Krug Bier und ein paar Gläser in den Händen. Schließlich gab Evie es auf. Sie klemmte sich ihre Handtasche unter den Arm und ging, seitwärts zwischen leeren Stühlen hindurch, über den schwach beleuchteten, hallenden Fußboden zum Ausgang. Draußen war die Nachtluft klar und kühl. Sie atmete mehrmals tief durch, ehe sie sich auf dem Rücksitz des Jeeps zusammenrollte.

Die Berührung von Drums Gitarre machte sie schlagartig wach. »Rutsch rüber«, sagte er. »Da sind wir.«

»Wie spät ist es?«

»Keine Ahnung.«

Bis sie auf die Uhr geschaut hatte, kam sie sich immer verloren vor und fühlte sich, als würde sie fallen. Sie hatte unruhig geschlafen und verworrene Träume gehabt; sie wußte nicht, ob sie erst seit fünf Minuten oder schon seit Stunden auf dem Rücksitz lag. Hatte ihr Vater inzwischen die Polizei benachrichtigt? Sie beugte sich auf dem Sitz vor, als würden sie dadurch schneller nach Hause kommen. Jeder Lieferwagen, der vor ihnen die Straße entlangschlich, machte sie wütend. Dann fiel ihr Drums Anwesenheit wieder ein. Auf den Rückfahrten saßen sie nebeneinander, nur die Gitarre dazwischen. »Findest du, es lief heute gut?« fragte sie ihn.

»Mhm.«

»Den Song über ›Carolina Trailways‹ mochten die Leute besonders gern.«

Keine Antwort. David sprang für ihn ein. »Den Eindruck hatte ich auch. Warum immer ausgerechnet der? Der Rhythmus vom Song übers Weglaufen ist viel schwieriger.«

David meinte es gut mit Evie. Oder vielleicht wollte er sie bloß bei Laune halten. Wenn Drum schwieg, kam er ihr zu Hilfe, indem er den Faden der Unterhaltung aufnahm und routiniert weiterspann. Eine Weile warfen sie sich gegenseitig die Bälle zu – »Na ja, an den Song übers Weglaufen muß man sich erst gewöhnen.« »Nicht, wenn man ein *Ohr* für Musik hat« –, aber sie waren sich stets des Schweigens von Drum bewußt, denn sie spielten ihm etwas vor, so wie Schauspieler auf einer Bühne. Fragen stellen war die einzige Möglichkeit. Fragen.

»Was ist dein Lieblingssong, Drum? Drum?«

»Ach, ich weiß nicht.«

»Hast du keinen?«

»Nein, das wechselt. Vielleicht der über die Blue Jeans.«

»Warum denkst du dir keine richtigen Titel aus?«

»Wieso sollte ich?«

»Du wirst es müssen, wenn du eine Schallplatte aufnimmst«, sagte Evie.

Sein Blick streifte sie erneut; sie spürte es in der Dunkelheit. Sie schob die Gitarre ein bißchen aus dem Weg, damit sie ihn beim Sprechen anschauen konnte. »Jemand wird eine Schallplatte mit dir machen, die sich eine Million Mal verkaufen wird«, sagte sie zu ihm. »Was soll auf dem Label in der Mitte stehen? Du wirst dir ein paar Titel ausdenken müssen.«

»Sie hat recht«, sagte David.

»Kein Problem«, sagte Drum. »Ich gebe ihnen einfach die Titel, die sie auch jetzt schon haben – ›The Running Away Song‹, ›The Blue Jeans Song‹. Aber erst mal warte ich, bis es soweit ist.«

»Glaubst du, es wird nicht soweit kommen?«

»Noch ist es jedenfalls nicht abzusehen, oder? Ich spiele jetzt schon sieben Monate in diesem Schuppen. Und ich bin noch keinen Schritt weiter.«

»Das wird schon werden«, sagte Evie.

»Wie denn? Wann? Hast du irgendwelche Talentsucher im Publikum entdeckt?«

Nach einem Auftritt war er immer in dieser Stimmung. Evie hatte mit angesehen, wie ihn die Mädchen am Ende eines Auftritts in Dreierreihen umringten, ihm Komplimente machten und imaginäre Staubkörner von seinen Schultern wischten, während sie selber angestrengt in ihr Bier starrte und dachte: ›Jetzt kriegt er's raus; sie werden ihm klarmachen, daß er zu gut für Pulqua und das Unicorn und auch zu gut für mich ist‹ – obwohl sie immer davon ausgegangen war, daß er eines Tages berühmt werden würde. Aber kaum waren die Mädchen weg, wirkte er unsicherer denn je. Die abweisende Hülle aus kühler Luft, die ihn normalerweise umgab, löste sich für kurze Zeit auf. »Deine Songs klingen besser als *alles*, was ich im Radio höre«, sagte Evie ihm dann, und er verblüffte sie, indem er sich plötzlich zu ihr hindrehte und sagte: »Meinst du wirklich? Ist das dein Ernst? Ach, du hast doch keine Ahnung.«

»Ich weiß, was gut klingt.«

»Also, das weiß *ich* ja nicht einmal. Woher willst *du* es dann wissen?«

Das waren die wenigen Momente, in denen sie von Angesicht zu Angesicht miteinander sprachen. Die einzigen Momente, in denen

Evie das Gefühl verließ, an Drums Ärmel zu zerren, während er mit dem Rücken zu ihr dastand und den Blick auf einen in der Ferne liegenden Punkt geheftet hatte, den sie nicht sehen konnte.

Anfang Juli engagierte das Unicorn Drum zusätzlich noch für Freitag abends. Viele Gäste hätten nach ihm gefragt, sagte der Besitzer. Joseph Ballews Auftritt genügte ihnen nicht mehr. Aber freitags arbeitete Drum bis spät im A & P-Supermarkt, wo er die Einkäufe der Kunden einpackte. »Die einzige Lösung ist«, sagte David, während er im Jeep saß und eine von seinen Listen, die vor ihm auf dem Lenkrad lag, betrachtete, »daß ich zuerst bei dir vorbeifahre und Drum zuallerletzt abhole. Es wird trotzdem ziemlich knapp werden. Paßt dir das?«
»Natürlich«, sagte Evie.
»Wenn du willst, kannst du auch weiterhin nur samstags kommen.«
»Wieso? Glaubst du, daß ich meine Aufgabe nicht mehr erfülle?«
»Nein, um Himmels willen, du machst deine Sache gut. Aber vielleicht beunruhigt es deinen Vater, wenn du zwei Abende nacheinander weg bist oder so –«
»Nein, ich komme mit«, sagte Evie. Obwohl es durchaus sein konnte, daß ihr Vater mißtrauisch werden würde. Sie schaute stirnrunzelnd auf ihren Rock und schob den Stoff zwischen den Beinen zu Falten zusammen, während David neue Listen auf neuen Zetteln machte.
Am nächsten Freitag fuhren sie nach Farinia, um Drum abzuholen. Evie war schon oft durch Farinia gefahren, hatte sich aber nie so recht dafür interessiert, wie es dort aussah. Jetzt starrte sie hinaus auf die einzige asphaltierte Straße des Ortes und auf die beiden Ladenfronten, deren ungestrichene Fassaden mit rostigen Werbeschildern für Erfrischungsgetränke bedeckt waren. An einer Ecke, neben einem Schuster, befand sich eine Tankstelle unter einer Art Zelt aus flatternden Wimpeln. Die Beleuchtung war bereits eingeschaltet. David fuhr auf das Grundstück und hupte.
»Du bist noch nicht über das Klingel-Dings gefahren«, sagte sie.

»Klingel-Dings? Oh. Nein, ich will nicht tanken. Drum wohnt hier.«

»*Hier?*«

Dann sah sie, daß es sich bei der Tankstelle um ein unverputztes viktorianisches Haus handelte. Das Erdgeschoß war außen mit schimmernden weißen Kacheln gefliest. Oben wehten Spitzengardinen in schmalen Fenstern. »Wo bleibt er, verdammt noch mal?« sagte David. »Ich laufe schnell hoch und hole ihn.«

»Darf ich mitkommen?«

»Wenn du willst.«

Sie gingen an der Zapfsäule vorbei und stiegen eine wackelige Außentreppe hoch. An der Tür war mit Heftzwecken eine Karte befestigt, auf der mit Bleistift »ObeD E. CAseY« stand. David klopfte. »Wer ist da?« rief eine Frau.

»Ich bin's, David. Sagen Sie bitte Bertram Bescheid, daß er kommen soll.«

Die Tür ging auf. Nach der wackeligen Treppe und dem handgeschriebenen Schild war Drums Mutter eine angenehme Überraschung – eine massige, fröhlich wirkende Frau mit Küchenschürze und Lachfalten an den Rändern brauner Augen, die denen von Drum haargenau glichen. »'n Abend, David«, sagte sie. Dann sah sie Evie und hob eine Hand an den Mund. »Oh, mein Gott«, sagte sie, »also, du bist also – mein Gott. Komm rein, Schätzchen, es tut mir furchtbar leid, aber ich habe deinen Namen vergessen.«

»Das ist Evie Decker, Mrs. Casey«, sagte David.

Der Name auf Evies Gesicht war natürlich auch der von Mrs. Casey – darüber hatte Evie bisher nicht nachgedacht. Aber Mrs. Casey schien das nichts auszumachen. Sie wirkte lediglich besorgt. Sie führte Evie zu einem Sessel und beugte sich über sie, während Evie Platz nahm. »Hier, Schätzchen, leg dir ein Kissen in den Rücken. Dann ist es viel bequemer. Herrje!« sagte sie und starrte dabei unverwandt auf Evies Stirn. »Ich hätte nicht gedacht, daß sie so... so *groß* sind.«

David, der immer noch an der Tür stand, trat nervös von einem Fuß auf den anderen. »Wo ist Bertram?« fragte er. »Wir müssen dringend los.«

»Er zieht sich gerade um. Ich sage ihm, er soll sich beeilen.«

Sie verschwand, nachdem sie sich noch einmal umgeschaut hatte, und David ließ sich in einen geblümten Sessel sinken. Das Zimmer war trist, aber sauber. Auf der Fensterbank stand eine Reihe künstlicher Topfblumen, und alle Sitzmöbel waren mit steifen Plastik-Schonbezügen bedeckt. Über dem Kaminsims hing ein Bild von einem Kreuz mit einem strahlend hellen, goldfarbenen Sonnenuntergang im Hintergrund. Das mit Glastüren versehene Bücherregal enthielt drei Bücher und Dutzende Fotografien in weißen Papierrahmen. Evie stand auf, um sie sich genauer anzuschauen. Flachsblonde Jungs blickten ihr, in Dreier- oder Vierergruppen, mißgelaunt entgegen. Einer von ihnen war Drum, und seine Haare wurden mit zunehmendem Alter immer länger und dunkler. Das aktuellste Foto von ihm war ein Portrait, bei dem er seine Gitarre senkrecht auf dem Knie hielt. »Hättest du gedacht, daß er früher mal blond war?« sagte Mrs. Casey hinter ihr. »Eines Tages wurden seine Haare schwarz. Zuerst war ich völlig überrascht. Aber bei den anderen ändert sich die Farbe inzwischen auch. Bertrams Vater sagt, bei ihm sei es genauso gewesen.«

»Das ist ein gutes Foto von ihm«, sagte Evie.

»Willst du es haben?«

»O nein, ich –«

»Na, los, nimm es dir, wir haben noch mehr davon. Das ist doch das mindeste, was ich für dich tun kann. Ich finde nämlich, ich bin dir etwas *schuldig*. ›Bertram‹, habe ich zu ihm gesagt – ich nenne ihn niemals Drum –, ›die Kleine hat dich in die Zeitung gebracht und deiner Karriere einen Schubs gegeben. Vergiß das nicht‹, habe ich gesagt, und siehe da, jetzt soll er zusätzlich freitags auftreten, und ich weiß genau, daß es auch dein Verdienst ist. Wie bringst du es nur fertig, dich vor aller Augen da hinzusetzen? Ich weiß darüber genau Bescheid. Du tust ihm einen Riesengefallen. ›Bertram‹, habe ich zu ihm gesagt –«

»Ich bin sicher, er wäre sowieso für die Freitage engagiert worden«, sagte Evie zu ihr. »Er ist der beste Sänger, den ich kenne.«

»Das ist wirklich lieb von dir. Als seine Mutter darf ich selbst so etwas natürlich nicht sagen, aber in meinem tiefsten Innern weiß ich, daß er eine große Karriere vor sich hat. Ich setze meine ganze Hoffnung auf ihn. ›Denk daran‹, sage ich immer zu ihm, ›egal, wo du auch bist – meine Hoffnungen begleiten dich.‹ Und er hat es mir zu verdanken, daß er nicht bloß Tankwart geworden ist wie sein Vater. ›Der Junge ist ein Faulpelz‹, sagt sein Vater. ›Neunzehn Jahre alt‹, sagt er, ›klimpert den ganzen Tag auf der Gitarre herum und kommt nur runter und hilft mir, wenn es ihm gerade in den Kram paßt.‹ Ich sage ihm dann jedesmal, daß ich dieses Gerede nicht ausstehen kann. ›Denk daran‹, sage ich zu ihm, ›Bertram wird eines Tages berühmt sein. Er ist meine ganze Hoffnung‹, sage ich. Bertram hat das gewisse Etwas, wenn du weißt, was ich meine. Das hat er von meiner Seite der Familie mitbekommen. Mein Vater spielte Banjo. Es ist nicht nur musikalisches Talent, sondern eine Art, also ich weiß nicht, wie ich es nennen soll –«

Evie nickte unablässig. Zustimmung stieg wie Tränen in ihr auf, aber schon das leiseste »ja« hätte Mrs. Caseys Redefluß unterbrochen. »Er war schon immer etwas Besonderes«, sagte Mrs. Casey. »Schon von Geburt an. Ich habe es gleich gespürt. Möchtest du das Fotoalbum sehen?«

»Wir müssen los, Mutti«, sagte Drum. Er stand in der Wohnzimmertür und band sich gerade seinen Gürtel um. »Warte nicht auf mich.«

»Warum hast du es so eilig? Bertram, mein Schatz, du mußt Evie unbedingt mal mitbringen, hörst du? Wir sind schon jetzt ein Herz und eine Seele. Ich hoffe, du wirst niemals so berühmt sein, daß du die Menschen vergißt, denen du etwas schuldig bist.«

»Schuldig? Was hat sie dir erzählt? Ich bezahle sie schließlich dafür.«

»Bestimmt nicht für die Schnitte in ihrem Gesicht. Die kann man nicht mit Geld bezahlen. Evie, Schätzchen, was sagen denn die Ärzte?«

»Ich weiß nicht«, sagte Evie.

»Du solltest dich mal erkundigen. Wenn Bertram von hier weggezogen ist, mußt du unbedingt zu einem Arzt gehen, der dein Gesicht wieder ganz in Ordnung bringt.«

»Also, Mutti, ich bitte dich«, sagte Drum.

»Na ja, sie wird nicht ihr Leben lang damit herumlaufen wollen, stimmt's?«

»Laßt uns gehen«, sagte David. Er stand auf und fuhr sich mit den Händen durchs Haar. »Hat mich gefreut, Sie zu sehen, Mrs. Casey.«

»Komm nicht so spät nach Hause.« Und an der Tür, als sie Evie das Foto in dem Papierrahmen gab, sagte sie: »Ich würde dich gerne näher kennenlernen, Evie. Besuch uns, sooft du willst; du bist jederzeit willkommen. Weißt du was, nächstes Mal zeige ich dir das Album mit den Fotos von Bertram.«

»Vielen Dank«, sagte Evie. Sie war überrascht, daß David sie plötzlich am Ellbogen faßte, als sie die Treppe hinunterging.

Sie kam oft wieder. Freitags mußte meistens jemand Drum Bescheid sagen, und Evie lief dann immer hinauf, um zu klopfen, während David im Jeep wartete. »Ich begreife nicht, wie du diese Frau erträgst«, sagte er.

»Wieso? Ich finde sie nett.«

»Wie schaffst du es bloß, dir dieses endlose Gequatsche anzuhören? Und andauernd redet sie von deiner Stirn und so. Wie hältst du das bloß aus?«

»Ach, das stört mich nicht«, sagte Evie.

Sie glaubte, daß David sie inzwischen ganz gerne mochte, allerdings ohne sich selbst darüber im klaren zu sein. Sie hatten unzählige lange Autofahrten gemeinsam verbracht, bei denen sie das Schweigen überbrücken mußten, weil Drum bloß geistesabwesend an einer Gitarrensaite zupfte. Einmal sagte David, als sie allein waren: »Ich habe über deine Stirn nachgedacht. Ich meine, die Buchstaben, die sind inzwischen fast weiß. Hast du dir schon mal überlegt, einen Pony zu tragen?«

»Dann würde sie im Unicorn niemand mehr sehen«, sagte Evie.

»Ja, stimmt.«

»Soll ich nicht mehr ins Unicorn kommen?«

»Doch, ich dachte nur an die übrige Zeit. Bestimmt wirst du oft angestarrt. Von deinen Freundinnen zum Beispiel.«

»Ich habe keine Freundinnen«, sagte Evie.

»Oh.«

»Nur Violet, und die starrt mich nicht an. Übrigens fallen die Buchstaben mir selbst kaum noch auf. Wenn ich in den Spiegel gucke, sehe ich sie oft gar nicht mehr. Manchmal frage ich mich, ob sie *überhaupt* noch jemand sieht. Oder habe ich mich bloß an sie gewöhnt? Wirken sie immer noch schockierend auf fremde Leute?«

»Sie fallen schon auf.«

»Sehr?«

»Na ja, ich weiß nicht –«

»Du kannst es mir ruhig sagen, es stört mich nicht. Sind sie häßlich?«

»Na ja, es wäre besser, wenn du einen Pony tragen würdest.«

»Ich verstehe«, sagte Evie.

Sie schnitt sich aber dennoch keinen Pony.

Ende Juli gab es eine Hitzewelle. Das Getreide verdorrte, Rasensprenger liefen Tag und Nacht, Clotelia spannte, wenn sie nach draußen ging, einen schwarzen Regenschirm auf, um sich vor der Sonne zu schützen, und Violet verzichtete darauf, Unterwäsche zu tragen. »Dieser Sommer scheint ewig zu dauern«, redeten die Leute. Aber Evie betrachtete die Hitzewelle als den Höhepunkt des Sommers, als eine Trennlinie, jenseits derer der Herbst immer schneller näherkommen würde. Wie sollte sie es schaffen, wieder in die Schule zu gehen? Sie hatte keine Pläne gemacht, die über den August hinausreichten. Sie hatte ihren Spind mit dem Gefühl ausgeräumt, endgültig Abschied zu nehmen, und der Gedanke, sich wieder an das reglementierte Leben im Winter gewöhnen zu müssen, bedrückte sie.

In letzter Zeit bombardierte sie Drum nicht mehr mit Fragen, und sie wurde in seiner Gegenwart immer gelassener. »Ich nehme an, du spielst morgen auf der Party«, sagte sie beispielsweise, zu träge von der Hitze, um ein Fragezeichen hinzuzufügen. Drum brauchte nur mit »mhm« zu antworten und konnte gleich darauf wieder in sein Schweigen verfallen. Der Gedanke an das Ende des Sommers überkam sie eines Freitag abends im Unicorn. Drum

sagte bei einer Zwischenrede: »*Warst du es, die geweint hat?*«
»Ja!« rief jemand. Aber Evie hatte gar nicht zugehört. Sie wußte noch nicht einmal, welcher Song gerade gespielt wurde. Auf dem Rückweg pulte sie geistesabwesend an einer Ritze in seiner Gitarre. Drum riß die Gitarre zu sich heran. Er hatte das Gesicht dem Fenster zugewandt, und nur die geschwungene Linie eines Wangenknochens war zu sehen. Was war aus all den Plänen geworden, die sie im Frühling gemacht hatte? Nichts hatte sich seit dem ersten Abend verändert.

Sie legte an Tempo zu. Sie konzentrierte sich nur noch auf Drum und kam sich vor wie bei einem Wettlauf gegen die Zeit, die sie sich als heißen, staubigen Wind vorstellte. »Warum fügst du die Zwischenreden in die Songs ein? Du wirst bestimmt sagen, du weißt es nicht, aber du könntest mir zumindest erklären, wieso du damit angefangen hast. War es reiner Zufall? Oder wolltest du einer Freundin eine Nachricht zukommen lassen?«

»Ich hab's vergessen«, sagte Drum.

»Denk nach. Wann hast du es zum ersten Mal gemacht?«

»Na ja, es war beim Picknick-Song, glaube ich. Ja, richtig. Ich habe mittendrin ein paar gesprochene Zeilen eingeschoben. Bloß die Bilder, die mir gerade durch den Kopf gingen. Hinterher sagte dann ein Mädchen zu mir, es wäre ein guter Gag.«

»Was für ein Mädchen? Kenne ich sie?«

»Das geht dich nichts an.«

»Deine Zwischentexte sind völlig zusammenhanglos«, sagte Evie. »Wie kann es sein, daß dir so viele Bilder auf einmal durch den Kopf gehen?«

»Keine Ahnung.«

Sie bemerkte, daß die Leute im Unicorn sie nicht mehr anstarrten. Niemand flüsterte Bemerkungen über sie; niemand stand auf, um sie besser sehen zu können. Die Leute reckten statt dessen die Hälse, um an ihr vorbei auf die Bühne schauen zu können. Über kurz oder lang würde es auch David auffallen. Sie hatte Angst, gefeuert zu werden. Aber statt abzuwarten, sprach sie es ohne Umschweife an, als David und sie das nächste Mal allein waren, so als könne sie irgend etwas ändern, indem sie den Stier bei den Hörnern packte. »Die Leute flüstern neuerdings nicht mehr, wenn ich hereinkomme«, sagte sie zu ihm.

»Ich hab's bemerkt.«

»Heißt das, ich soll in Zukunft nicht mehr kommen?«

»Laß uns abwarten, was Drum dazu sagt.«

Sie wußte, was Drum sagen würde.

Als David sie am nächsten Freitag abholte, erzählte sie ihm die gesamte Handlung eines Films, ohne ihm Gelegenheit zu geben, auch nur ein einziges Wort zu sagen. Als sie mit der Erzählung fertig war, interpretierte sie den Film, und als sie damit fertig war, erzählte sie Clotelias Lebensgeschichte. Mittlerweile hatten sie Drum abgeholt und waren beim Unicorn eingetroffen. Weder Drum noch David hatten die Möglichkeit gehabt, ihr zu sagen, sie sei gefeuert. Dann wird es eben nachher passieren, dachte sie, auf dem Heimweg. Während des ganzen Auftritts versuchte sie, sich angestrengt den kühlen Geruch des Biers, das Muster der Netzbespannung ihrer Kerzen-Vase und den Anblick von Drum Casey, wie er über ihr auf der Bühne beim Singen die Haare schüttelte, einzuprägen. Nach diesem Abend würde all das der Vergangenheit angehören, und sie würde einen ganzen Sommer vergeudet haben.

Aber auf der Rückfahrt hatten sie andere Dinge zu bereden.

»Hast du die Neuigkeit schon gehört?« fragte Drum sie. Sie starrte ihn bloß an. Drum begann sonst nie ein Gespräch.

»Wir werden in einem Nachtclub in Tar City auftreten. Ein Mann ist extra meinetwegen ins Unicorn gekommen und hat mir ein zweiwöchiges Engagement angeboten. Ich hatte schon gedacht, so etwas würde nie mehr passieren.«

»Das ist der erste große Schritt«, sagte David. »Hab ich's euch nicht gesagt? Ein richtiger Nachtclub, in dem Cocktails serviert werden. Danach wird es steil bergauf gehen.«

»Aber was ist mit dem Unicorn?« fragte Evie.

»Wir nehmen uns zwei Wochen frei. Das ist schon abgemacht.«

»Und vielleicht kehren wir nie wieder dorthin zurück«, sagte Drum. »Wißt ihr was, nach dieser Sache werde ich mir erst mal neue Bühnenklamotten kaufen. Mit Pailletten drauf.«

»Also dann, herzlichen Glückwunsch«, sagte Evie, aber die beiden hörten es gar nicht. Sie redeten über Scheinwerfer und Geld und den Transport ihrer Anlage.

Als sie in Farinia ankamen, sagte Drum: »Los, wir wecken meine Mutter auf und erzählen ihr die Neuigkeit. Das müssen wir feiern.« Vielleicht hatte er nur David und sich gemeint. Evie war sich nicht sicher. Die beiden marschierten schnurstracks über die dunkle Tankstelle, und Evie folgte ihnen zögernd mit ein bißchen Abstand, schaute sich mehrfach um und blieb einmal stehen, um grundlos in ihrer Handtasche zu kramen.

Mrs. Casey trug einen pinkfarbenen Chenille-Morgenmantel, und ihr Haar war auf stachelige Metall-Lockenwickler gedreht. Als sie sah, wer vor der Tür stand, griff sie sich mit den Händen an den Kopf.

»Bertram, Junge, ich dachte, du wärst allein«, sagte sie.

»Mutti, hast du etwa wieder auf mich gewartet?« Drum schlang einen Arm um sie und riß sie beinahe um. »Hör zu, Mutti. Wir haben was zu feiern. Ein Mann aus Tar City hat uns für zwei Wochen ins Parisian engagiert.«

»Wirklich? Das ist ja toll«, sagte sie. Wenn sie sich freute, wirkten ihre Wangen rund und leuchteten, und kleine Fältchen tauchten in ihren Mundwinkeln auf. »Ich wollte mir gerade eine heiße Schokolade machen. Wollt ihr auch eine Tasse?«

»Nee. Bier.«

Sie redete weiter, während sie draußen in der Küche war, und die drei schwiegen wie hypnotisiert. Sie setzten sich nebeneinander auf das Sofa und schauten zur Tür. »Ich weiß genau, das ist der Durchbruch, auf den du gewartet hast«, rief sie. »Wenn du erst einmal in einer größeren Stadt aufgetreten bist, wird dein Name viel mehr Leuten ein Begriff sein. Ich hätte nicht übel Lust, deinen Vater aufzuwecken. Na, *der* wird überrascht sein. ›Behauptest du jetzt immer noch, der Junge hätte seine Zeit vergeudet und lieber an der Tankstelle arbeiten sollen?‹ werde ich zu ihm sagen. Das Parisian ist ein richtig bekanntes Lokal. Jede Menge wichtiger Leute gehen dorthin. Erinnerst du dich noch, Drum, daß deine Cousine im Parisian die Generalprobe für ihr Hochzeitsessen veranstaltet hat? Ich war dabei. Natürlich habe ich damals nicht einmal im Traum daran gedacht… Wird Evie mitfahren?«

Evie starrte auf den Türrahmen, bis er vor ihren Augen verschwamm.

»Wieso sollte sie?« fragte Drum.

»Na ja, um an ihrem kleinen Tisch zu sitzen.«

»Nee«, sagte Drum.

»Los, zier dich nicht, Evie.«

David räusperte sich. »Zufällig erwägt Evie gerade, uns zu verlassen«, sagte er. »Ist doch so, Evie?«

»Ja, stimmt.«

»Sie glaubt, sie hat ihre Aufgabe erledigt. Es hat keinen Zweck, weiterzumachen.«

»Nein, vermutlich nicht«, sagte Mrs. Casey.

Sie erschien in der Tür mit drei Dosen Bier auf einem Pizzablech. »Aber vielleicht hat sie ja Lust, deinen Vater und mich zu begleiten, einfach um dich spielen zu hören.«

»Hat sie nicht«, sagte Drum.

»Laß sie doch für sich selber sprechen.«

Alle schauten Evie an. Evie starrte auf ihre verschränkten Finger und sagte: »Ich weiß nicht. Wenn es nach *mir* geht – ich meine, ich würde mir gerne mal einen Auftritt von ihm dort ansehen.«

»Na also, da hast du's«, sagte Mrs. Casey zu Drum.

Drum knallte seine Bierdose auf den Couchtisch. »Warum schafft ihr sie mir nicht endlich vom Hals?« sagte er.

»Bertram!«

»Nein, es ist mein Ernst. Ich habe die Schnauze voll. Was glaubt ihr, wie es ist, wenn man Abend für Abend beim Auftritt dieses Gesicht sehen muß? Meint ihr, das gefällt mir? Ständig verfolgt sie mich mit ihren Blicken und beobachtet jede kleinste Bewegung von mir. Es ist schließlich nicht *meine* Schuld, daß sie sich diese bescheuerten Buchstaben eingeritzt hat. Muß ich denn bis ans Ende meiner Tage dafür büßen?«

»Bertram. Niemand fordert, daß du dafür büßen sollst. Sie will sich nur deine Musik anhören.«

»Daß ich nicht lache«, sagte Drum.

»Jetzt bist du aber hartherzig, mein Junge. Wirst du etwa einer von den Stars werden, die nicht mehr an die kleinen Leute denken?«

»Also, Moment mal«, sagte David. Er stand auf. »Mir scheint, wir regen uns grundlos auf. Wenn Drum Evie nicht im Publikum haben will, dann wird sie garantiert nicht hingehen. Stimmt's, Evie?«

»Stimmt«, sagte Evie. Das Wort öffnete in ihr eine Tür, durch die, zu ihrer eigenen Überraschung, eine Welle des Zorns drang. »Ich werde *nie* wieder zu einem Auftritt von ihm gehen. Nie wieder. Nicht, wenn er so darüber denkt.«

»Dem Himmel sei Dank«, sagte Drum.

»Und noch was, Drum Casey. Wenn ich gewußt hätte, was für ein herzloser, egoistischer Mensch du bist, gäbe es diese Buchstaben nicht, das sage ich dir. Deine Musik ist langweilig, und du neigst zu Wiederholungen, und ich hoffe, die Leute im Parisian werden das gleich am ersten Abend merken und dich wieder nach Hause schicken. Ich hoffe, du wirst auf dem Rückweg die ganze Zeit heulen.«

»Aber Evie«, sagte Mrs. Casey.

»Und nicht nur das, du kannst auch überhaupt nicht Gitarre spielen. Du hackst bloß auf den Saiten herum, genau wie irgendein beliebiger Armleuchter bei einem Klassenfest. Ich hoffe, die Leute werden auch das merken.«

»Du lügst«, sagte Drum. »Du redest wirres Zeug.«

»Oh, tatsächlich?« Sie war inzwischen aufgestanden, aber ihre Knie zitterten, und deshalb setzte sie sich wieder. »Ich bin vielleicht nicht musikalisch, aber *eins* weiß ich. Joseph Ballew spielt hundertmal besser als du.«

»Quatsch. Joseph Ballew weiß doch gar nicht, wo bei einer Gitarre hinten und vorne ist.«

»Das weiß er immer noch besser als du.«

»Du bist nicht ganz richtig im Kopf. Ich bin ein erstklassiger Gitarrenspieler. Hab ich recht, David?«

»Ja, natürlich hast du recht«, sagte Mrs. Casey.

»Das einzig Interessante an dir«, sagte Evie, »sind deine Zwischenreden und ich. Aber diese Reden ergeben keinen Sinn, und ich werde mir einen Pony schneiden. Dann werden wir ja sehen, wie weit du es bringst.«

»Ich bin schon im Unicorn aufgetreten, als ich dich noch gar nicht kannte. Und niemand hat mich je gefragt, warum sich kein Mädchen ›Casey‹ in die Stirn geritzt hat. Dich etwa, David?«

»Es war alles umsonst«, sagte Evie.

»Hör mit diesem Gerede auf.«

»Völlig vergeblich.«

»Ich bin ein erstklassiger Gitarrenspieler«, sagte Drum.

Auf dem Heimweg weinte Evie in den Saum ihres Rocks. David schwieg. Als sie bei ihr zu Hause ankamen, sagte er: »Das war's dann wohl.«

»Es tut mir leid«, sagte Evie.

»Schon gut.«

Soweit sie es in der Dunkelheit beurteilen konnte, lächelte er. Sie erwiderte das Lächeln und strich den Rock glatt. »Tja, sieht so aus, als würden wir uns nicht wiedersehen«, sagte sie.

»Nein, vermutlich nicht. War aber eine interessante Erfahrung, dich kennengelernt zu haben.«

»Also, tschüs.«

Ehe sie die Autotür hinter sich schloß, überzeugte sie sich davon, daß sie nichts vergessen hatte. Sie wollte keine Spuren hinterlassen, noch nicht einmal ein Stück Papier, das auf dem Boden herumfliegen und sie an ihr Lachen erinnern würde. Ihr Vater saß in seinem abgetragenen karierten Morgenmantel im Wohnzimmer und las. »Ich wollte gerade bei Violet anrufen«, sagte er. »Findest du nicht, daß es ein bißchen spät ist?«

»Wir haben zufällig ein paar Freunde getroffen.«

»In der Küche ist Kakao.«

»Ich will keinen.«

Sie machte sich auf den Weg in ihr Zimmer, aber als sie die Treppe halb oben war, glaubte sie seine Stimme zu hören. »Hast du etwas gesagt?« rief sie.

»Ich habe gefragt, ob du eigentlich nichts anderes anzuziehen hast? Erinnere mich morgen früh daran, daß ich dir Geld für neue Sachen gebe.«

»Ich will keine«, sagte Evie.

8

Sie schnitt sich einen Pony, der so lang war, daß er ihre Augenbrauen bedeckte. Ihr Blick wirkte ohne die Brauen sorgenvoll und überrascht. Und weil ihr Haar sich an den Seiten bauschte, hatte sie manchmal das Gefühl, unter einer Pilzkappe zu leben. »So ist's recht«, sagte ihr Vater. »Ich werde mich nach einem Chirurgen für dich erkundigen. Würdest du hingehen? Ich habe immer gewußt, daß du darüber hinwegkommst, wenn ich dich nur in Ruhe lasse.« Dann ging er nach draußen, strich die Veranda und pfiff dabei eine ihr unbekannte Melodie.

Sie warf den schwarzen Rock und die schwarze Bluse weg, außerdem den Schnappschuß von Drum im Unicorn, Fay-Jeans Bleistiftzeichnung und das Porträtfoto, das seine Mutter ihr gegeben hatte. Weiter war nichts von ihm übrig. Sie ging unter Clotelias riesigem Schirm in die Stadt und legte sich einen Vorrat an Schulbedarf für das kommende Jahr zu. Auf dem Heimweg kaufte sie eine Zeitung aus Tar City. »Wie alles andere auch«, las sie, »scheint das Nachtleben unter der Hitzewelle zu leiden. Der Manhattan Club bietet diese Woche gar kein Live-Programm, und Drumstrings Casey im Parisian ist ein blutiger Anfänger.« Sie faltete die Zeitung wieder zusammen und schob sie durch den Schwingdeckel eines Mülleimers.

Nachmittags besuchte sie Violet. Den ganzen Sommer war sie zu Hause geblieben und hatte Violet zu sich kommen lassen, doch jetzt hatte sie das Gefühl, als sei sie von einer langen, beschwerlichen Reise zurückgekehrt, von der niemand wußte. Die lebendige Unordnung in Violets Zimmer und ihre gutgelaunten, übergewichtigen Eltern und Geschwister wirkten auf sie unkompliziert und fremd zugleich. Zu der Figurenparade auf Violets Kommode waren ein paar neue Porzellanpferde hinzugekommen. An der Schranktür hing das lebensgroße Poster eines Filmstars, den sie nicht kannte.

»Was hast du den ganzen Sommer über gemacht?« fragte sie Violet.

»Wie meinst du das? Wir haben uns doch jeden Tag gesehen.«

»Ja, schon.« Evie, die auf dem Bett saß, beugte sich vor und legte das Kinn in ihre Hand. »Scheint so, als hätte ich *zwei* Sommer gleichzeitig erlebt«, sagte sie. »Zwei verschiedene. Manchmal frage ich mich, ob *ich* das war, die in voller Lebensgröße mit zwei Männern in eine Kneipe gefahren ist? Meine Güte, ich hatte keine einzige Verabredung, außer mit diesem komischen Buddy Howland, der immer noch nicht in den Stimmbruch gekommen ist. Ich kann kaum glauben, daß ich all das gemacht habe.«

»So ist es doch immer mit der Erinnerung«, sagte Violet.

»Nicht bei mir. Früher gab es nichts, an das es sich zu erinnern lohnte. Und es wäre mir auch lieber, wenn ich mich an diesen Sommer nicht erinnern würde. Wie konnte ich nur so blöd sein? Du hättest mich davon abhalten sollen.«

»Das beste ist, du denkst nicht mehr daran und vergißt das Ganze so schnell wie möglich«, sagte Violet.

»Du hast recht. Das werde ich tun. Laß uns von etwas anderem sprechen. Wußtest du, daß mein Vater die Klasse von Miss Cone übernimmt? Er sagt, sie –«

»Das hast du mir erzählt.«

»Ach ja?«

»Vor einem Monat.«

»Das hatte ich vergessen.« Sie stand so abrupt vom Bett auf, daß Violet hastig nach ihrem Nagellackfläschchen griff. »Siehst du, was ich meine? Ich kann mich überhaupt nicht daran erinnern, dir davon erzählt zu haben. Wie soll ich bloß über alles hinwegkommen? Ich wünschte, ich hätte den Sommer mit Baden verbracht, oder als Betreuerin in einem Feriencamp. Oder wenigstens gemütlich zu Hause, mit Lesen. Wenn ich die Zeit, seit ich Drum Casey kennengelernt habe, zurückdrehen könnte, würde ich alles anders machen.«

»Du wolltest doch nicht mehr davon sprechen«, sagte Violet.

Aber das gelang ihr nicht. Vormittags bewegte sie sich wie auf einer glatten Oberfläche und beschäftigte sich mit allen möglichen Dingen. Nachmittags lag sie ausgestreckt auf Violets ungemachtem Bett und wiederholte die immer gleichen Sätze. Violet hörte ihr mit heiterer Nachsicht zu, so daß Evie sie getrost aussprechen konnte.

Am Montag morgen, mehr als eine Woche nach ihrem Streit mit Drum, machte Evie sich daran, ihren Schreibtisch aufzuräumen. Es war gut, etwas zu tun, das ihre volle Aufmerksamkeit erforderte. Als sie gerade die zweite Schublade ausleeren wollte, hörte sie Clotelia rufen: »Evie? Du wirst verlangt.«

»Ich komme«, sagte Evie. Sie trat aus ihrem Zimmer und schaute die Treppe hinunter in die Diele. Clotelia stand dort, breitbeinig und mit verschränkten Armen. »Du hast Besuch«, sagte sie.

»Wer ist es denn?«

»Ich sagte doch, komm runter.«

»Na schön.«

»Dein Vater wird jeden Augenblick nach Hause kommen.«

»Na und?«

Aber Clotelia wies nur mit dem Daumen in Richtung Wohnzimmer. Dort saß Drum Casey auf dem Sofa und hatte die Stiefel auf den Couchtisch gelegt. Sein Kopf war leicht zur Seite geneigt, als schliefe er. Evie blieb jäh in der Tür stehen und starrte ihn an. Sie fühlte sich von ihm wie durch eine Glaswand getrennt, geschützt durch die dicken Ponyfransen über ihrer Stirn und die Tage, die sie damit verbracht hatte, ihn langsam aber sicher aus ihren Gedanken zu verbannen. Seine Augen waren geschlossen; sie konnte sein Gesicht anschauen, ohne befürchten zu müssen, er würde sie blenden, indem er zurückschaute. Sein leicht geöffneter Mund wirkte entspannt. Er war unrasiert. Seine Hände mit den typisch kurzgeschnittenen Nägeln eines Gitarrenspielers lagen leicht gekrümmt auf seinen Oberschenkeln. Als ihr Blick auf seine Hände fiel, bewegte sie sich leicht, nur gerade so viel, um ihren Pony glattzustreichen, aber Drum rollte den Kopf in ihre Richtung und blickte sie mit halbgeöffneten Lidern an. »Hi«, sagte er.

»Hallo«, sagte Evie.

Er setzte sich auf und nahm die Füße vom Couchtisch. Das Schweigen näherte sich langsam dem Punkt, an dem es nur noch schwer zu brechen sein würde. »Ich wußte nicht, daß du es bist«, sagte Evie schließlich. »Clotelia hat es mir nicht gesagt. Willst du ein Glas Limonade? Dir ist bestimmt heiß –«

Hinter ihr sagte Clotelia: »Dein Vater wird jeden Augenblick nach Hause kommen, Evie.«

»Ach ja, mein Vater kommt gleich«, sagte Evie.

Drum schien das nicht weiter zu beeindrucken. Er rutschte an die Sofakante und rieb sich mit den Handballen über die Augen. »Ich habe seit Samstag nicht geschlafen«, sagte er.

»Was ist passiert?«

»Ich bin rausgeflogen.«

»*Was?*«

»Ich sagte, ich bin rausgeflogen.«

»Ach, die haben doch keine Ahnung«, sagte Evie und dachte an die Zeitungskritik. »Es liegt am Wetter. Bei dieser Hitze kann kein Mensch gute Musik von schlechter unterscheiden.«

»Ach was, mit Musik hatte es gar nichts zu tun. Das war bloß eine Ausrede. Ich verstand mich zu gut mit der Tochter des Geschäftsführers, und das paßte ihm eben nicht. Er sagte, ich wäre nicht gut angekommen. ›Wie konnte dieser Trottel bloß Leute wie euch einstellen‹ – sagte er. Ich sagte: ›So was laß ich mir nicht gefallen.‹ Dann sind wir aufeinander losgegangen.«

»Du meinst, ihr habt euch geprügelt?«

»Ja, klar. Es war eine richtige Prügelei, mit Polizei und allem Drum und Dran. Er war bloß sauer wegen seiner Tochter.«

Evie vertrieb den Gedanken an die Tochter mit einem Wimpernschlag. »Das ist illegal«, sagte sie. »Du kannst auf deinem Vertrag bestehen.«

»*Vertrag?* Wofür hältst du mich, für einen Filmstar?«

»Na ja, er kann dich jedenfalls nicht einfach rauswerfen.«

»Ach, was du nicht sagst.« Drum zog einen Kamm aus seiner Hemdtasche. »Jetzt ist mein Name bei der Polizei aktenkundig. Das fehlte mir gerade noch. Kennst du diese Filme, in denen die

Mutter zu den Bullen sagt: ›Er ist ein guter Junge‹? Das hat *meine* Mutter auch gemacht. ›Er ist ein guter Junge‹, sagte sie. ›Ich verstehe das nicht‹, sagte sie. Dann bezahlte sie den entstandenen Schaden, zerrte mich nach draußen und sagte, sie hätte sich ja denken können, daß so was eines Tages passieren würde. Ich hätte der Familie Schande bereitet. Was mein Vater wohl dazu sagen werde; wenn sie nur einen Funken Verstand besessen hätte, hätte sie mich arbeiten geschickt, wie alle es ihr geraten haben. Wie findest du das? Nicht mal meine eigenen Eltern halten zu mir. Als wir zu Hause ankamen, wollte mein Vater mich nicht reinlassen. ›Ich bin im Augenblick zu wütend, um deinen Anblick zu ertragen‹, sagte er zu mir. ›Schlaf im Auto. Wir sprechen uns morgen früh.‹ ›Also, wenn das *so* ist‹, habe ich gesagt und bin einfach abgehauen. Und wenn ich sie nie wiedersehe, ist es mir auch egal.«

»Wo ist David?« fragte Evie.

»David? Zu Hause, nehme ich an. *Er* hat sich ja nicht geprügelt. Der nicht. Ich wäre ja über Nacht zu ihm gegangen, aber du kennst seine Mutter, die kann mich nicht leiden.«

»Wieso nicht?«

»Keine Ahnung. Ich habe ihr nie etwas getan.«

Draußen in der Diele stieß Clotelia unvermittelt ein verächtliches Keuchen aus. »Mach uns Limonade«, rief Evie ihr zu.

»Evie, dein Vater geht an die Decke, wenn er diesen Kerl hier antrifft.«

»Laß das meine Sorge sein. Mach uns Limonade.«

Clotelia drehte sich auf dem Absatz um und ging weg. Drum schien er gar nicht bemerkt zu haben. Er kämmte sich das Haar, strich mit einer Hand hindurch und steckte dann den Kamm wieder in die Tasche. »Ich habe die Nacht auf irgendeiner Veranda verbracht«, sagte er, »habe aber kein Auge zugetan. Jetzt fühlen sich meine Lider ganz schwer an. Ich möchte mal wissen, was mein Vater gegen mich hat. Man kann mit ihm nicht eine Sekunde lang vernünftig reden. Mein Standpunkt interessiert ihn nicht die Bohne. Na, bei ihm bin ich daran ja gewöhnt. Aber bei Mutter? ›Bertram, du hast mir das Herz gebrochen‹, hat sie gesagt. ›Du hast mein Vertrauen in dich zerstört.‹ Meine eigene Mutter! Was soll man dazu sagen? Ich bin heute morgen zu Hause vorbeigegangen, nachdem mein Vater mit seinem Abschleppwagen weggefahren ist, und ich fragte: ›Mutter, kann ich wenigstens ein paar Brötchen und ein bißchen Schinken zum Frühstück haben?‹ Sie sagte: ›Ja, hier, ich habe etwas für dich aufgehoben, aber du solltest erst wieder herkommen, Bertram, wenn du die Sache in Ordnung gebracht hast. Und damit meine ich, das Geld zurückgezahlt, dich entschuldigt und dir eine anständige Arbeit gesucht hast.‹ Ich hätte nie gedacht, daß sie so etwas je zu mir sagen würde. ›Aber du weißt doch, daß es nicht meine Schuld war‹, sagte ich. ›Der Mann verteidigt die Unschuld seiner Tochter, und dabei weiß jeder, daß sie ein echtes Flittchen ist. Aber das will er einfach nicht wahrhaben‹, erklärte ich, ›und deshalb hat er mich unter einem Vorwand gefeuert.‹ Mutti sagte: ›O Bertram, was soll bloß aus dir werden? Manchmal denke ich, bei dir ist Hopfen und Malz verloren‹, sagte sie, und dann drückte sie mir eine kleine braune Tüte mit Essen in die Hand. Das war, als würde der letzte Boden unter meinen Füßen aufbrechen. Ich gehe auf keinen Fall zurück nach Hause.«

Er stand auf und fing an, durchs Zimmer zu laufen. Ab und zu nahm er eine Hand aus der Gesäßtasche und hob eine Porzellanfigur oder eine Fotografie hoch. »Wer ist das?« fragte er.

»Meine Mutter.«

»Tot? Und wer ist das?«

»Mein Onkel.«

»Ein nettes Haus habt ihr hier. Meinst du, dein Vater läßt mich auf dem Sofa schlafen?«

»Nein, das glaube ich kaum.«

»Dann vielleicht auf der Veranda?«

»Nein, bestimmt auch nicht.«

»Er braucht es ja nicht zu erfahren.«

»Er würde es mitbekommen«, sagte Evie, »sobald dich ein Nachbar sieht oder er zufällig abends mal auf die Veranda geht.«

»Ich würde gut aufpassen.«

»Aber ich habe mich gerade ein bißchen erholt«, sagte Evie. »Wie kannst du mich bloß um so etwas bitten?«

Drum nahm daraufhin nur eine Gänsemagd aus Porzellan in die Hand und hielt sie an seine Wange, als würde ihn das beruhigen.

»Na gut, meinetwegen«, sagte Evie. »Mir soll es gleich sein.«

Also schlief er auf der Veranda, auf den schweren, plattgedrückten Kissen in der Holzschaukel. Nicht nur eine Nacht, sondern die ganze Woche. Evie lag bis nach Mitternacht wach, so lange, bis sie durch das offene Fenster das schlurfende Geräusch von Stiefeln auf den Dielen hörte und das Knarren der Schaukel, wenn er sich hinlegte. Das Knarren verstummte augenblicklich wieder, und dann war es still. Er schien sich im Schlaf nicht mal zu bewegen. Er gehörte wohl zu den Menschen, die im Handumdrehen einschliefen und erst am nächsten Morgen wieder aufwachten, sehr zum Verdruß derer, die neben ihnen lagen. Mit Violet war es genauso, wenn sie bei Evie übernachtete. Evie hingegen lag oft stundenlang wach. Sie hörte den Grillen oder den Musikfetzen und Partygeräuschen aus der Nachbarschaft zu und dachte darüber nach, was alles passieren könnte, wenn ihr Vater zufällig auf Drum stieß. Würde er ihn anbrüllen? Die Polizei rufen? Oder sich entschuldigen, weil er Drum geweckt hatte, und dann auf Zehenspitzen wieder ins Bett gehen? Sie rechnete damit, Alpträume zu bekommen, aber wenn sie dann schließlich einschlief, versuchte sie im Traum durch Wasser zu schwimmen, das so dick war wie Gelee, auf wackligen Beinen einem Feuer zu entfliehen oder eine Leiter zu erklimmen, die unter ihrem Gewicht schwankte, aber niemals umkippte. Wenn sie morgens aufwachte, war Drum schon weg.

Nach der ersten Nacht ging sie im Bademantel auf die Veranda hinunter und starrte die Schaukel an, deren Kissen nicht mal eingedrückt waren. Sie war immer noch dort, als Clotelia ankam. »Ist er weg?« fragte Clotelia. Niemand hatte ihr gesagt, daß Drum dort schlief, aber offenbar wußte sie es trotzdem. Evie nickte.

»Na, dann geh und zieh dich an. Es hat keinen Zweck, hier draußen im Bademantel rumzusitzen.«

Um zehn Uhr fuhr ihr Vater weg, um etwas zu besorgen. Kaum war sein Auto außer Sichtweite, da öffnete Drum die Fliegengittertür einen Spalt und zwängte sich hindurch in die Diele. »Könnte ich etwas zum Frühstück haben?« fragte er. Evie stand am Fuß der Treppe und sah die Post durch. Zum ersten Mal an diesem Vormittag war Drum nicht der Mittelpunkt ihrer Gedanken, und sie hob den Kopf und starrte ihn einen Augenblick lang an. Dann rief Clotelia: »Komm her, Essen steht auf dem Tisch.« Sie hatte für ihn gedeckt – einen großen Teller voll Schinken und weicher Brötchen, die Evie und ihr Vater nie aßen. Als Drum hereinkam, schaute Clotelia vom Waschbecken hoch und sagte: »Bitte sehr, du brauchst nur zuzugreifen. Ich weiß doch, was Typen wie dir schmeckt.« Dann ließ sie das Wasser aus dem Spülbecken und zog die pinkfarbenen Gummihandschuhe aus. Drum zuckte die Achseln und setzte sich.

»Sie ist ganz schön schnippisch«, sagte er.

»Hast du gut geschlafen?«

»Klar. Die Schaukel ist ein bißchen kurz, aber besser als der Fußboden. Habt ihr Sirup?«

Evie reichte ihm die Flasche und setzte sich ebenfalls. »Hast du David inzwischen getroffen?«

»Noch nicht.«

»Und deine Freunde?«

»Was ist mit denen?«

»Na ja, du hast doch welche, oder?«

»Klar.«

»Machen sie sich keine Sorgen um dich?«

Er schaute sie über ein Brötchen hinweg stirnrunzelnd an. »Worauf willst du hinaus?« fragte er.

»Auf gar nichts.«

»Willst du, daß ich verdufte?«

»Nein, natürlich nicht.«

»Wieso fragst du dann nach meinen Freunden?«

»Ich wollte es nur wissen –« sagte Evie. Sie malte Schlieren in den Abdruck einer Kaffeetasse auf der Tischplatte, während Drum ihr zusah. »Ich frage mich nur, warum du ausgerechnet zu mir gekommen bist«, sagte sie schließlich.

»Ich weiß nicht.«

»Du hast doch sicher genug andere Möglichkeiten gehabt.«

»Klar.«

Sie gab es auf. Sie wartete, bis er fertig gegessen hatte, dann brachte sie ihm einen Aschenbecher. Drum lehnte sich auf dem Stuhl zurück, um eine Zigarette zu rauchen. Sein Ellbogen stieß gegen die Hintertür, die unabgeschlossen war, damit er schnell verschwinden konnte, falls ihr Vater auftauchte. Es war gut möglich, daß er jeden Moment hereinspaziert kam. Sie war immer darauf gefaßt, und sie horchte angestrengt auf jedes Geräusch von der Straße, so daß sie, als Drum schließlich auf ihre Frage reagierte, seine Worte kaum wahrnahm. »Wir beide haben uns neulich ganz schön gestritten«, sagte er. Evie sagte: »Mhm.« Sie hatte gerade ein pfeifendes Motorengeräusch gehört, das vom Volkswagen ihres Vaters hätte stammen können. Als das Geräusch sich wieder entfernte, sagte sie: »Was?«

»Ich sagte, wir beide haben uns ganz schön gestritten.«

»Ach, na ja.«

Drum blies eine Rauchwolke aus und sah zu, wie sie sich auflöste. Dann sagte er: »Ich habe darüber nachgedacht. Dieser Streit war der Moment, von dem an alles schiefging.«

»Na ja, reden wir nicht mehr davon.«

»Der Gedanke kam mir an dem Abend, als ich gefeuert wurde. Ich dachte mir: ›Verdammt, ich habe alle Zeichen übersehen, was sagt man dazu.‹«

»Was?«

»Hörst du mir überhaupt zu?«

»Ich weiß nicht, worauf du hinauswillst«, sagte Evie. »Das mit dem Streit ist erledigt, wirklich. Ich bin diejenige, die sich entschuldigen sollte.«

»Ich entschuldige mich nicht, ich habe jedes Wort so gemeint. Du bist eine Belastung. Aber du bringst mir auch Glück. Oder Pech, als du gehofft hast, ich würde im Parisian keinen Erfolg haben.«

»Moment mal –« sagte Evie.

»Wenn ich dich ins Parisian mitgenommen hätte, wie du es wolltest, dann wäre ich bestimmt nicht rausgeflogen.«

»Das ist doch albern«, sagte Evie.

»Das ist überhaupt nicht albern. Ich wünschte nur, du könntest mir Glück bringen und trotzdem keine Belastung sein. *Lächelst* du eigentlich nie?«

»Doch, natürlich.«

»Davon merkt man aber nichts. Du sitzt immer bloß mit starrer Miene da und zeigst mir deine Stirn. Und jetzt hast du plötzlich einen Pony.«

»Ich fand, es wurde Zeit.«

»Soll das heißen, du hast es ernst gemeint?«

»Was ernst gemeint?« fragte Evie. »Ich weiß nicht, wovon du sprichst.«

»Von unserem Streit. Als du gesagt hast, ich könnte nicht Gitarre spielen.«

»Ach, das.«

»Ich spiele allemal besser als Joseph Ballew, soviel ist sicher. Und ich singe auch besser. Wenn du das nicht gemerkt hast, dann hörst du schlecht.«

»Ich war bloß wütend«, sagte Evie. »Ich habe es nicht so gemeint.«

»Wußtest du, daß ich Unterricht hatte? Bei Farnham's Music Company, wo ich meine Gitarre gekauft habe. Außerdem habe ich einen Talentwettbewerb gewonnen, noch bevor ich den Kurs abgeschlossen hatte. Fünfzehn Dollar und eine Medaille habe ich gekriegt.«

»Es war nicht so gemeint«, sagte Evie. »Solche Sachen sagt man eben, wenn man wütend ist. Ich könnte dir den ganzen Tag beim Spielen zuhören.«

»Dann ist ja gut«, sagte Drum. Das hatte er scheinbar wissen wollen. Deshalb war er gekommen. Er drückte seine Zigarette aus und wippte schweigend auf dem Stuhl, bis sie hörten, wie Evies Vater die Verandastufen heraufkam. »Bis dann also«, sagte Drum. Er war aufgesprungen und hinausgerannt, noch ehe Evie antworten konnte. Er mußte die Hintertür von Anfang an im Auge gehabt haben.

Als er weg war, hatte sie das Gefühl, einen Fehler gemacht zu haben. Er war gekommen, um festzustellen, ob er ihr als Sänger noch gefiel; wenn sie auch nur einen Funken Verstand besäße, hätte sie ihn im unklaren gelassen. Sie lief von einem Zimmer ins andere, zerrte heftig an einer Haarsträhne und sprach mit sich selber, wenn sie sicher war, allein zu sein. ›Ob ich es ernst gemeint habe? Keine Ahnung. Ich weiß schon gar nicht mehr, wie du singst.‹ Clotelia ging ein paarmal an ihr vorbei und warf ihr einen mißbilligenden Blick zu, sagte aber nichts. Ihr Vater fragte sie, ob sie sich langweile. »Nein, wieso?« antwortete Evie.

»Du wirkst so unruhig.«

»Nein, nein.«

»Nun, bald fängt die Schule wieder an. Der Sommer zieht sich immer ziemlich in die Länge.«

Er sah in letzter Zeit richtig fröhlich aus. Er hatte für September einen Termin mit einem Schönheitschirurgen vereinbart, und beim Abendessen war er neuerdings sehr gesprächig und machte sogar Witze. Sie hätte sagen sollen: ›Nein. Du gefällst mir nicht mehr, deine Musik gefällt mir nicht mehr, und ich möchte auch nicht, daß du weiterhin auf meiner Veranda schläfst.‹ Dann wäre das Leben wieder ganz einfach. Kein ungeduldiges Warten und Grübeln mehr, keine Geheimnisse mehr vor ihrem pfeifenden, nichtsahnenden Vater.

Drum entwickelte eine Art Routine. Er kam immer, wenn ihr Vater weg war, so als beobachte er das Haus genau, und er sprach kaum. Das Reden blieb Evie überlassen. Wenn sie schwieg, wirkte er gereizt, trommelte mit den Fingern auf den Tisch oder wippte mit dem Fuß und ging früher als nötig. Wenn sie ihm etwas erzählte, schien er ihr nicht zuzuhören, saß aber ganz still. Er lehnte den Kopf gegen die Wand und betrachtete die Decke, während sie nach irgendwelchen Themen suchte, um kein Schweigen aufkommen zu lassen. »Mach dir nichts aus Clotelias Benehmen. Geht sie dir auf die Nerven? Als mein Vater einmal nicht in der

Stadt war, bin ich mit ihr nach Hause gegangen und habe ihren Freund kennengelernt, nicht den, den sie jetzt hat, sondern einen anderen, der von ihrem Geld lebte, bloß den ganzen Tag rumsaß, Bier trank und Münzen in die Luft warf. Sie denkt, alle Männer sind so. Das ist der Grund, warum sie so schnippisch ist. Er hieß, warte mal, nicht Spencer, nein –«

Niemand hatte ihr je so ausdauernd zugehört. Er unterbrach sie nicht, er rutschte nicht ungeduldig auf seinem Stuhl herum. Sie konnte ihre Worte so sorgsam auswählen wie Luxusartikel in einem Kaufhaus. »Nicht Stewart, auch nicht Stengle. Ich komme gleich drauf. Spindle. Ich wußte doch, daß es ein seltsamer Name war. Kennst du etwa jemanden, der Spindle heißt? Er trug mitten im Sommer eine schwarze Strickkappe. Und solche hohen Schuhe mit metallbeschlagenen Spitzen.«

Drum drückte seine Zigarette aus und rieb sich mit einer Hand über die Augen. »Bist du müde?« fragte Evie.

»Nein.«

Aber er sah erschöpft und angespannt aus, und seine Bräune hatte einen gelblichen Schimmer bekommen. Manchmal, wenn sie in ihre Worte vertieft war, vergaß sie völlig, daß etwas nicht stimmte. Wenn sie zufällig aufschaute, bemerkte sie, wie er dasaß, schlaff und mit schweren Gliedern, ohne auch nur den Versuch zu machen, sich gegen das Netz aus Worten, das sie um ihn gesponnen hatte, zu wehren. Dann hielt sie inne und fragte: »Möchtest du irgend etwas? Ein Glas Eistee?«

»Nein.«

»Schläfst du nachts schlecht?«

»Ich schlafe prima. Erzähl weiter.«

»Wie kann ich dauernd reden, wenn ich nie eine Antwort kriege? Erzähl du *mir* etwas. Was ist bei dir zu Hause los? Warst du inzwischen noch mal bei deiner Mutter?«

»Nein.«

»Wirst du hingehen?«

»Nein.«

»Sie ist bestimmt nicht mehr böse auf dich.«

»Ob sie noch böse ist oder nicht, ich gehe nicht hin.«

»Was, nie wieder?«

»Ich habe die Nase voll«, sagte Drum. »Ewig hat sie davon geredet, wie berühmt ich mal werde, und dann bricht sie schon beim ersten kleinen Rückschlag zusammen. Ich bin neunzehn Jahre alt. Ich habe das Recht, einmal gefeuert zu werden, oder etwa nicht? Sieht so aus, als würde ich es nie zu etwas bringen und mein Leben lang nichts anderes machen, als jeden Freitag Lebensmittel einzupacken. *Ihr* ist das anscheinend gleichgültig.«

»Wenn du nicht mehr nach Hause willst«, sagte Evie, »wo willst du dann wohnen?« Sie achtete sorgfältig auf ihren Tonfall. Schon eine plötzliche Bewegung, so kam es ihr vor, könnte ihn verscheuchen. Aber Drum schüttelte bloß den Kopf. Es schien ihm ganz egal zu sein, was sie sagte.

Er pendelte fünf Tage lang zwischen ihrem Haus und Davids, wo er zwar Besuche machen durfte, aber nie etwas zu essen bekam. Er rasierte sich auf der Toilette einer Esso-Tankstelle, lieh sich von David Sachen zum Anziehen und stellte seine Gitarre in Davids Geräteschuppen unter. Bei Evie zu Hause sah er immer nur Evie und Clotelia. Einmal kam Violet mit vor Neugier geröteten Wangen vorbei, nachdem Evie mit ihr telefoniert hatte, aber Drum verzog sich sofort. »Ich glaube, er mag mich nicht«, sagte Violet.

»Nein, damit hat es nichts zu tun. Es liegt an seiner Stimmung«, sagte Evie. Wenn Violet da war, konnte sie eine distanzierte Haltung zu der Situation einnehmen und klar erkennen, wie seltsam sie war: Evie Decker verteidigte einen Rockgitarristen, nahm einen Ausreißer in Schutz, der sich in ihrer Küche breitmachte. Sie verabschiedete Violet so schnell wie möglich wieder und ging nach draußen, um in Richtung des hohen Grases hinter dem Haus ein Handzeichen zu machen

Am Freitag nachmittag rief Drums Mutter an. »Hier spricht Mrs. Ora Casey«, sagte sie förmlich. »Bist du es, Evie?«

»Ja, Ma'am«, sagte Evie.

»Ich bin auf der Suche nach Bertram. Er ist verschwunden. War er vielleicht bei dir?«

»Nein, Ma'am.«

»Wenn du ihn siehst, sagst du ihm bitte, daß ich ihn suche?«
»Ist gut.«
Es trat eine Pause ein.
»Ich habe schon bei David angerufen, aber der hat ihn auch nicht gesehen. Also, wo kann der Junge nur stecken?«
»Ich sage ihm ganz bestimmt, daß Sie ihn suchen.«
»Evie, ich will dir nichts vormachen. Ich suche ihn schon seit einer Woche. Seit letztem Sonntag. Wir hatten einen Streit. Eigentlich wegen nichts und wieder nichts – es gab ein kleines Mißverständnis im Parisian –, aber du weißt ja, wie empfindlich er ist. Ich habe ihm gesagt, er hätte mich enttäuscht – na ja, ich hatte meine Gründe. Aus unserer Familie ist zwar niemand auf dem College gewesen, aber wir sind gesetzestreue Bürger, über die sich niemand beklagen kann. Ich war vielleicht ein bißchen zu streng mit ihm, aber doch nur aus Enttäuschung. Die Sache ist längst vergessen. Warum mußte er sich das so zu Herzen nehmen?«
»Also, falls ich ihn sehe –« sagte Evie.
»Ja, natürlich. Ist gut. Wiedersehen.«
Evie legte auf und ging zurück ins Wohnzimmer, wo Drum und Clotelia sich eine Seifenoper anschauten. Drum war inzwischen kühner geworden. Wenn der Fernseher lief, setzte er sich davor, als wäre er ein geladener Gast, und sprach beim Zuschauen mit den Schauspielern. »Der Arzt da«, sagte Clotelia gerade zu ihm, »der hält sich für den Nabel der Welt. Selbstsüchtig ist gar kein Ausdruck.« Drum nickte, wahrscheinlich ohne ihr zugehört zu haben, und schaute so konzentriert auf den Bildschirm, daß seine Augen nurmehr schmale Schlitze waren. Er und Clotelia saßen nebeneinander auf dem Sofa. Clotelia hatte sich an ihn gewöhnt, obwohl sie immer noch der Meinung war, er sei der reinste Abschaum. »Also, eins möchte ich wissen«, sagte sie zu ihm. »Wenn dieser Arzt sich so hochnäsig und geziert aufführt, heißt das dann, er ist auch im wirklichen Leben so, oder tut er bloß so wegen der Rolle in der Serie? Das frage ich mich. Zieh den Bauch ein, Evie. Wer hat angerufen?«
»Niemand«, sagte Evie.

»Wenn ich nicht ständig hinter ihr her wäre«, sagte Clotelia zu Drum, »würde sie aussehen wie eine Vogelscheuche. Was soll ich bloß machen? Ich sage zu meinem Freund, ›Brewster‹, sage ich, ›ob du's glaubst oder nicht, ich kenne ein weißes Mädchen, das mit siebzehn Jahren noch ein Kindermädchen braucht. Eine Haushälterin reicht nicht‹, sage ich, ›sie braucht ein Kindermädchen.‹«

Drum rollte den Kopf auf der Sofalehne zur Seite, um Clotelia anzuschauen. Während der Werbung hörte er jedem zu. Es mußte nicht unbedingt Evie sein.

»›Warum kündigst du nicht?‹ sagt er. Ich sage, das werde ich. Nichts wäre entwürdigender für mich, sagt er, als mein Leben lang hinter Evie Decker herzuräumen.«

»Ich wünschte, du *würdest* kündigen«, sagte Evie.

»Keine Sorge, Fräulein, das werde ich schon noch.« Sie schnitt eine Grimasse und drehte mit einer ruckartigen Bewegung ihre Armbanduhr herum. »Woche für Woche sage ich mir, ich muß endlich kündigen. Wenn ich bloß einen anderen Job finden würde. In einer Fabrik oder so. Weißt du, wieviel Zeit ich an sie verschwendet habe? Vier Jahre. Und jetzt merke ich, daß alles umsonst war, und mir bleibt nichts anderes übrig, als zu kündigen. Herrje.«

»Warum gehst du nicht in eine Großstadt?« sagte Drum.

»Klar, das wäre nicht schlecht.«

»Würde ich auch tun, wenn ich genug Geld hätte.«

Evie stand hinter ihm, die verschränkten Arme auf die Sofalehne gestützt, und schaute auf seinen Kopf hinunter. Sein Haar war nicht gescheitelt, sondern fiel in dicken, schwarzen Büscheln nach allen Seiten. Manchmal, wenn sie sah, wie er sich in ihrem Haus breitmachte, überkam sie plötzlich ein unangenehmes Gefühl der Verwunderung. Es gab Dinge an ihm, die sie jedesmal von neuem überraschten: seine knochigen, kantigen Handgelenke, der gelbe Nikotinfleck an seinem Mittelfinger, die zotteligen Haare an seinen Koteletten. Er war tief in die Sofakissen gesunken, als sei er ein Teil der Einrichtung. Wenn ihr Vater jetzt hereinkäme, was würde Drum wohl machen? Vermutlich nur kurz eine Hand heben, »Hi« sagen und dann die Hand wieder sinken lassen.

»Drum Casey, was willst du eigentlich von mir?« fragte sie ihn.

»Hm?«

»Ich habe gefragt, was du willst. Wieso hängst du ständig hier rum?«

»Also wirklich, Evie«, sagte Clotelia.

Drum hatte sich umgedreht und sah sie mit leicht geöffnetem Mund an. »Also, wenn das *so* ist«, sagte er.

»Ich habe mit keinem Wort erwähnt, wie es ist. Ich habe dir nur eine Frage gestellt.«

»Schöne Frage.«

»Nun, hast du jemals irgendeine Frage beantwortet? Hast du überhaupt je ein richtiges Gespräch geführt, eins, bei dem man abwechselnd spricht, so wie es üblich ist? Ich habe dich etwas gefragt. Ich verlange eine Antwort. Was willst du von mir?«

»Jetzt aufgepaßt«, sagte Clotelia laut. »Die Frau in dem schwarzen Kleid fängt gleich an zu heulen; die heult in jeder Folge. Wie macht sie das wohl, daß die Tränen auf Kommando fließen?«

»Sie tut bloß so als ob; es ist nur Wasser«, sagte Drum. Er stand auf. »Dein Gerede deprimiert mich. Wenn du nicht willst, daß ich auf deiner Veranda schlafe, dann sag es doch gleich, anstatt um den heißen Brei rumzureden.«

»Veranda? Wer hat was von Veranda gesagt? Ich habe dich gefragt –«

»Ich bin nicht taub, ich höre sehr gut.«

»Daran zweifle ich von Tag zu Tag mehr«, sagte Evie.

Aber Drum war bereits auf dem Weg nach draußen und stopfte seine Zigaretten in die Hemdtasche, während er den Flur durchquerte. »Bis dann«, sagte er.

»Jetzt warte doch –«

Sie betrachtete seinen Rücken, während er mit federnden Schritten die Vordertreppe hinunterlief. Jeder hätte ihn sehen können. Ihr Vater hätte ihm auf dem Bürgersteig begegnen können. Als er die Straße erreicht hatte, blieb er kurz stehen und wandte sich dann nach rechts, wo er von der Hecke, die den Vorgarten begrenzte, halb verdeckt wurde. »Du bist ihm ja gar nicht hinterhergelaufen«, sagte Clotelia zum Fernsehapparat.

»Ich weiß auch nicht, ob ich das überhaupt wollte«, sagte Evie.

9

Sie lag die halbe Nacht wach und wartete auf das Knarren der Schaukel. Vergebens. Am Morgen, als sie aufstand, schien sie wieder dieselbe zu sein wie eine Woche zuvor, sie war fröhlich und munter, setzte sich bereitwillig auf ein Brett, damit ihr Vater es durchsägen konnte, und summte vor sich hin, während sie den Abwasch erledigte, weil Clotelia an diesem Tag frei hatte. Gegen Mittag wurde sie jedoch unruhig. Sie lief ziellos hinter ihrem Vater her, der ein Küchenregal zimmerte. Sie zeigte auf seine Arbeitshose und fragte: »Willst du die den ganzen Tag anbehalten?«

»Warum denn nicht?«

»Na ja, ich meine, wenn du weggehst. Fährst du denn heute nicht in die Stadt?«

»Nein, das hatte ich nicht vor.«

»Morgen ist aber Sonntag.«

»Brauchst du irgend etwas Bestimmtes?«

»Nein, nein«, sagte Evie.

Sie ging durch die Hintertür hinaus, setzte sich auf die Stufen und betrachtete die Wiese, wo Drum sonst immer wartete. Nichts rührte sich. Sie saß stundenlang da, den ganzen Nachmittag, ohne ein Buch auf dem Schoß liegen zu haben. Ihre Augen fingen an zu tränen, weil sie so lange auf denselben Punkt starrte.

Nach dem Abendessen ging sie wieder nach draußen, diesmal auf die vordere Veranda. Das Geplärre von Fernsehapparaten drang aus den Nachbarhäusern herüber. Durch das offene Fenster hinter sich hörte sie, wie der Kurzwellenempfänger ihres Vaters von einem Kontinent zum nächsten zischte. »Evie, komm schnell her, ich habe Moskau drin«, rief er einmal. Und dann, etwas später: »Es wird auf dieser Welt zuviel Spanisch gesprochen.« Evie griff nach einem Kissen und legte es in ihren Schoß. Es roch muffig, wie das Innere eines leerstehenden Sommerhauses. Wenn jeder Abend sich so hinzog wie dieser, wie lange würde es dann dauern, bis sie ihr ganzes Leben gelebt hätte? Eine Ewigkeit. Sie stellte sich vor, wie sie in diesem stickigen, dunklen Haus immer älter und fetter wurde, sich in eine alte Jungfer mit schlaffem Gesicht und zackigen Falten über der Oberlippe verwandelte, ihren Vater versorgte, bis er starb, und ihr schließlich nur noch ihre Katzen und Wellensittiche Gesellschaft leisteten.

Ihr Vater ging mit einem Buch ins Bett. In den Nachbarhäusern wurden nach und nach die Lichter ausgeschaltet, die Stühle von der Veranda hereingeholt und schließlich die gelb erleuchteten Türen geschlossen, so daß alles dunkel war. Dann kam eine einzelne Gestalt den Bürgersteig entlang. Evie beobachtete, wie Drum über die Hecke sprang und durch den Vorgarten zur Vordertreppe lief. »Du weißt anscheinend genau Bescheid.«

»Bescheid worüber?«

»Wieso sitzt du hier draußen? Du hast doch bloß darauf gewartet, daß ich wieder angeschlichen komme, weil ich sonst nirgends hinkann.«

Er erklomm die Stufen und ließ sich am anderen Ende der Schaukel nieder. »Alle haben nach dir gefragt«, sagte er.

»Wie meinst du das?«

»Im Unicorn.«

»Ich dachte, ihr spielt diese Woche nicht dort«, sagte Evie.

»Warum sollten wir nicht? Natürlich haben wir gespielt. Gestern abend und heute abend, wie immer. Die Leute fragten: ›Wo ist das Mädchen, das sich ihr Gesicht zerschnitten hat? Hat sie sich etwa einen anderen gesucht?‹ Ich habe schon überlegt, ob ich sagen soll, du hättest dich umgebracht. ›Sie hat das, was sie angefangen hat, zu Ende geführt‹, hätte ich beinah gesagt. *Das* wäre wie eine Bombe eingeschlagen.«

»Du weißt ja nicht, was du da redest«, sagte Evie. »Glaubst du im Ernst, ich würde mich wegen einem wie dir umbringen?«

»Dann bin ich zu David gegangen und habe im Geräteschuppen geschlafen. Heute morgen kam seine Mutter mit einem Besen an. Die alte Hexe, sie könnte glatt darauf reiten. ›Was willst *du* denn hier?‹ fragt sie mich. Es hat nicht viel gefehlt, und sie hätte mich einfach nach draußen gefegt.«

»Tja, das kann ich ihr nicht verübeln«, sagte Evie. »Du nistest dich bei anderen Leuten ein, und man wird dich einfach nicht mehr los, Drum Casey. Wann läßt du mich endlich in Ruhe? Kaum habe ich mich an deine Abwesenheit gewöhnt, kommst du wieder an. Wirst du jemals wirklich gehen und auch wegbleiben?«

»Bitte, schick mich nicht weg«, sagte Drum. »Es ist spät, und ich bin müde.«

»Das bin ich auch.«

Sie atmete ein und wartete darauf, daß er noch etwas sagte, auf das sie eine ungehaltene Antwort geben konnte, aber er schien resigniert zu haben. Er saß zusammengesunken in der Ecke der Schaukel. Sie sah nur einen schwarzen Schatten und das weiße Dreieck des T-Shirts unter dem Ausschnitt seiner Jacke. Schließlich sagte er: »Du kennst doch Joseph Ballew? Der hat gesagt: ›Wo ist denn das dicke Mädchen, die sich ›Casey‹ in die Stirn geritzt hat? Hat sie das Interesse verloren? Es geht bergab mit dir, mein Lieber.‹«

Evie sagte nichts.

»Hast du schon mal daran gedacht, abzunehmen?«

Es dauerte einen Moment, bis sie begriff, was er meinte. Dann sagte sie: »Du lieber Gott.«

»Und? Hast du?«

»Woher nimmst du dir das Recht, so unverschämt zu sein? Ich esse weniger als du.«

»War ja nur eine Frage. Weißt du, in Tar City gibt es so einen Fitness-Club. Mit Dampfbädern und Trainingsgeräten. Warst du schon mal in so einem?«

»Nein, war ich nicht.«

»Na ja. Ein Mädchen hat mir davon erzählt. Scheint so, als könnte man dadurch tatsächlich schlanker werden. Und sie machen auch Make-up und Frisuren – weißt du, ich habe mal in einer Zeitschrift davon gelesen. Man bestimmt die Form des Gesichts und schneidet dann die Haare so, daß sie dazu passen. Es gab Vorher- und Nachher-Fotos; hinterher sahen die Mädchen richtig toll aus.«

»Würdest du bitte verschwinden?« sagte Evie.

»Was, *jetzt gleich*?«

»Keiner zwingt dich, hier zu sein. Wenn du meinen Anblick nicht ertragen kannst, dann schlaf doch bei jemand anderem auf der Veranda.«

»Also, warte mal«, sagte Drum. »Du hast mich ganz falsch verstanden. Ich will dir ja nur helfen.«

»Ich habe dich nicht um deine Hilfe gebeten.«

»Ich will ja nur, daß du das Beste aus dir machst. Deswegen brauchst du doch nicht gleich verärgert zu sein.«

»Was kümmert es dich, wie gut ich aussehe?«

»Na ja, ich dachte, wir könnten eventuell... vielleicht heiraten«, sagte Drum.

Evie saß einen Augenblick reglos da und hielt den Atem an. Dann brach sie in Gelächter aus.

»Habe ich etwas Komisches gesagt?« fragte Drum.

»Ja«, sagte sie. Aber ihr Lachen stockte plötzlich und brach ab. »Ich glaube, du hast den Verstand verloren«, sagte sie.

»Wieso? Willst du denn nicht?«

»Nein, ich will nicht«, sagte Evie.

»Was hast du denn zu verlieren? Anscheinend magst du mich doch irgendwie, sonst hättest du dir wohl kaum die Buchstaben eingeritzt und würdest nicht ständig hinter mir herlaufen. Ich selber habe kein Zuhause mehr. Meine Karriere macht keine Fortschritte. Vielleicht würde die Zeitung ein Foto von uns bringen. Bei den vermischten Meldungen. Außerdem mag ich dich. Sonst hätte ich dich nicht gefragt.«

»Und was magst du an mir?« fragte Evie.

»Ach, du lieber Himmel.«

»Na, los, sag was.«

»Ich weiß nicht. Ich mag deine Art zuzuhören. Reicht das?«

»Nein«, sagte Evie.

»Mein Gott. Ich mag dich eben. Ich möchte heiraten. Ich habe das Gefühl, daß um mich herum alles auseinanderfällt, und ich möchte jemanden heiraten, den ich mag, und wieder ein Zuhause haben. Mein Leben soll *anders* werden. Reicht das nicht? Willst du nicht auch, daß sich dein Leben ein bißchen verändert?«

Evie drückte das Kissen fester an sich und sog den muffigen Geruch ein. Dann hob sie die Hand, fuhr mit einem Finger über ihre Stirn und zog die schmalen Linien der Narben nach, die sich weich wellten. Im Haus gegenüber ging gerade das letzte Licht aus. Menschen schliefen unruhig in warmen, zerwühlten Betten, die sich den Rundungen ihrer Körper angepaßt hatten; in denselben Häusern, in denen sie aufgewachsen und alt geworden waren. Neben ihr auf der Schaukel verlagerte Drum sein Gewicht. Er wartete auf eine Antwort, die »ja« lauten würde, aber sie wollte sich noch ein bißchen Zeit lassen. Ihr ging das alles zu schnell. Sie hatte eine Weile umworben werden wollen, zu Rendezvous, zum Tanzen gehen und Hemden im Partnerlook tragen wollen, aber alles, was sie bekam, waren drei Minuten, in denen sie stockfinstere Häuser betrachtete, ehe sie sagte: »Na schön, warum nicht?«, worauf Drum zu ihr hinüberrutschte, um sie mit kühlen, trockenen Lippen zu küssen.

10

Sie erwachte aus einem Traum, in dem sie auf glitschigem Lehm ausrutschte, um der rücksichtslosen Fahrerin eines Militärjeeps zu entkommen. Es war fast zehn Uhr morgens. Der Sekundenzeiger ihres Weckers lief wieder und wieder im Kreis herum, während sie ihn unablässig beobachtete, unfähig, einen klaren Gedanken zu fassen. Eine Kirchturmuhr schlug. Die Sonntagszeitung wurde mit einem Klappern gegen die Fliegengittertür geworfen. Ihr Vater ging an ihrer Zimmertür vorbei. Er war auf dem Weg zur Kirche, und sie fragte sich, ob er Drum in der Verandaschaukel antreffen würde. Aber selbst dieser Gedanke reichte nicht aus, um ihre Augen von dem Wecker abzuwenden.

Lange nachdem der Wagen ihres Vaters weggefahren war, hörte sie, wie die Haustür zuschlug. Drums Stiefel durchquerten den Flur im Erdgeschoß. »Bist du da?« rief er.

Evie gab keine Antwort.

»Evie?«

»Schon gut, ich komme«, sagte Evie.

Von dem langen Stilliegen vor dem Frühstück war ihr schwindelig geworden. Schwärme von schwarzen und blauen Punkten rasten auf sie zu, als sie aus dem Bett stieg. Sobald sie wieder klar sehen konnte, schlüpfte sie in die Kleider vom gestrigen Abend und ging zum Spiegel, um ihre Lockenwickler herauszunehmen. Wie sollte sie ihr Haar locken, wenn sie verheiratet war? In Clotelias Zeitschriften wurde immer behauptet, daß Männer ihre Ehefrau nicht gern mit Lockenwicklern sehen. Das Wort ›Ehefrau‹ verursachte ihr ein merkwürdiges Gefühl, und ihre Finger hielten kurz inne. Es klang endgültiger als das Wort ›verheiratet‹, das seit dem Abend zuvor durch ihre Gedanken spukte. Sie sah sich selber in einem Hausmantel, wie sie Orangensaft einschenkte, einen Staubsaugervertreter abwies und sich fragte, ob es an der Zeit war, das Abendessen zu kochen. Keine dieser Situationen kam ihr realistisch vor. Drum war gekommen, dachte sie, um ihr mitzuteilen, daß er es sich anders überlegt hatte. Sie würde doch keine Ehefrau werden. Nie. Sie war davon so überzeugt, daß sie vollkommen gefaßt, mit ausdruckslosem Gesicht die Treppe hinunterstieg und nicht einmal lächelte, als sie ihn in der Wohnzimmertür stehen sah.

Aber Drum sagte bloß: »Machst du bitte Frühstück?«

»Ja, gut.«

Sie briet Eier und Speck, während er am Herd lehnte und zuschaute. Ihre Gefaßtheit hatte sie noch nicht verlassen. Sie arbeitete so geschickt und schnell wie nie zuvor. Die Eier glitten unversehrt in die Pfanne, und sie legte die Speckstreifen parallel nebeneinander. Dann sagte Drum: »Was ist mit Brötchen?«

»Es gibt keine«, erklärte sie. »Ich weiß nicht, wie man sie macht.«

»Kann Clotelia dir das nicht beibringen? Ohne frische Brötchen ist ein Frühstück kein richtiges Frühstück.«

»Clotelia kommt heute nicht.«

»Ich meine später. In Zukunft. Ich bin es gewohnt, jeden Morgen Brötchen zu essen.«

»Ach so. Für später.« Evie stieß einen langen Atemzug aus und legte den Pfannenwender auf den Herd. »Klar, ich denke schon.«

»Braves Mädchen«, sagte Drum.

Sie ließ ihn alleine frühstücken, während sie ihre Eier zubereitete. Sie war plötzlich hungrig. Während die Eier in der Pfanne brutzelten, aß Drum seinen Teller leer und saugte die letzten Reste mit einer Scheibe Weißbrot auf. »Ich habe morgen den Jeep«, sagte er mit vollem Mund.

»Ach ja?«

»David leiht ihn mir. Ich habe ihn heute morgen gefragt. Wir können nach South Carolina fahren und zum Abendessen zurück sein.«

»South Carolina?«

Drum schaute von seinem Teller hoch. »Was ist?« fragte er.

»Hast du es etwa schon vergessen? Gestern abend hast du gesagt, du würdest mit mir durchbrennen. Ich habe fest damit gerechnet.«

»Aber nach South Carolina? Das geht nicht.«
»Warum nicht?«
»Du willst doch bestimmt nach Dillon. Da, wo alle die hinfahren, die heiraten *müssen*, der ganze Abschaum. Erwartest du wirklich von mir, daß ich mit dir nach *Dillon* durchbrenne?«
»Ja, klar«, sagte Drum.
»Nein, wir müssen irgendwo anders hinfahren.«
»Aber es gibt keine andere Möglichkeit. Dillon ist der einzige Ort, wo man nicht drei Tage warten muß.«
»Tut mir leid, ich kann nichts dafür«, sagte Evie. Und genauso meinte sie es auch. Sie hätte selber nicht erwartet, daß sie sich weigern würde, nach Dillon zu fahren. Die Worte kamen vorgefertigt aus ihrem Mund, wie Sprechblasen in einem Comic-Strip. »Es wäre mir sogar lieber, ein Aufgebot zu bestellen und ein paar Tage zu warten. Dagegen hätte ich nichts. Glaubst du etwa, ich will den Rest meines Lebens mit einer Heiratsurkunde aus South Carolina herumlaufen? Dir ist aber auch gar nichts heilig, Drum Casey.«
»O mein Gott«, sagte Drum.
»Außerdem müssen wir sowieso lügen, was mein Alter betrifft. Selbst in Dillon. Also können wir genausogut nach Tar City oder Raleigh fahren.«
»In Tar City müßten wir aber noch mehr lügen«, sagte Drum. »Um da zu heiraten, bin ich auch noch zu jung.«
»Das ist mir egal.«
»Sie werden einen Altersnachweis verlangen. Und was machen wir dann?«
»Mir egal.«
Sie war gespannt, was er als nächstes sagen würde, aber es kam nichts mehr. Drum saß da und tippte so lange mit einer Zigarette gegen seinen Daumennagel, bis der Tabak um mehrere Millimeter zusammengedrückt war, aber er zündete sie trotzdem nicht an. Wahrscheinlich suchte er gerade nach den richtigen Worten, um ihr zu sagen: »Na schön, dann bleib eben hier und stirb als alte Jungfer.« Es war, als sei er durch ein elastisches Band mit ihr verbunden, das sie zu weit gedehnt hatte. Für Drum waren schon

wenige Zentimeter zuviel. »Ich weiß, was du jetzt denkst«, sagte sie. »Es tut mir leid, aber ich meine es wirklich ernst. Kannst du denn nicht wenigstens dieses eine Mal nachgeben? Ich werde dich auch nie wieder um etwas bitten.«

»Mist«, sagte Drum. Dann zündete er endlich ein Streichholz an, aber in dem Moment hörten sie den Wagen ihres Vaters vorfahren. Drum verschwand eilig durch die Hintertür, die Schultern nach vorne gebeugt, eine Hand schützend über die Streichholzflamme gelegt.

»Wieso riecht es hier nach Rauch, Evie?« sagte ihr Vater.

»Tja, ich habe mir das Rauchen angewöhnt.«

»Dacht ich's mir doch. Nun, zumindest gibst du es offen zu. Ich weiß, daß junge Leute so etwas ausprobieren müssen.«

»Ja«, sagte Evie.

»Schließlich war ich selber mal jung«, sagte ihr Vater.

Violet war ihr eine große Hilfe bei den Vorbereitungen. (›Durchbrennen?‹ hatte sie gesagt. ›Du, Evie? Bist du nicht aufgeregt? Und ich dachte, diese Sache mit Drum wäre pure Einbildung.‹) Sie erkundigte sich über Ehegesetze, vereinbarte die Blutuntersuchungen und chauffierte sie im Cabriolet ihrer Mutter zum Arzt. »Was das Aufgebot betrifft«, sagte sie, »da müßt ihr lügen. Versucht es nicht mit gefälschten Papieren, lügt einfach. Man wundert sich immer wieder, mit was man so alles durchkommt.« Sie fuhr Evie nach Tar City, um das Aufgebot zu bestellen, und Evie log und niemand fragte nach. Auf der Rückfahrt sang Violet die ganze Zeit so laut ›O Promise Me‹, daß Autofahrer, die sie überholten, das Tempo verlangsamten und zu ihnen hinüberstarrten. Wenn sie Pläne machte, wirkte Violet noch üppiger und farbenprächtiger. Sie beanspruchte mehr als die Hälfte der Vorderbank, und jedesmal wenn sie daran dachte, wie sie den Standesbeamten reingelegt hatten, brach sie in ein lauthalses, langgezogenes Lachen aus. Unterdessen saß Evie gegen die Beifahrertür gedrückt und hatte die Hände zwischen ihre Knie gelegt. Sie malte sich aus, wie Polizisten aus Tar City sie an den Straßenrand winkten, um ihr eine Vorladung wegen Meineides zu überreichen, oder dem Beamten nachträglich Zweifel kamen und er alle Priester alarmierte, oder wie ihr Vater aus dem Haus kam, auf Violets Wagen zeigte und sagte: »Das ist Schmutz aus Tar City da vorne an der Radkappe. Was habt ihr beide in Tar City gemacht?« Aber die Heimfahrt verlief ohne Zwischenfälle, und als sie das Haus betrat, schaute Clotelia nicht mal vom Fernseher hoch.

Nachdem sie alle Formalitäten erledigt hatten, mußten sie drei Tage auf die Heiratserlaubnis warten. Die ganze Zeit über regnete es; die Hitzewelle war zu Ende und die Stadt wurde aus ihrer Schläfrigkeit gerissen. Evie entdeckte Drum mehrmals auf der Hintertreppe unter dem Vordach, wo er in Davids Windjacke gewickelt hockte, um sich zu wärmen. Immer wenn ihr Vater nicht da war, zog sie ihn ins Haus. Sie hatten sich fast nichts zu sagen, wenn sie dann beieinander saßen. Drum sprach von Häusern. Er hatte von einem gehört, das billig zu mieten war, für vierundzwanzig Dollar im Monat. Als er mit dem Thema fertig war, erzählte Evie zum x-ten Mal in allen Einzelheiten, wie sie das Aufgebot bestellt hatte, so als sei das die einzige solide Verbindung, die sie bis zum nächsten Donnerstag zusammenhalten würde. »Der Standesbeamte sagte: ›Geburtsdatum?‹ Ich hatte mir alles genau überlegt, aber ich hatte trotzdem Angst, einen Fehler zu machen. Bei deinem Namen passierte es dann auch. ›Drum Casey‹, sagte ich. ›Nein, ich meine Bertram.‹ Er muß mich für schwachsinnig gehalten haben, weil ich nicht mal den Namen meines – des Jungen wußte.«

»Wahrscheinlich«, sagte Drum.

Sie schwiegen eine Weile. Er saß neben ihr auf dem Sofa, hatte einen Arm um ihre Schultern gelegt und ließ die Hand baumeln.

»Sie wollten den Mädchennamen deiner Mutter wissen«, sagte Evie. »Habe ich dir das schon erzählt? Ich habe einen erfunden. Wie hieß deine Mutter früher?«

»Ich weiß nicht. Parker.«

»Ich habe vergessen, was ich gesagt habe. Vielleicht war es ja Parker. Wäre das nicht komisch? Ich mußte sogar beim Mädchennamen *meiner* Mutter überlegen. Daran sieht man, wie nervös ich war. Sogar mein eigener zweiter Name, Abbott, ist mir nicht sofort eingefallen.«

Wenn Clotelia weit genug weg war, zog Drum Evie näher zu sich heran, sobald sie eine Sprechpause machte. Evie hatte jahrelang darauf gewartet, geküßt zu werden. Sie hatte es im Geiste geprobt, zuerst mit einem gesichtslosen Mann, später mit Drum, der den Eindruck machte, als kenne er sich mit so was aus; aber jetzt mußte sie feststellen, daß es nicht ganz so war, wie sie erwartet hatte. Zwischen den Küssen hielten sie sich fest im Arm und schauten sich gegenseitig über die Schulter, wie Autofahrer, die auf den entgegengesetzten Fahrbahnen einer Landstraße aneinander vorbeifuhren. Drum roch nach Tabak und Ringelblumen und nach den plattgedrückten Verandakissen, die wegen des Regens muffiger denn je waren.

Am Donnerstag stand sie früh auf und zog ein weißes Kleid mit Lochmuster an, das sie seit dem Abschluß der Junior High-School aufbewahrt hatte. Die Nähte waren grau geworden und es saß ein bißchen eng, aber sie wollte unbedingt Weiß tragen. Sie packte ihre Handtasche mit dem Notwendigsten, falls ihr Vater ihr verbieten würde, je wieder sein Haus zu betreten: Make-up, zwei Tagebücher, alle Briefe, die sie seit der fünften Klasse erhalten hatte, ein Foto von ihren Eltern aus der Zeit vor ihrer Geburt und ein Portemonnaie mit achtundzwanzig Dollar. Dann schlich sie auf Zehenspitzen aus dem Haus. Ihr Vater war noch dabei, sich anzuziehen. Als sie die Treppe erreichte, hörte sie, wie er eine Schublade zuknallte und »verdammter Mist« sagte. Es überraschte sie, etwas so Bedeutsames im Schilde zu führen, ohne daß er es spürte.

Sie machte sich auf den Weg zu der Straßenecke zwischen ihrem und Violets Haus, wo Drum und David sie abholen wollten. (»Wenn Violet mitkommt, dann kommt David auch mit«, hatte Drum gesagt. »Ich werde auf keinen Fall zulassen, daß ihr in der Überzahl seid« – als handelte es sich um einen Wettkampf, bei dem die Mädchen gegen die Jungen antraten.) Der Regen hatte aufgehört, aber die Straßen glänzten noch feucht, und die Rasenflächen schimmerten dunkelgrün. Sie wich den Pfützen aus, die die Sonne noch nicht getrocknet hatte, sprang über die Rinnsale am Straßenrand und fühlte sich mit ihren hohen Absätzen, die so beeindruckend klackten, und dem wadenlangen, schwingenden Glockenrock wie ein Filmstar. Violet wartete bereits an der Ecke, wo sie sich treffen wollten. Sie trug ein pinkfarbenes Cocktailkleid aus Nylon. »Ich glaube, heute ist der aufregendste Tag meines Lebens«, rief sie Evie zu. Evie legte einen Finger auf die Lippen. Sie war überzeugt, wenn jemand sie erkannte, würde er erraten, was sie vorhatte. Sie warteten fünf Minuten. Evie starrte angestrengt nicht in die Richtung, aus der der Jeep kommen würde. Als sie hörte, wie er hinter ihr anhielt, erschien ein breites Lächeln auf ihrem Gesicht, das gar nicht mehr verschwinden wollte. »Steigt ein«, sagte David. Evie kletterte auf den Rücksitz, wo Violet es sich bereits bequem machte. Sie schaute unverwandt gen Osten, damit ihr Lächeln so wirkte, als kniffe sie wegen der Sonne die Augen zusammen. Aus dem Augenwinkel sah sie Drum, der vorne saß und einen Fuß auf das Armaturenbrett gelegt hatte. Er trug ein weißes Hemd zu seinen Jeans, und sein Haar war dicht an den Kopf geklatscht. David trug dasselbe wie immer – eine Geste des Protests, wie sich später herausstellte. Er war gegen die Hochzeit. Während der Vorbereitungen hatte Evie nicht ein einziges Mal gefragt, was David von der Sache hielt, und sie begriff nicht gleich, als er sagte: »Also, los geht's. Aber es ist gegen meine Überzeugung, das möchte ich ausdrücklich betonen.«

»Das hast du bereits gesagt«, erwiderte Drum.

»Wirklich?« fragte Evie. Sie lehnte sich vor und starrte auf Davids Nacken. »Was hat er gesagt? Meint er, daß wir nicht heiraten sollten?«

»Und ob ich das meine«, sagte David. »Die Sache ist mir viel zu unausgegoren. Und überhaupt. Immerhin bin ich sein Manager. Da sollte ich doch wissen, was gut für ihn ist, oder? Karrieremäßig ist eine Heirat glatter Selbstmord. Denkt doch bloß an die Beatles.«

»*Ich* mag die Beatles immer noch«, sagte Violet.

»Aber du vergehst nicht mehr vor Sehnsucht, wenn du sie jetzt hörst, oder?«

»Bin ich früher auch nicht«, sagte Violet.

Damit war das Gespräch beendet. Den Rest der Fahrt saß jeder in seiner Ecke und schaute sich die Landschaft an. Evies Lächeln war verschwunden. Sie betrachtete die verlassenen Tabakscheunen, die an der flachen Straße vorbeihuschten. An Tankstellen schauten Männer mit ausdrucksloser Miene dem Jeep hinterher, bis er außer Sichtweite war. Barfüßige Kinder kamen angelaufen, wenn sie vorbeifuhren, und zerstreuten sich dann wieder.

Als sie den Stadtrand erreichten, wurde die Bebauung dichter. Der Anblick schnürte Evie die Kehle zu und brachte ihr Herz aus dem Takt; immer wieder mußte sie sich räuspern und schlucken. Um sie herum waren die Leute mit alltäglichen Dingen beschäftigt, warteten auf den Bus, fuhren vom Einkaufen nach Hause oder brachten ihre Kinder, Picknickkörbe und Windelpackungen auf sonnenbeschienene Spielplätze. Sie flitzten fröhlich in kleinen Gruppen vorbei, während Evie ihnen neidisch nachschaute, bis sie kaum noch zu sehen waren.

Als sie die Innenstadt fast erreicht hatten, hielten sie an einer roten Ampel. Ein kleiner Mann mit kindlichem Gesicht kam herbei, um mit einem schmutzigen Lappen ihre Windschutzscheibe zu putzen. Er verschmierte den Dreck auf der Scheibe und trat dann in Erwartung eines Trinkgelds neben die Fahrertür, aber David warf ihm nur einen finsteren Blick zu. Die Ampel wurde lange Zeit nicht grün. Sie würden ewig dort stehen müssen, unter den Augen eines wachsamen, kleinen Mannes. »Verdammt«, bemerkte David, »heute geht aber auch alles schief. Ich bin gespannt, was mir als nächstes passiert.«

»Was ist denn schon schiefgegangen«, sagte Violet. »Abgesehen von diesem Mann eben«, fügte sie hinzu, denn inzwischen war die Ampel grün, und sie fuhren weiter.

»Es reicht mir schon, daß wir auf dem Weg zu Drums Hochzeit sind. Ich lenke den Leichenwagen bei meiner eigenen Beerdigung. Wieso tue ich das? In einem Monat wird er einen Vollzeitjob als Tankwart haben, und ich werde arbeitslos sein. Und *du*«, sagte er und nickte Evie im Rückspiegel zu, »du schau mich nicht so an. Ich denke dabei auch an dich.«

Evie wollte sich nicht mit ihm streiten. Die Situation kam ihr sowieso unwirklich vor. Die Zeit raste und stockte abwechselnd, genau wie ihr Puls. Die Auseinandersetzung zwischen David und Violet verlief so schnell wie ein Stummfilm und ging so abrupt in einen wütenden Streit über, daß Evie den Eindruck hatte, einen Teil davon verpaßt zu haben. »Hast du denn gar kein *Taktgefühl*?« fragte Violet. »Wir sind hier, weil meine Freundin heiratet, es ist der schönste Tag ihres Lebens, und du sitzt da und redest von Leichenwagen. Los, halt an und laß uns aussteigen. Wir gehen zu Fuß zur Trauung.«

»Ach was, Taktgefühl«, sagte David. »Wir leben schließlich in einem freien Land. Ich habe das Recht, meine Meinung zu äußern.«

»Dann äußere sie, wenn du allein bist. Wir drei gehen zu Fuß.«

»Bitte sehr«, sagte David. »Aber laß dir eins gesagt sein, du blöde Kuh. Ich konnte dich vom ersten Moment an nicht leiden. Ständig bist du dabei zu organisieren. Ich hab dich durchschaut. Warum organisierst du nicht mal was für dich selber?« Er machte eine Vollbremsung und griff über Drum hinweg, um die Tür zu öffnen. »Steigt doch aus, wenn ihr wollt. Es stört mich nicht im geringsten.«

»Einverstanden«, sagte Violet. »Hol uns in einer Stunde beim nächsten Standesbeamten ab.«

»Pfarrer«, sagte Evie. »Und außerdem –«

»Dann eben Pfarrer. Soll mir recht sein, David Elliott. Geh doch einfach so lange ein Bier trinken.«

»Was?« sagte Drum. Er hatte die ganze Zeit die Passanten beobachtet und schien gar nicht zugehört zu haben, doch jetzt drehte er sich halb um und schob die Sonnenbrille hoch. »Ein Pfarrer? Wozu das denn? Was spricht gegen einen Standesbeamten?«

»Eigentlich gar nichts«, sagte Evie. »Aber ich hatte gehofft, na ja, ich hatte mich auf einen Pfarrer eingestellt. Und eine Kirche.«

Violet nickte.

»Das wird ja immer schöner«, sagte David.

»Die Sache gerät langsam außer Kontrolle«, sagte Drum. »*So* hatte ich mir das nicht vorgestellt.«

»Nun, du kannst immer noch zurück«, sagte David zu ihm.

Violet sagte: »Halt gefälligst den Mund! Evie, steig aus. Wir gehen zu Fuß.«

»Nein, warte«, sagt Evie.

»Willst du etwa, daß er dir die Hochzeit versaut?«

»Wenn ihr zu Fuß geht«, sagte Drum, »wird sie garantiert platzen. Weil *ich* nämlich nicht mitkomme.«

»*Wartet* doch mal«, sagte Evie.

Alle waren still und schauten sie an. Die Zeit verlief wieder in Normalgeschwindigkeit.

»Niemand geht zu Fuß«, erklärte sie. »Ich will eine ganz gewöhnliche Hochzeit mit Trauzeugen, die nicht von der Straße aufgelesen worden sind. Ohne Zank und Streit. Dieses eine Mal werden wir alles so machen, wie es sich gehört, und hinterher trinken wir zur Feier des Tages eine Flasche Wein. Ist das zuviel verlangt?«

»Na ja –« sagte Violet.

»Also schön. Mach die Tür zu«, sagte Drum. »Sieht so aus, als müßten wir einen Pfarrer auftreiben.«

»Einen Methodisten«, sagte Evie.

Der Pfarrer hatte ein Gesicht, das sie schon nach einer Stunde wieder vergaß. Als sie ihn zu seiner Kirche fuhren, thronte er auf dem Beifahrersitz wie ein kleines Kind, und dieses Bild prägte sich für immer in Evies Gedächtnis ein. Das einzige, was ihr von der Trauung in Erinnerung blieb, war der Geruch nach modrigen Verandakissen, den Drum verströmte. Als Andenken hatte sie einen schlichten, dünnen Ring und eine Heiratsurkunde in altmodischer Schrift, mit zwei eingeprägten, aneinandergeschmiegten Tauben am oberen Rand und Davids und Violets Unterschriften auf den gestrichelten Linien für die Trauzeugen.

11

Für vierundzwanzig Dollar im Monat mieteten sie eine mit Dachpappe gedeckte Hütte außerhalb von Pulqua, die jahrelang von Kleinbauern bewohnt worden war. Sie lag inmitten von Tabakfeldern, und die Schotterstraße, die dort vorbeiführte, wurde hauptsächlich von barfüßigen Kindern und Eselskarren benutzt. Evie fand die Hütte als erstes gemeinsames Heim wunderbar. Die Kleinbauern waren so arm gewesen, daß sie nicht einmal einen Fetzen Teppichboden oder eine angeschlagene Zuckerdose zurückgelassen hatten; das Haus war kahl und schien förmlich darauf zu warten, daß Evie ihm eine persönliche Note verlieh. Was immer sie tat, würde eine Verschönerung sein.

Sie beklebte die dünnen Wände mit Werbeplakaten vom Unicorn. Sie gab bei Woolworth achtzehn Dollar für Geschirrhandtücher, Besteck und ein Service in einem bläulichen Farbton, der an Magermilch erinnerte, aus und notierte diese Anschaffungen sorgfältig in einem Haushaltsbuch. Ihre Möbel stammten aus dem Haus von Evies Vater. Sie hatten sie bereits am Nachmittag ihrer Hochzeit mit einem geliehenen Anhänger abtransportiert, weil sie sich eine Übernachtung in einem Motel nicht leisten konnten.

Das erste, was ihr Vater bemerkte, war: »Du hast geheiratet?« Dann setzte er sich auf die Verandastufen und sagte: »Geheiratet. Nicht zu fassen.« Er saß zusammengesunken und mit eingefallenen Wangen da, und Evie hatte das Gefühl, ihn vor Drum, David und Violet, die sie, ohne nachzudenken, mitgebracht hatte, bloßzustellen. Die drei standen im Halbkreis um ihn herum und starrten auf den Boden. »Kennst du Drum eigentlich?« fragte Evie schließlich.

»Nein, ich glaube nicht«, sagte ihr Vater. Er stand auf und streckte die Hand aus, schaute Drum jedoch nicht in die Augen. Er hätte mit der Annullierung der Ehe drohen können, aber das tat er nicht. Nicht mal dafür schien er genug Kraft zu haben.

»Und das ist David Elliott«, sagte Evie zu ihm. »Violet brauche ich dir ja nicht vorzustellen.«

Aber ihr Vater achtete nicht auf ihre Worte.

»Sind Sie der Rocksänger?« fragte er Drum.

»Ja, Sir.«

»Casey.«

»Ja, Sir.«

»Also, ich verstehe das nicht. Ich wollte doch mit ihr zu einem Schönheitschirurgen gehen; die ganze Sache wäre gar nicht nötig gewesen.«

»Wie bitte, Sir?«

»Mir ist das alles zu hoch«, sagte Evies Vater.

»Entschuldigen Sie bitte, Mr. Decker«, sagte Drum. »Evie und ich brauchen Möbel. Meinen Sie, wir könnten uns von Ihnen ein paar Sachen leihen, die Sie nicht brauchen?«

»Tja«, sagte ihr Vater. Er drehte sich um und ging ins Haus. Würde er die Tür abschließen und sagen, daß sie ihm nie wieder unter die Augen treten solle? Aber dann rief er von drinnen: »Nehmt euch, was ihr braucht. Evie weiß ja, wo alles steht.«

»Vielen Dank, Sir«, sagte Drum.

Seine Mutter reagierte anders. Sie packte Drum an der Schulter und sagte: »*Was* hast du getan? Du Idiot. Was ist bloß in dich gefahren?« Evie stand in der Tür und wußte nicht, wo sie ihre Hände hintun sollte. Sie hatte gar nicht mitkommen wollen. »Du wolltest doch nie wieder einen Fuß in dieses Haus setzen«, hatte sie zu Drum gesagt. »Warum hast du es dir plötzlich anders überlegt? Und warum willst du mich unbedingt mitschleppen?«

»Weil ich ihr zeigen will, daß ich sie nicht mehr brauche und selber eine Familie habe.«

Er stand stockstteif vor seiner Mutter, obwohl sie ihn festhielt und versuchte ihn durchzuschütteln. »Schließlich hast du doch immer betont, was für ein nettes Mädchen sie ist«, sagte er.

»Aber das bedeutete nicht, daß du sie *heiraten* solltest.«

»Jetzt ist es nun mal passiert. Mußt du deswegen so ein Theater machen?«

»Theater? Mein Leben ist zerstört, und da sagst du, ich soll nicht so ein Theater machen? Und du, Evie Decker, schau mich nicht so selbstzufrieden an. Ich werde dir alle Rechtsanwälte dieser Gegend auf den Hals hetzen. Ich werde eine Annullierung erreichen, ich werde eure Heiratsurkunde vom allerhöchsten Gericht in Stücke reißen lassen. Oh, nie ist dein Vater da, wenn man ihn braucht!«

Sie faßte einen von Drums kleinen, flachsblonden Brüdern bei der Hand, der verlegen grinsend von einem Bein aufs andere hüpfte.

Drum sagte: »Mutti, darf ich den Plattenspieler aus meinem Zimmer mitnehmen?«

Wer hätte gedacht, daß Drum Casey ein so häuslicher Mensch war? Er wollte Kissen für die Stühle, Vorhänge für die Fenster, eine karierte Verkleidung für die hohe Küchenspüle und eine Rüschenschürze für Evie. Während der ersten drei Tage ihrer Ehe beschäftigte er sich damit, einen Dosenöffner, einen Zahnbürstenhalter und einige Handtuchhaken anzubringen. Er bestimmte, wie die Einrichtung aussehen sollte, so als habe er schon seit Jahren einen bis ins letzte Detail ausgearbeiteten Entwurf für sein künftiges Zuhause im Kopf gehabt. »Dieser Sessel kommt ins Schlafzimmer; in dem werde ich sitzen, wenn ich mir meine Songs ausdenke. Ab jetzt ist Schluß mit dem Gitarrespielen auf dem Bett. Der andere Sessel kommt in die Ecke des Wohnzimmers. Wir richten uns eine Sitzecke ein, in der wir es uns gemütlich machen können, wenn wir einmal abends zu Hause sind. Weißt du inzwischen, wie man Brötchen backt?«

Evie stattete Clotelia eines Abends einen Besuch ab, um Clotelia bei sich zu Hause anzutreffen und nicht bei ihrem Vater. »Sieh mal an«, sagte Clotelia, als Evie die Fliegengittertür aufstieß. »Wenn das nicht das Mädchen mit dem Spatzenhirn ist.«

»Ich bin hergekommen, um zu fragen, wie man Backpulverbrötchen macht«, sagte Evie.

»Hast du denn kein Kochbuch?«

»Doch, aber mit dem Rezept aus einem Kochbuch werden sie bestimmt nicht richtig gut. Drum will eine besondere Sorte haben.«

»Verstehe. Da, wo er herkommt, macht man sie mit Schweineschmalz«, sagte Clotelia. »Das ist gar nichts Besonderes. Komm rein.«

Sie führte Evie durch das schummerige Wohnzimmer, in dem eine alte Frau mit krausem, grauem Haar nickend auf einem plastikbezogenen Sofa saß. In der Küche mußte Evie sich auf einen Tritthocker setzen, der mit Abziehbildern von Pandabären beklebt war. Clotelia vermischte verschiedene Zutaten und knetete sie mit flinken, zornigen Handbewegungen zu einem mürben Teig, aus dem sie dann, ehe Evie sich's versah, mit Hilfe eines Wasserglases kleine Portionen ausstach. Währenddessen schaute Evie sich um, weil sie sich dafür interessierte, wie anderer Leute Küchen ausgestattet waren. »Was ist das für ein Porzellan-Ding da im Backofen?« fragte sie.

»Ablage für Kochlöffel.«

»Ah, ich verstehe.«

»Gab's für fünfzehn Cent bei einem Ramschverkauf.«

»Tja, das ist das Problem. Fünfzehn Cent hier, ein viertel Dollar da – man wundert sich, wie schnell das Geld weg ist. *Ich* zumindest wundere mich.«

»Das hättest du dir vor der Hochzeit überlegen sollen«, sagte Clotelia.

»Warum sagst du so was? Ich dachte, du magst Drum inzwischen ganz gerne.«

»Ich sage dir, warum: Schau dir deinen Vater an. Du hast ihm das Herz gebrochen.«

»Früher hast du dich doch nie dafür interessiert, wie es ihm ging.«

»Tu ich jetzt auch nicht«, sagte Clotelia. »Aber ich kann es nicht ertragen, mitansehen zu müssen, wie jemand leidet. Wann besuchst du ihn mal?«

»Vielleicht morgen oder übermorgen.«

»In Ordnung; jetzt kennst du das Rezept; wichtig ist, daß du den Teig mit den Händen knetest. Verschwinde lieber, ehe Brewster kommt. Du weißt ja, er will dich hier nicht sehen.«

Sie winkte Evie mit mehligen Händen zur Tür hinaus. Drum wartete in Davids Jeep auf sie, den etliche Jungs wie Motten umschwärmten; sie faßten die Scheinwerfer an und strichen mit den Fingern über das Stoffverdeck. »Hört auf damit«, sagte Drum zu ihnen. »Hast du das Rezept?«

»Ich glaube schon«, antwortet Evie.

Er fuhr auf dem Heimweg besonders vorsichtig, so als sei das Rezept etwas sehr Kostbares und sie das Gefäß, das es enthielt.

Am Mittwoch fing die Schule wieder an. Sie ging hin, obwohl Drum es für unsinnig hielt. »*Ich* habe auch keinen Abschluß, und es tut mir überhaupt nicht leid«, sagte er.

»Aber es wäre dumm, vor dem letzten Jahr aufzuhören.«

»Na schön, wie du willst.«

Sie mußte sich noch mit Mr. Harrison auseinandersetzen. Er war der Direktor und ein guter Freund ihres Vaters, dennoch war er gezwungen, sie auf die Bestimmung hinzuweisen, daß verheiratete Schüler von der Schule gewiesen werden mußten. »Wir machen selbstverständlich Ausnahmen«, sagte er. »Vor allem, wenn die Noten der Betreffenden so gut sind wie bei dir. Aber nicht, wenn das Mädchen, wenn... wie soll ich sagen... etwas Kleines unterwegs ist.«

»Nein, natürlich nicht«, sagte Evie.

»Und dann wird es natürlich auch von deiner Verschwiegenheit abhängen. Junge Mädchen sind leicht zu beeinflussen. So wie ich dich kenne, wirst du selbstverständlich über gewisse Dinge nicht reden, aber dennoch –«

»Natürlich nicht«, sagte Evie erneut.

Denn was sollte sie den anderen auch erzählen? Sie hatte aus den Gesprächen im Mädchenumkleideraum mehr erfahren, als in ihrem Schlafzimmer mit den hauchdünnen Wänden selber je erlebt. Das Liebesspiel mit Drum verlief hastig und unbeholfen und wurde durch die völlige Dunkelheit, ihr sich ständig verhedderndes Nachthemd und die Schichten aus Laken und Decken, mit denen Evie sich dabei bedeckte, erschwert. Außerdem hatte sie kaum Gelegenheit, mit jemandem zu reden. Sie kam morgens erst in allerletzter Minute in die Klasse, da sie am Highway einen Autobus nehmen mußte. Während des Unterrichts starrten die anderen sie an, ansonsten waren sie übertrieben höflich zu ihr. Das störte sie nicht. Sie hatte gewußt, daß ihre Heirat sie zur Außenseiterin machen würde. Und außerdem war da noch Violet, die sich in der Cafeteria zu ihr setzte und sie nach der Schule zur Haltestelle am Drugstore begleitete. Violet redet wie ein Wasserfall. Seit sie Trauzeugin bei der Hochzeit gewesen war, benahm sie sich, als sei sie Patentante eines Kindes geworden: Sie war besitzergreifend und voller Begeisterung. »Evie? *Kochst* du etwa jeden Abend, obwohl du es nie gelernt hast? Schmeckt ihm das, was du ihm vorsetzt? Hattet ihr schon euren ersten Ehekrach? Oh, ich kann es kaum erwarten, bis ich selbst verheiratet bin. Wenn ich abends an hellerleuchteten Häusern vorbeikomme, denke ich: ›All diese Leute haben es richtig gemütlich, denn sie sind mit jemandem zusammen, der zu ihnen gehört. Und ich bin hier draußen ganz allein.‹ Du mußt das glücklichste Mädchen der Schule sein.«

Gemütlichkeit, darum schien es im Leben vor allem zu gehen. Violet war darauf aus, und ebenso David, der sich in ihr geliehenes Sofa sinken ließ, die Schuhe abstreifte und sagte: »Mann, ein eigenes Zuhause. Vielleicht werde ich eines Tages doch heiraten.« Vor allem war Drum darauf aus, wenn er sich im Bett umdrehte, um ihr beim Anziehen zuzuschauen, und dann sagte: »Ach, schwänz heute mal. Bleib hier, und mach mir Pfannkuchen. Von mir kannst du mehr lernen als in jeder Schulstunde.«

»Aber wir schreiben demnächst eine Klassenarbeit.«

»Na und? Draußen ist es kalt. Bleib hier, wo es schön warm ist.«

Häufig tat sie es auch, vor allem als der Herbst anbrach und die Felder morgens mit Rauhreif bedeckt waren. Drum arbeitete inzwischen nur noch selten – ab und zu als Aushilfe im Supermarkt, und an den zwei Abenden im Unicorn. Wenn sie zu Hause blieb, vergingen die Tage planlos, beinah zäh, und viele Stunden füllten sie mit mühsam ausgedachten Beschäftigungen. Nachmittags übte Drum Gitarre oder arbeitete an neuen Songs. Murmelnd, beinahe unhörbar, probierte er Textstellen aus: »*My girl's wearing patent leather shoes* – nein. *My girl wears* –« Die Gitarrensaiten klimperten nur ganz leise. Zuerst blieb Evie in dem anderen Zimmer, weil sie dachte, sie würde ihm vielleicht auf die Nerven gehen, aber plötzlich schlug er alle Saiten auf einmal an und rief: »Wo bist du? Was machst du da drüben? Komm her und leiste mir Gesellschaft.« Dann setzte sie sich aufs Bett und betrachtete sein Haar, das ihm ins Gesicht hing, genau wie an dem Abend, als sie ihn das erste Mal gesehen hatte.

Sie befürchtete, er könne ihrer überdrüssig werden. Wochenlang hatte sie das Gefühl, sie müsse auf Zehenspitzen herumlaufen und sich zweimal überlegen, was sie sagen wollte, ehe sie den Mund aufmachte, denn sie hatte sich nicht vorstellen können, daß Drum sich so schnell daran gewöhnen würde, verheiratet zu sein. Es würde schwierig sein, mit ihm zusammenzuleben, hatte sie gedacht. Sie kannte sein mürrisches Schweigen und seine Angewohnheit, die Bemerkungen anderer mit einem Achselzucken abzutun. Aber er erwies sich als der umgänglichste Mensch der Welt. Er wollte nichts weiter als eine Ehefrau. Er aß, was sie ihm vorsetzte, leistete ihr Gesellschaft, wenn sie abwusch, legte beim Schlafen den Arm über sie und verlangte morgens als erstes nach ihren selbstgemachten Brötchen. Nach und nach nahm sie weniger Rücksicht auf ihn. Sie redete über das, was ihr gerade in den Sinn kam – ein Rezept aus *The Ladies' Home Journal* oder einen neuen Trick, Laufmaschen aufzuhalten –, und er schwieg währenddessen, war zufrieden und reparierte Stühle. Er schien von ihr zu erwarten, daß sie über solche Dinge redete. Mit der Rüschenschürze und einem Kopftuch über den eingerollten Locken fühlte sie sich mittlerweile genauso selbstsicher und entspannt wie die gertenschlanken Mädchen, die scheinbar schwerelos durch die Korridore der High-School glitten.

»*Ich sah bloß eine Katze, die auf einem Zaun balancierte*«, rief Drum lauthals im Unicorn.

»*Wird er heute abend da sein?*«

»Jaah!« antworteten seine Zuschauer.

»*Werde ich heute abend da sein?*«

Er trug Schwarz. Er sah unnahbar und eindrucksvoll aus. Evie saß lächelnd vor der Bühne, in einem weiten braunen Rock und einem Pullover, der ihr bis zur Taille hochrutschte.

»*Meine Freundin ist im Kirchenchor.*«

»Wieso gibt es keine doppelten Riesenräder mehr?«
»Jaah!« sagten sie erneut.
Sie begriff immer noch nicht, was es mit den Zwischenreden auf sich hatte.

Sie konnte löcherige Socken jetzt nicht mehr wegwerfen, sondern mußte sie stopfen, sie schnitt Tips für fleischlose Gerichte aus und nahm ihr Mittagessen in einer braunen Papiertüte mit in die Schule. Sie waren ständig mit der Miete im Verzug. »Es bleibt mir nichts anderes übrig«, sagte Drum, »als mir einen Teilzeitjob zu suchen. Hätte ich mich doch bloß nicht mit meinem Vater überworfen. Die Arbeit an der Tankstelle hat zwar nicht besonders viel Spaß gemacht, aber die Bezahlung war gut, und wo sonst könnte ich einen Job mit so lockeren Arbeitszeiten finden?«
»Dann vertrag dich wieder mit ihm«, sagte Evie.
»Dazu habe ich eigentlich keine Lust.«
»Also, ich habe ja nicht gesagt, daß du dich entschuldigen sollst. Es reicht, wenn du wieder mit deinen Eltern redest. Wir laden sie einfach mal gemeinsam mit meinem Vater zum Mittagessen ein und erledigen so unsere familiären Probleme auf einen Streich.«
»Nee, das haut nie und nimmer hin.«
»Wir könnten es wenigstens versuchen.«
Sie wählten für das Essen den zweiten Sonntag im November. Am Freitag derselben Woche lud sie ihren Vater ein. Sie nutzte dafür eine der Gelegenheiten, an denen sie sich in der Eingangshalle über den Weg liefen und einander verlegen gegenüberstanden, weil sie nicht wußten, was sie sagen sollten. Anschließend rief sie aus dem Drugstore Drums Mutter an. »Vielen Dank, aber wir wollen euch nicht durch unsere Anwesenheit belästigen«, sagte Mrs. Casey und legte auf. Evie wählte die Nummer erneut. Der Hörer wurde gleich nach dem ersten Klingeln abgehoben. »Wir haben fest mit Ihnen gerechnet, Mrs. Casey«, sagte Evie. Ein anderes Argument fiel ihr nicht ein, aber es genügte offenbar. »Na ja, wenn das so ist«, sagte Mrs. Casey. »Ich glaube, wir können es einrichten. Ich halte nichts davon, andere zu enttäuschen.«
Evie kochte das Essen schon einen Tag zuvor: Thunfisch mit

Dosenerbsen. Am frühen Sonntag morgen putzte sie alle Aschenbecher und rieb sie, einer Empfehlung aus *Good Housekeeping* folgend, mit Bohnerwachs ein. Anschließend verbot sie Drum, sie zu benutzen. Er mußte den Deckel eines Weckglases mit sich herumtragen. »Die Sache nervt mich langsam«, sagte er. »Entspann dich doch einfach.«

Aber das war unmöglich. Sie befürchtete, ihr Vater werde über das Haus entsetzt sein oder Mrs. Casey werde einen Streit vom Zaun brechen. Sie hatte in den letzten Wochen unterschwellig mit einer Annullierung ihrer Ehe gerechnet (sie stellte sich vor, wie eine mit dem Siegel des Bundesssstaates und dem Aufdruck »*Esse quam videri*« versehene Pergament-Schriftrolle in einer Papphülse eintraf, um ihr zu verkünden, daß sie keine Ehefrau war), und sie fragte sich, ob Mrs. Casey vorhatte, die Urkunde persönlich vorbeizubringen. »Hier. Ein kleines Geschenk zur Hauseinweihung.« Sie erinnerte sich noch genau an den Tonfall von Mrs. Caseys Stimme, die sanft, aber durchdringend klang und einen so schnellen Rhythmus vorgab, daß die anderen Stimmen kaum dagegen ankamen. Was wäre, wenn es eine Auseinandersetzung zwischen Mrs. Casey und Evies Vater gäbe? Ihr Vater hätte keine Chance. Sie rückte die Teller und die Bestecke zurecht, trat einen Schritt zurück, um sie anzuschauen und dann erneut zurechtzulegen.

Ihr Vater traf als erster ein. Sie öffnete ihm die Tür, und er stand in seinem dünnen Mantel vor ihr, die Hände in den Taschen vergraben. Er trat gebeugt näher, so als wolle er das Puppenhaus eines Kindes in Augenschein nehmen. »Tja«, sagte er. »Hier wohnst du also.« Dann lächelte er und küßte sie, den Blick zum Boden gewandt.

»Gefällt es dir?« fragte Evie ihn.

»Es ist ein bißchen kühl hier, nicht?«

»Nein, ich finde es sehr behaglich.«

»Womit heizt ihr?«

»Wir haben einen sehr guten Ölofen. Siehst du, da drüben?«

»Ah ja«, sagte ihr Vater. Aber er schaute gar nicht hin.

Dann kamen Drums Eltern, und Drum tauchte aus dem Schlafzimmer auf, während er sich die Manschetten zuknöpfte. Er rührte sich nicht, als seine Mutter ihm einen Kuß auf die Wange gab. Mrs. Casey trug einen Federhut und ein Reyon-Kleid mit gerafftem Oberteil; Mr. Casey steckte in einem blauen Anzug und hatte weiß-braune Halbschuhe an. Er war knochig, hatte einen Backenbart und weit aufgerissene, helle Augen. Er sah Drum überhaupt nicht ähnlich. Evie war ihm noch nie begegnet, aber anstatt sie vorzustellen, deutete Mrs. Casey nur mit einer kurzen Kopfbewegung auf ihn, und er nickte bedächtig. »Wir hätten es beinahe nicht gefunden«, sagte Mrs. Casey. »Nun ja. Ich hab mich schon die ganze Zeit gefragt, was für ein Haus ihr beide wohl habt. Mein Gott, es ist wirklich – ich habe gehört, Sie sind Lehrer, Mr. Decker.« Am Halsausschnitt ihres Kleides wölbte sich der Saum nach außen. Er umrahmte ein V-förmiges Stück Haut, an dem sie ständig zupfte und das deshalb bereits rot angelaufen war. Der Geruch von Parfüm umgab sie. Sie hatte kein amtliches Dokument dabei.

Beim Essen übertrafen sie sich gegenseitig an Komplimenten und Gesten der Höflichkeit. Sie reichten die Servierschüsseln mit nach außen liegendem Löffel herum; wenn jemand um die Butter bat, wurde dieser Wunsch auf der Stelle erfüllt, und sobald ein Schweigen eintrat, überbrückten sie es mit eifrigen Fragen. Genau wie Handelsvertreter benutzten sie auffällig oft die Namen ihrer Gesprächspartner. »Wohnen Sie schon Ihr Leben lang in Pulqua, Mr. Decker?« »Evie hat mir erzählt, daß Sie eine Tankstelle betreiben, Mr. Casey.« »Spielen Sie Bowling, Mr. Decker?« Unterdessen schaute Evie ängstlich zu, wie ihr Essen in den Mündern verschwand, und Drum aß stumm, mit gelassenem, unbeteiligtem Gesichtsausdruck.

Die einzige Anspannung entstand durch den unausgesprochenen Wettbewerb um das beste Benehmen. Evies Vater gewann ihn. Er sagte: »Evie, Drum, ich möchte euch ein verspätetes Hochzeitsgeschenk machen. Na ja, nichts Großartiges. Ich habe mir ein neues Auto gekauft und frage mich, ob ihr den VW haben wollt?«

»Wow. Na klar«, sagte Drum. »Wir brauchen immer verdammt lange, wenn wir irgendwo hinwollen.«

»Das dachte ich mir. Ich habe erfahren, daß Evie in letzter Zeit öfter... daß ihre Anwesenheitsnote besser sein könnte. Es geht mich ja nichts an, aber ich dachte, ein Wagen wäre vielleicht eine Hilfe.«

»Vielen Dank, Vati«, sagte Evie. Sie wollte in dieser heiklen Situation keine Auseinandersetzung über ihre Anwesenheit in der Schule riskieren. Ihr Vater saß mit aneinandergelegten Fingerspitzen da, und seine Nase wurde, wie immer, wenn er unter Stress stand, fast weiß. Mrs. Casey befingerte erneut ihren nackten Halsausschnitt.

»Wir haben, weiß Gott, keine überzähligen Autos zu verschenken«, sagte sie, »oder etwas Ähnliches. Wir sind einfache Leute. Aber dein Vater dachte, du würdest vielleicht gerne deinen alten Job wiederhaben. Die meisten Jungs lecken sich die Finger nach so einem Job.«

»Tja, ich glaube, ich könnte die Arbeit gut gebrauchen«, sagte Drum. »Klar.«

Die drei Eltern saßen nebeneinander und hielten sich kerzengerade, so als befürchteten sie, das Sofa könne unter ihrer Last zusammenbrechen.

Um drei Uhr brachen sie auf. Mrs. Casey sagte: »Also, ich hatte doch – Obed, wo ist meine Handtasche? Laß dich mal bei uns blicken, Bertram. Du kannst jederzeit vorbeikommen – auch wenn du dich einsam fühlst oder bloß Appetit auf eine Kleinigkeit hast. Danke für das leckere Mittagessen, Evie.«

»Hat mich gefreut«, sagte Mr. Casey.

Evies Vater knöpfte sorgsam alle Knöpfe seines Mantels zu. Er küßte Evie auf die Wange und schüttelte Drum die Hand. »Ich bekomme den neuen Wagen nächsten Mittwoch«, sagte er. »Ich gebe dir dann am Donnerstag die Autoschlüssel. Vielleicht besuchst du mich ja mal.«

»Natürlich«, sagte Evie. »Ich hatte nur in den letzten paar Wochen so viel zu tun. Mit dem Einrichten des Hauses und so.«

»Du könntest mal zum Abendessen kommen. Wie wär's?«

»Ja gerne«, sagte Evie.

Sie stand neben Drum in der Tür, zitterte leicht und schaute den immer kleiner werdenden Autos hinterher. »Na«, sagte Drum. »Das hätten wir geschafft.«

Sie nickte.

»Und, heh, wir kriegen ein Auto. Ist das nicht toll? Ich habe schon immer gerne Autos mit Knüppelschaltung gefahren.«

»Es war mir klar, daß du an nichts anderes denkst«, sagte Evie.

»Hmh?«

»Warum hast du nicht wenigstens Dankeschön gesagt? Oder dich ein bißchen mehr mit ihm unterhalten. Ich kenne das Auto, es riecht innen nach Wolle, genau wie der Anzug, den er immer in der Schule trägt, und ich werde jedesmal an ihn denken müssen, wenn ich damit fahre. Du hättest ihm wenigstens zeigen können, wie sehr du dich freust.«

»Ein Geruch nach Wolle stört doch nicht«, sagte Drum.

»Nein«, sagte Evie resigniert. Als er plötzlich die Arme um sie schlang und sie zu sich heranzog, war sie vollkommen überrascht.

»Mach dir keine Sorgen, ich bin bei dir«, sagte er.

Durch das Hemd hindurch spürte sie seinen schmalen, warmen Brustkorb und seinen gleichmäßigen Herzschlag.

12

Eines Samstags hatte Drum im Unicorn einen Streit. Diesmal endete er jedoch nicht in einer Prügelei; es blieb bei einer lautstarken Auseinandersetzung. Es geschah kurz vor Mitternacht. Evie spaltete gerade ein abgebranntes Streichholz in hauchdünne Streifen, während sie auf das Ende des Abends wartete. Es waren inzwischen nur noch wenige Gäste in der Kneipe, so daß sie es deutlich hörte, als Drums Stimme im Hinterzimmer lauter wurde. »Was zum Teufel soll das heißen? Willst du mich für dumm verkaufen, Zack?« Sie schaute hoch, zuerst in Richtung Hinterzimmer, dann auf die Leute an ihrem Tisch – drei Paare, die sich leise über leere Biergläser hinweg unterhielten und von den übrigen Gästen durch einen Wust von leeren Stühlen getrennt waren. Niemand schien sich für den Streit zu interessieren. »Ach, komm mir doch nicht *damit*«, sagte Drum. Evie stand auf, zwängte sich an den Stühlen vorbei und ging quer über die Bühne. Als sie das Hinterzimmer betrat, kniff sie die Augen zusammen, um durch die dicken Rauchschwaden hindurch etwas erkennen zu können. Drum hielt den Hals seiner Gitarre umklammert und starrte den Besitzer an. David stand neben ihm. »...sei doch vernünftig, Drum«, sagte er gerade. Dicht bei Evie standen Joseph Ballew und dessen Bassist. »Mit *Joseph* würdest du nie im Leben so umspringen«, sagte Drum.

»Joseph ist unsere Nummer eins«, sagte der Besitzer zu ihm. »Das weißt du genau.«

»Woher willst du wissen, wer von uns die meisten Gäste anzieht? Das kannst du nicht wissen. Du hast bloß –«

»Hör zu Drum, du behältst ja den Samstag. Aber du mußt selber zugeben, daß in letzter Zeit freitags nicht mehr genug Leute kommen. Und ich kann es mir nicht leisten, Verlust zu machen.«

»Was ist los?« fragte Evie.

Sie schauten sie an und wandten sich dann wieder ab, ohne ihr zu antworten. Schließlich sagte David: »Zack erklärte gerade, warum –«

»Ich soll nur noch einmal pro Woche spielen«, sagte Drum. »Heute abend war der Laden bis auf den letzten Platz besetzt, und bald ist Weihnachten, aber auf einmal meint Zack, daß er Verlust macht.«

»Also, Drum, du *weißt*, wenn ich es irgendwie einrichten könnte, würde ich –«, sagte Zack. Er wirkte dicker als je zuvor und sehr traurig. Schweißperlen liefen ihm wie Tränen über das Gesicht. »Im Frühjahr werde ich mir natürlich überlegen, ob ich dich wieder für beide Abende engagieren kann. Das Geschäft ist saisonabhängig, verstehst du.«

»Er hat recht«, sagte Joseph.

»Du hast gut reden«, sagte Drum. »Wie würde es dir gehen, wenn man dir ohne Vorwarnung die Hälfte deiner Auftritte streichen würde?«

»Klar, ich weiß, wie –«

»Ach, vergiß es«, saget Drum. »Wo ist meine Jacke?«

»Direkt hinter dir«, sagte Evie.

Aber Drum schritt suchend durch das Zimmer, schob Stühle zur Seite und schaute unter Instrumentenkoffern nach. Als er die Jacke endlich gefunden hatte, sagte er: »Und noch etwas. Du kannst die Samstage auch streichen. Ich werde nie wieder hier auftreten. In Zukunft wirst du ohne mich auskommen müssen.«

»Also, Drum, warte mal«, sagte David.

»Willst du mitfahren oder nicht?«

Er marschierte hinaus, dicht vorbei an Evie, und David schaute die anderen einen Moment lang an, zuckte dann die Achseln und folgte ihm. Evie mußte rennen, um sie einzuholen.

Draußen herrschte eine derartig beißende, trockene Kälte, daß die Luft förmlich knisterte und Evies Ohren sich zusammenzogen. Sie lief stolpernd hinter Drum und David her und streifte im Gehen ihren Mantel über. Das Auto war mit Rauhreif bedeckt. Während Drum die Tür aufschloß, trat Evie von einem Fuß auf den anderen, um sich warm zu machen. Drum hingegen schien überhaupt nicht zu frieren. Nachdem er den Schlüssel aus dem Schloß gezogen hatte, blieb er eine Weile regungslos stehen und schaute über die reifglänzenden Dächer der anderen Autos hinweg. »Steig ein«, sagte David zu Evie. »Laß mich vorne sitzen. Ich rede mit ihm.«

Evie hockte sich auf den Rand des schmalen Rücksitzes. Eines ihrer Knie stieß gegen Drums Gitarre, die etwas von der Wärme im Unicorn gespeichert hatte. Während Drum rückwärts vom Parkplatz fuhr, schwiegen alle drei, erst als sie auf dem Highway waren, sagte Drum: »Dieser blöde Fettwanst.«

»Er muß eben zusehen, daß der Laden sich rentiert«, sagte David.

»Was, über Weihnachten? In den Schulferien wird die Bude gerammelt voll sein. Und was ist mit Joseph? Warum darf er bleiben?«

»Zack hat es dir doch gesagt. Er ist —«

»Schon gut, schon gut. Die Hauptattraktion. Dabei hat er nicht einmal ein Gefühl für Rhythmus. Weißt du was, ich weine dem Unicorn keine Träne nach. Wir brauchen einen Laden mit mehr *Pep*.«

»Wie willst du den finden, Drum? Glaubst du, du kriegst einen neuen Job, indem du einfach mit den Fingern schnippst? Ich schaffe es in letzter Zeit nicht mal, Auftritte bei Privatpartys für uns zu bekommen, obwohl Vorweihnachtszeit ist und ich alle möglichen Leute in der Stadt angeschrieben habe.«

»Irgend etwas wird sich schon ergeben.«

»Nichts wird sich ergeben. Morgen rufe ich Zack an. Ich sage ihm, daß wir nächsten Samstag da sein werden, genau wie immer. Du warst bloß sauer, werde ich ihm erklären. Er wird dafür Verständnis haben.«

»Nein, wird er nicht, weil ich nämlich nicht spielen werde. Evie und ich werden nächsten Samstag ins Kino gehen.«

»Mach doch was du willst«, sagte David. Er schwieg während der restlichen Fahrt und pfiff lediglich leise vor sich hin.

Als sie David bei sich zu Hause absetzten, wies Drum mit dem Kinn in Richtung Beifahrersitz. »Komm, setz dich da hin«, sagte er.

»Warum?«

»Komm her und red mit mir.«

Sie betrachtete sein Gesicht im Rückspiegel. Er war blaß und hatte Ringe unter den Augen. Als sie neben ihm saß, sagte er: »Ich habe mich lächerlich gemacht, stimmt's?«

»O nein.«

»Scheint so, als hätte ich mal wieder eine Pechsträhne. Letztes Weihnachten haben wir auf drei verschiedenen Partys gespielt; dieses Jahr haben die Leute uns völlig vergessen.«

»Vielleicht brauchst du mehr Publicity«, sagte Evie.

»Wie soll ich die denn kriegen? Ich sehe es schon kommen, demnächst wird er mir auch noch den Samstag wegnehmen. Dann werde ich bei diesen Amateurveranstaltungen am Sonntag spielen müssen, bei denen die Zuschauer Kaffee trinken. So weit wird es mit mir noch kommen.«

»Du mußt dich mal richtig ausschlafen«, sagte Evie. »Morgen sieht die Welt schon wieder ganz anders aus.«

»Ja sicher, du hast recht.«

Zu Hause zog er Hemd und Jeans aus, schenkte ein Marmeladenglas halbvoll mit Bourbon und legte sich damit ins Bett. Er beobachtete Evie, wie sie das Zimmer aufräumte. Sie faltete seine Kleider zusammen und legte sie auf den Sessel, sie zog ihr Seersukker-Nachthemd an und stellte sich vor den Spiegel, um ihre Haare einzudrehen. Aus einer Schublade holte sie eine Plastik-Haarspange, schob ihre Ponyfransen aus der Stirn und steckte sie fest. In Zukunft wollte sie die Haare immer nach hinten frisieren. Evie hatte vor, ihre Stirn wieder frei zu lassen, um Drum und allen anderen zu zeigen, wieviel seine Musik ihr bedeutete.

»Was die Sache mit den Samstagen angeht«, sagte Drum zu ihr, »so werde ich meinen Entschluß nicht ändern; ich habe es ernst gemeint. Ich will in dem Laden überhaupt nicht mehr spielen. Warum sollte ich irgendwo auftreten, wo man mich nicht zu schätzen weiß? Ich würde mir gerne etwas Neues suchen. Sag schon, wirst du dich auf Davids Seite schlagen und deswegen auf mir rumhacken?«

»Du weißt, das würde ich nie tun.«

»Na ja, war nur eine Frage.«

Er stellte das leere Marmeladenglas auf die Fensterbank, und als Evie das Licht ausschaltete, war er schon eingeschlafen.

Evie blieb noch lange wach. Sie lag stocksteif auf dem Rücken und schaute zu, wie sich in der eisigen, mondhellen Nacht am Rand des Marmeladenglases eine Eisschicht bildete. Das war der Rest des Bourbons gewesen. Sie hatten ihn an einem Wochenende, als sie ein bißchen Geld übrig hatten, leichtsinnigerweise gekauft. Zwei Monate hatte die Flasche auf dem Küchenregal gestanden, inzwischen war sie mit Staub und Fingerabdrücken bedeckt. Sie hatten sie selten heruntergeholt und bis heute immer nur kleine Mengen davon getrunken. Wie lange würde es dauern, bis sie eine neue kaufen konnten? Geld kam nur kleckerweise herein – mal fünf Dollar, mal fünfzehn, manchmal ein paar Dollar von ihrem Vater, der sagte: »Das ist für einen neuen Pullover«, oder für Bücher oder einen Haarschnitt, und es ihr dadurch unmöglich machte, das Geld abzulehnen, obwohl sie es nie für den von ihm vorgesehenen Zweck verwendete. Was sie hatten, bewahrten sie in ihren Portemonnaies auf; für ein Bankkonto war es zu wenig. Und weil es auch nur in geringen Mengen ausgegeben wurde, hatten die Spalten in dem erstandenen Haushaltsbuch – »Hypotheken«, »Versicherungen«, »Urlaubsreisen« – keinerlei Bezug zu ihrem Leben. Sie gaben ihr Geld für Zigaretten und Schallplatten aus und einmal für eine Dose Artischockenherzen, weil Drum sagte, er wolle sie zumindest einmal im Leben probiert haben. Wenn sie besonders knapp bei Kasse waren, aßen sie Salzkräcker und Spaghetti aus verbeulten Dosen, die im Preis reduziert waren, damit sie sich besser verkauften. Ab und zu leerten sie ihre Manteltaschen aus und suchten zwischen den Sofakissen nach Münzen. Irgendwann traf dann wieder etwas Geld ein.

Von nun an würden sie allein auf den Verdienst von Drums Arbeit im Supermarkt und an der Tankstelle angewiesen sein. Das war nicht viel. Wenn sie verhindern wollte, daß Drum den ganzen Tag Benzin zapfte, würde sie sich selber einen Job suchen müssen, und sie wußte auch, wo eine Stelle frei war: in der öffentlichen Leihbücherei. Ihr Vater hatte ihr den Tip gegeben, dabei allerdings

Drum im Sinn gehabt. (Geld war etwas, über das ihr Vater sich oft Sorgen machte. Geld und eine ausgewogene Ernährung.) Aber Drum würde es in einer Bücherei auf keinen Fall aushalten. Er würde in Sporenstiefeln und einer schwarzen Jeansjacke hinter der Bücherausgabe sitzen und jedesmal, wenn er den Stempel auf das Stempelkissen drückte, auf seinem Stuhl ein Stück weiter nach unten rutschen. Evie würde dort arbeiten müssen, nachmittags, wenn sie keine Schule hatte. Sie glaubte, es würde ihr vielleicht sogar Spaß machen. Sie sah sich selbst in einem blauen Kittel, wie sie gelassen und fachkundig ein paar knappe Handbewegungen machte, um in den Karteikästen etwas nachzuschauen. Als sie endlich einschlief, träumte sie, daß sie im Unicorn mit einem Stapel historischer Liebesromane auf die Bühne ging und sie einen nach dem anderen in Drums Schoß legte. ›Dankeschön‹, sagte Drum, und klimperte auf seiner Gitarre. ›Das habe ich mir schon immer gewünscht.‹

Aber wie sich am nächsten Morgen herausstellte, war Drum gegen den Vorschlag. Er hörte ihr mit regloser Miene geduldig zu und schaute dabei auf einen Punkt weit oberhalb des Bettes. Als sie einen Augenblick schwieg, sagte er: »Nein.«

»Aber begreifst du denn nicht?« fragte Evie. »Es wäre ideal. Du wärst nicht gezwungen, einen Job anzunehmen, der dir zuwider ist. Du hättest die Sicherheit, daß ich notfalls für dich sorgen könnte.«

»Das gefällt mir nicht«, sagte Drum.

»Also Drum, wirklich. Gehörst du etwa zu den Männern, die etwas gegen berufstätige Ehefrauen haben?«

»Nein. Also, nein, natürlich nicht. Aber es würde einen schlechten Eindruck machen. Die Leute werden denken, ich hätte im Unicorn Ärger gehabt.«

»Hast du doch auch«, hätte Evie beinahe gesagt, aber sie schwieg. Sie hatte im *Family Circle* gelesen, daß Frauen in solchen Situationen diplomatisch vorgehen müssen.

Am Montag nachmittag schlich sie zweimal an der Bücherei vorbei, faßte sich schließlich ein Herz und ging hinein. Sie wollte bloß ihre Neugier befriedigen. Sie roch den vertrauten Büchereige-

ruch nach Klebstoff, Buckram und poliertem Holz und sah die leuchtend gelben Vorhänge an den schmalen, rechteckigen Fenstern, durch die das Winterlicht hereinfiel. Hinter dem Tresen saß die rothaarige, bebrillte Miss Simmons. Sie steckte gerade Bleistifte in eine Konservendose, die irgendein Kind für sie bemalt hatte. »Hallo, Evie«, sagte Miss Simmons. »Schön dich zu sehen.«
»Ich wollte nur mal kurz reinschauen«, sagte Evie. Sie schob ihre Schulbücher, die sie gegen die Brust gedrückt hielt, von einem Arm auf den anderen.
»Kann ich irgend etwas für dich tun?«
»Nein, nein. Na ja, ich bin bloß aus Neugier hier; mein Vater hat mir gesagt, Sie hätten einen Job zu vergeben.«
»Stimmt, den von Naomi. Sie hat geheiratet. Ich habe sie nur sehr ungern gehenlassen. Bist du daran interessiert?«
»Na ja, ich weiß nicht. Denn mein, Drum, er will nicht – aber ich habe das Gefühl, die Arbeit würde mir vielleicht Spaß machen.«
»Du könntest nach der Schule kommen. In der Hinsicht gäbe es keine Probleme.«
»Ja, ich weiß, aber –«
»Ein Dollar fünfzig die Stunde.«
»Müßte ich auch abends arbeiten?«
»Abends? Nein, abends haben wir nicht geöffnet. Nachmittags von drei bis sechs; du wärst zum Abendessen zu Hause. Willst du es dir nicht überlegen? Ich würde furchtbar gerne jemanden nehmen, den ich kenne.«
Miss Simmons hatte ein breites, schiefes Lächeln, das ihre Gesichtsform veränderte und sie jung und hoffnungsvoll aussehen ließ. Als sie lächelte, sagte Evie unwillkürlich: »Na ja, okay. Ich glaube, ich würde es gerne machen.« Drum war in eine entlegene, düstere Ecke ihres Bewußtseins verbannt. Mit ihm würde sie sich später befassen. Sie folgte, ihre Bücher immer noch auf dem Arm, Miss Simmons in das Kabuff hinter dem Tresen und hörte ihr aufmerksam zu, während sie ihr erklärte, worin ihre Aufgaben bestehen würden. »Kannst du gleich heute anfangen?« fragte Miss Simmons. »Es hat sich ein Berg Karteikarten angesammelt. Ich

hoffe, daß dir die Arbeit in einer Bücherei gefallen wird. Manche Leute bekommen dabei Zustände. Es stört sie, daß man so viele Kleinigkeiten beachten muß.«

Aber die Beschäftigung mit Kleinigkeiten kam Evie friedvoll und angenehm betäubend vor. Sie setzte sich auf einen hohen Hocker, ließ ihre kalten Füße von einem elektrischen Heizlüfter wärmen und hatte neben ihrem Ellbogen einen Becher Kakao stehen. Drei geschlagene Stunden lang ordnete sie alphabetisch Karteikarten der *Library of Congress* und türmte sie zu ordentlichen, kleinen Stapeln auf. Abbott, Anson, Arden – die Karten machten ein schnalzendes Geräusch unter ihren Fingern, und als sie mit den As fertig war, strich sie die Ecken glatt, wickelte ein Gummiband um die Häufchen und ging direkt zu den Bs über. »Findest du die Arbeit ermüdend?« rief Miss Simmons. »Willst du eine Pause machen? Ich weiß, es ist ziemlich eintönig.«

Aber Evie fand die Arbeit keineswegs ermüdend. Als Miss Simmons um sechs durch den Leseraum ging, um die Jalousien zu schließen und die Zeitschriften zurechtzurücken, bedauerte Evie, gehen zu müssen.

Drum lag zu Hause auf dem Sofa und blätterte eine alte Ausgabe von *Billboard* durch. »Wo warst du so lange?« fragte er.

»Ich habe in der Bücherei vorbeigeschaut.«

»Oh«, sagte Drum.

»Hast du – soll ich uns eine Dose Chili warm machen?«

»Klar, gute Idee.«

Er fragte sie während des ganzen Abends nicht, was sie in der Bücherei gemacht hatte.

Sie ging in dieser Woche jeden Tag zur Arbeit. Trotz Miss Simmons' ständigem Kaffeekränzchen-Geplauder blieb Evie schweigsam. Sie ließ sich von den Worten und der Wärme aus dem Heizlüfter einhüllen, während sie Mahnungen wegen Überschreitung der Leihfrist ausfüllte. Manchmal schob sie einen Rollwagen mit Büchern durch den Leseraum, und die auswendig gelernten Registriernummern summten ihr beim Einsortieren leise durch den Kopf, während sie nach Lücken in den Regalen suchte. Oder sie saß hinter der Bücherausgabe, rollte auf einem metallenen Drehstuhl hin und her und stempelte abwechselnd ein Buch und eine Karte, bis sie in eine Art Trance verfiel. Die Leute sprachen sie selten an. Wenn Violet vorbeikam und sagte: »Hi, Evie. Evie?« schaute Evie sie mehrere Sekunden mit einem ausdruckslosen Lächeln an, ehe sie ihre Freundin erkannte.

»Du mußt dich ja zu *Tode* langweilen«, sagte Violet. »Ich verstehe nicht, wie du es hier aushältst.«

»Es ist nicht so schlimm«, sagte Evie.

Sie legte sich immer neue Erklärungen für Drum zurecht – Mrs. Simmons habe ihr keine Ruhe gelassen, es sei nur vorübergehend –, aber das war gar nicht nötig. Drum stellte überhaupt keine Fragen. Am Freitag sagte er: »Heute ist mein langer Abend im Supermarkt. Kannst du früher nach Hause kommen, damit ich den Wagen nehmen kann?«

»Ich muß bis sechs in der Bücherei bleiben«, sagte Evie zu ihm.

»Na ja, dann hole ich dich eben ab und bringe dich nach Hause. Geht das?«

»Ich denke schon.«

Um sechs schaute sie hinter dem Tresen vor und sah, daß er lässig am Türrahmen lehnte. »Ich wäre dann soweit«, sagte er zu ihr. Sie hätte nicht gedacht, daß es so einfach sein würde. Sie fragte sich, ob er nur wartete, bis sie allein waren, um zu sagen: »Heh, was soll das? Ich hab dir doch verboten zu arbeiten.« Aber auch nachdem sie die Bücherei verlassen hatten, sagte er kein Wort. Sie bat ihn, bei der Bank anzuhalten, weil sie ihren Gehaltsscheck einlösen wollte. Als sie wieder im Wagen saß, gab sie ihm das Geld. »Prima, ich brauche nämlich Zigaretten«, sagte er. Sie war erleichtert, zugleich aber auch enttäuscht.

Was das Unicorn anging, so schien sich in der Zwischenzeit noch nichts geklärt zu haben. Freitag abend stand David plötzlich vor der Tür und sagte: »Ich wollte eigentlich zu Drum, aber vielleicht kannst du mir auch weiterhelfen. Was soll ich wegen des Unicorns unternehmen? Ich habe erst mal abgewartet; ich hätte nicht gedacht, daß es ihm wirklich ernst ist. Aber morgen ist Samstag, und wir wissen immer noch nicht, ob Drum es sich anders überlegen und auftreten wird.«

»Er hat es mit keinem Wort erwähnt«, sagte Evie.

»Soll ich einfach hingehen und sagen, daß wir spielen werden? Das wäre eine Möglichkeit. Aber dann könnte Drum mich als Verräter hinstellen, und das wäre schlecht fürs Geschäft.« Er setzte sich auf den Rand des Sofas. Er trug noch den Nadelstreifenanzug aus grauer Wolle, in dem er seine Versicherungen verkaufte. Er wirkte in ihm ungewöhnlich steif und selbstsicher. »*Du* bist schließlich jeden Tag mit ihm zusammen«, sagte er. »Und du weißt genau, daß ihm am Unicorn viel liegt. Das ist sogar mir klar. Also, was soll ich tun? Du mußt doch irgendeine Idee haben.«

»Habe ich aber nicht, David. Ehrlich.«

»Aber wenn du ihm die Entscheidung nicht abnimmst, wird er vielleicht aus purem Stolz nein sagen. Du weißt ja, wie er ist.«

»Tja«, sagte Evie.

»Soll ich es tun?«

»Er ist wirklich ziemlich stolz.«

»Dann soll ich also nicht zu Zack gehen und ihm sagen, daß er auftritt?«

»Also, ich weiß nicht. Ich glaube, du kannst es ruhig riskieren.«

»Na gut«, sagte David. »Es wird schon klappen. Du wirst sehen.«

Und er hatte recht. Am Samstag abend überredete sie Drum, seine Bühnensachen anzuziehen, wienerte seine Stiefel und stellte sie neben die Tür und trug die Gitarre so lange wie ein Tablett auf beiden Händen hinter ihm her, bis er sie ihr aus Angst, sie könnte kaputtgehen, wegnahm. »Warum tust du mir das an?« fragte er.

»Ich tue dir gar nichts an. Ich möchte nur verhindern, daß du einen großen Fehler machst. Du wirst es später bereuen, wenn du diesen Job jetzt sausen läßt.«

»Ist es dir denn egal, wie ich mich dabei fühle?«

»Nein, natürlich nicht. Deshalb will ich ja, daß du auftrittst.«

»Das werde ich aber nicht«, sagte Drum. Er ließ sich aufs Sofa fallen und legte die Gitarre neben sich. Die Zeit wurde langsam knapp. Evie schaute immer wieder auf ihre Armbanduhr, deren Zeiger sich mit hastigen Bewegungen, die sie förmlich zu spüren glaubte, ohne Unterlaß drehten. »Drum«, sagte sie. »Wir haben uns deinetwegen weit aus dem Fenster gelehnt, ich und David. Ich habe ihm gesagt, er soll die Sache mit Zack wieder in Ordnung bringen. Was wird Zack sagen, wenn du heute abend nicht auftrittst?«

»Das hättest du nicht tun dürfen«, sagte Drum.

»Was hätte ich denn sonst tun sollen? Du hast doch bisher immer gerne im Unicorn gespielt.«

»Man wird doch wohl seine Meinung ändern dürfen, oder?«

»Nicht, wenn es keine Alternative gibt.«

Drum schwieg. Sie dachte, sie hätte verloren, und stellte sich im Geiste schon darauf ein, die Niederlage akzeptieren zu müssen, als Drum sagte: »Okay, okay.«

»Wirst du auftreten?«

»Mir bleibt ja wohl nichts anderes übrig.«

Im Unicorn haute er mit voller Wucht in die Saiten und übertönte zum erstenmal das Schlagzeug hinter ihm. Er begann mit seiner Zwischenrede, ohne daß das Jaulen der Gitarre nachließ. Seine Stimme mußte gegen die lauten Töne ankämpfen, wie ein Schwimmer gegen hohen Wellengang.

»Wovon ist es grau geworden?«
»Wann waren sie rosa?«
»Man hat ihn befördert.«
»Wie lange hat es gedauert?«

Die Leute im Publikum hörten schweigend zu.

Über die Weihnachtsfeiertage war keine Schule, aber Evie fiel es kaum auf. Sie ging immer seltener hin. Wenn sie doch hinging, kamen ihr das schrille Klingeln der Schulglocke und das betriebsame Hin und Her zwischen den Klassenzimmern fremd und rätselhaft vor. Ihre Lehrer sprachen laut und gleichmäßig und betonten dabei die Namen von Schriftstellern und die Jahreszahlen von Kriegen; die Schüler schrieben verbissen jedes Wort in ihre Hefte. Bei Evie hingegen brachen die Sätze mittendrin ab. Sie starrte oft ins Leere, ohne dabei an irgend etwas Bestimmtes zu denken. Bis sie sich wieder zusammenriß, waren manchmal etliche Minuten vergangen. Sie hatte keinen blassen Schimmer, was der Lehrer gesagt hatte, und ihre Mitschüler, die sich immer noch über ihre Hefte beugten, schienen ihr auf den Kugelschreibern, die über das Papier huschten, entkommen zu sein. »Evie D. Casey fühlte sich nicht wohl«, schrieb Drum in den an den Direktor gerichteten Entschuldigungen, »und konnte deshalb am Mittwoch, Donnerstag und Freitag nicht zur Schule gehen. Hochachtungsvoll Bertram O. Casey.« Mr. Harrison setzte seine Brille mit dem durchsichtigen Hornrand auf und entzifferte mühsam die mit Bleistift geschriebenen, nach rechts abfallenden Worte. Die Entschuldigungen verursachten ihm Unbehagen. Daß der Ehemann sie schrieb, wirkte wie ein schlechter Scherz, aber natürlich konnte man den Vater nicht bitten, es an seiner Stelle zu tun.

Zu Weihnachten schenkte Evie ihrem Vater ein Paar Handschuhe und Drum einen Pullover. Drum gab ihr ein Parfum namens »Sündige Leidenschaft«, über das sie sich sehr freute. Sie schmückte einen kleinen Baum, und sie gingen beide zum Weihnachtsessen zu den Caseys. Am nächsten Tag arbeitete sie wieder in der Bücherei. Mrs. Simmons hatte ihr eine Woche Urlaub angeboten, aber Evie meinte, sie könnten auf das Geld nicht verzichten.

Wenn sie abends nach Hause kam, sah sie sofort die Unordnung, die Drum im Laufe des Tages verbreitet hatte – überquellende Aschenbecher, leere Plattenhüllen, schmutziges Geschirr in der Spüle. »Hast du geübt«, fragte sie ihn, aber das hatte er nur selten getan. »Ich kann mich einfach nicht aufraffen«, sagte er. »Irgendwie komme ich nicht richtig rein. Meine Finger haben vergessen, was sie tun müssen.«

Er war neuerdings gesprächiger geworden. Evie hatte ständig das Geräusch seiner Stimme im Hinterkopf, so daß sie fast vergaß, wie es früher gewesen war, als er überhaupt nichts sprach. »Was hat es für einen Sinn, hier zu sitzen und auf der Gitarre zu klimpern. Ich werde es sowieso nie zu etwas bringen. Ich bin erst neunzehn Jahre alt und schon auf dem absteigenden Ast. Außerdem gerät Hardrock immer mehr aus der Mode, und bald wird keiner mehr solche Musik hören wollen.«

»Das stimmt nicht«, sagte Evie.

»Es kommt mir aber so vor. Ich habe das Gefühl, als hätte ich

meinen Höhepunkt schon überschritten. Es war blöd von mir, je zu erwarten, daß ich eines Tages berühmt sein würde.«
»Hör bitte auf damit«, sagte Evie.

Sie wollte schwanger werden. Sie hatte es sich urplötzlich in den Kopf gesetzt, ungeachtet der vielen guten Gründe, die dagegen sprachen: ihr Job, ihr geringes Einkommen, die unzähligen Male, bei denen Drum im Dunkeln flüsternd fragte: »Kann was passieren?« Beim Gedanken an ein Baby sah sie im Geiste einen hellen Lichtstrahl, so als öffne sich vor ihr eine Tür. Aber schwanger zu werden war leichter gesagt als getan. Wenn Drum sich in der Stimmung befand, die neuerdings typisch für ihn war, döste er oft beim Radiohören ein und lag wie ein Häufchen Elend mit dem Gesicht nach unten auf dem Sofa. »Drum«, sagte sie, »willst du nicht ins Bett kommen?« Dann erhob er sich träge und torkelte ins Schlafzimmer, wo er, ohne sich auszuziehen, wieder einschlief. Sie zerrte an seinen Stiefeln und kämpfte dabei mit dem Gewicht seiner leblosen Beine. Sie zog ihr Nachthemd an, und im Lichtschein, der durch die Badezimmertür fiel, sah sie im Spiegel die Silhouette ihres Körpers, die fast dieselbe Form hatte wie ihr bauschiges Nachthemd; eine plumpe Gestalt, die an den Hüften breiter und darunter nicht schmaler wurde. Sie dachte an eine Nulldiät, ein Trimmfahrrad oder eine Schönheitsfarm. Sie legte sich neben den schnarchenden Drum ins Bett und lag stundenlang mit angespannten Muskeln wach, so als traue sie sich nicht, ihr Gewicht der Dunkelheit anzuvertrauen.

13

Im Februar kam ein Evangelist namens Brother Hope nach Pulqua, um dort im Gebetshaus zu predigen. In allen Schaufenstern der Stadt hingen Plakate mit seinem besorgt aussehenden Gesicht über einer Zahl, die die bisherige Anzahl der von ihm geretteten Seelen wiedergab. An der hölzernen Tafel auf dem Rasen vor dem Gebetshaus waren die Titel seiner Predigten angeschlagen: »Einbahnstraße«, »Haben Sie einen Augenblick Zeit?« und »Um Himmels willen«. Über der Tafel hingen Wimpel, die aussahen, wie die an Mr. Caseys Tankstelle.

»Im Gebetshaus nennt jemand dauernd deinen Namen«, sagte ein Bassist zu Evie. Evie spürte, wie sie innerlich zusammenzuckte und ihr Brustkorb sich verkrampfte. Dann sagte er: »Du solltest mal hingehen. Ich habe gehört, daß es ziemlich komisch ist.«

»Bist du da gewesen?« fragte Evie.

»Nee. Ich geh nicht zu so was.«

Das tat keiner der Musiker aus dem Unicorn. Dennoch erzählten sie den Klatsch und Tratsch aus unbekannten Quellen weiter. Die falschen Götter vermehrten sich überall auf der Erde, sagte Brother Hope, sogar im idyllischen Pulqua: Drogen, Alkohol und der betäubende Rhythmus des Rock 'n' Roll. Hier in Pulqua hatte ein armes Mädchen bei einer Orgie ihr Gesicht entstellt, und das nur wegen eines Rocksängers. Wenn das keine Götzenanbetung war, was dann? Wer ihm nicht glaubte, könne sich selbst davon überzeugen. Das Mädchen hieß Evie Decker; der Sänger trat in einem Lokal namens Unicorn auf.

»Zumindest macht er Werbung«, sagte Evie.

»Im Gebetshaus wird uns Werbung wenig nützen«, sagte David zu ihr.

»Wieso nicht?«

»Die Anhänger von diesem Prediger werden wohl kaum im Unicorn auftauchen.«

Aber er irrte sich. Sie kamen. Zwar nicht alle, aber zumindest die jüngeren unter ihnen. Wahrscheinlich waren sie ihren rechtschaffenen, hinterwäldlerischen Eltern entwischt. Sie kamen am folgenden Samstag in Grüppchen, bleich und neugierig, so als habe Brother Hope ihnen wie ein Touristenführer den Weg zu einem Ort der Sünde gewiesen. Jungs in Anzügen und biedere Mädchen, die jeden Takt der lauten Musik wie einen Schlag in die Magengrube zu empfinden schienen, saßen dichtgedrängt an den Tischen. Drum ließ unter seiner glitzernden Gitarre träge die Hüften kreisen. Evies Narben schimmerten wie die Kriechspuren einer Schnecke. Brother Hopes Anhänger beugten sich vor, um besser sehen zu können, und lehnten sich dann tuschelnd wieder zurück. Sie ließen die Szenerie in geringen Dosen auf sich wirken. »Ja, das hier ist das Lokal, das er gemeint hat«, hörte Evie einen der Jungs sagen. »Da drüben ist das Mädchen. Und das ist also diese Musik.« Als Evie aufstand, um Drum hinter der Bühne zu treffen, ging sie langsam und voller Stolz, so als trage sie etwas Bedeutsames bei sich.

An diesem Samstag war sie glücklich. Sie hatte das Gefühl, alles würde wieder gut werden. Aber am Montag sah die Lage völlig anders aus. Zack erschien persönlich bei ihnen, um Drum mitzuteilen, daß er auch samstags nicht mehr gebraucht würde. Zack stand mit unglücklicher Miene mitten im Wohnzimmer und drehte seinen Hut in den Händen herum. »Ich wollte es dir schon vorgestern sagen, aber am Ende des Abends war so viel los, und darum habe ich es verschoben. Also, ich habe in diesem Winter nur Pech gehabt, und ich weiß, du wirst sauer sein, Drum, aber was soll ich denn machen? Ich bin fast pleite. Ich wäre wirklich froh, wenn du sonntags bei den Gratis-Konzerten spielen würdest, aber mehr kann ich momentan…«

Drum sagte kein Wort. Evie hatte einen erneuten Streit erwartet, aber er saß teilnahmslos auf dem Sofa, das Gesicht zum Fenster gedreht, und das Winterlicht spiegelte sich in seinen schmalen, braunen Augen. Er wehrte sich überhaupt nicht dagegen, abserviert zu werden. Nachdem Zack gegangen war, trank er zwei Bier und hörte sich eine Schallplatte an. David kam vorbei, und die beiden spielten eine Runde Darts. Drum wirkte unnahbar; wenn Evie Zack erwähnte, wandte er den Blick von ihr ab, so daß sie nur noch die glatte, olivfarbene Kontur seiner Wangen sah.

»Zack ruiniert sich selbst«, sagte David zu ihr. »Jeder, der Augen im Kopf hat, muß doch erkennen, daß die Leute aus dem Gebetshaus nur wegen dir und Drum kommen.«

»Dann sag ihm das doch.«

»*Ich* kann ihm das unmöglich sagen.«

»Aber irgendwer sollte es tun. Brother Hope verschafft dem Unicorn kostenlose Werbung, und niemand profitiert davon.«

Werbung war entscheidend. Davon war sie mehr und mehr überzeugt. Werbung war in ihren Augen dem kurzen metallischen Klicken vergleichbar, das stillstehende Maschinen in Gang setzte. Drums Musik, deren Rhythmus inzwischen einem Pulsschlag entsprach, verursachte bei ihr ein Gefühl, als habe sie Watte in den Ohren, und die Zwischenreden wurden von Auftritt zu Auftritt unverständlicher; aber wenn ihm Horden kreischender Fans zujubelten, dann würde alles wieder besser funktionieren. »Wenn wir nur erreichen könnten, daß Brother Hope mehr Aufmerksamkeit bekommt«, sagte sie, »daß er seine Predigten nicht bloß vor ein paar verängstigten Provinzlern hält.«

»Das schaffen wir niemals.«

»Wieso nicht? Wir könnten ins Gebetshaus gehen, dort einen Aufstand veranstalten und so in die Zeitung kommen.«

»Nee«, sagte David.

Aber sie beschwatzte ihn. Zwei Tage lang malte sie ihm die Szene immer wieder aus – Brother Hope mit fassungslosem Gesicht, ein Reporter, der fragte, was der Trubel zu bedeuten habe, eine Zeitungsmeldung über Drum Caseys Protest gegen kirchliche Anschuldigungen. Davids Widerstand erlahmte allmählich, flammte aber immer wieder auf, und sie hätte beinahe resigniert. Es war zuviel verlangt, fand sie, ständig jemanden überzeugen, bedrängen und ermutigen zu müssen. Wenn sie allein war, hallte der Klang ihrer insistierenden Stimme in ihrem Kopf wider. Aber schließlich ging es um Drum. Sie beobachtete ihn unbemerkt und wurde krank vor Sorge, wenn sie sah, wie er zusammengesunken auf dem Sofa saß und unaufhörlich mit dem Zeigefinger über den Rand einer Bierdose fuhr. »Ach, was soll's, versuchen wir es mal mit Brother Hope«, sagte David eines Abends. Drum hob nicht einmal den Blick.

Als David am Donnerstag abend vorbeikam und sagte: »Bist du bereit?« fragte Drum: »Wofür?«

»Für das Gebetshaus, natürlich«, sagte David.

»Lieber sterbe ich, als ins Gebetshaus zu gehen.«

»Was zum Teufel ist nur mit dir los, Drum? Wir haben drei Tage lang über nichts anderes als das Gebetshaus geredet, und du hast kein einziges Wort gegen die Aktion gesagt.«

»Macht ja nichts«, sagte Evie. »Dann gehen wir eben allein. Wir sind in ein paar Stunden wieder da.«

»Und was ist mit mir?« fragte Drum.

»Du hast doch gesagt, du willst nicht mitkommen.«

»Und was soll ich inzwischen machen? Hier herumsitzen und auf dich warten? Neuerdings lassen mich anscheinend alle im Stich.«

»Meine Güte«, sagte David.

Sie fuhren alle drei in Davids Jeep hin. Evie fror in ihrem dünnen Schulmantel und rückte nah an Drum heran. Ihre Haare hatte sie aus der Stirn gekämmt und mit einer golden glitzernden Klemme festgesteckt. Wenn sie in den Rückspiegel schaute, schimmerten ihr die Buchstaben richtigherum entgegen, so blaß wie alte Fotografien. Ihre Gesichtszüge waren verschwommen. »Jetzt, wo wir tatsächlich auf dem Weg dorthin sind, komme ich mir irgendwie blöd vor«, sagte sie. »Ich habe mir nicht einmal einen Plan zurechtgelegt.«

David sagte: »Na ja, ich habe den Fotografen von der Zeitung angerufen. Ohne Fotos keine Publicity.«

»Wenn ich noch ein einziges Mal das Wort Publicity höre«, sagte Drum, »kotze ich.«

»Ich bitte dich, Drum.«

Das Gebetshaus war ein altes, weißes Holzhaus, das sich an der Hauptstraße zwischen einer Pizzeria und einem Schuster befand. Auf einem Schild über der Veranda stand: »Gebetshaus. Jeder ist willkommen. Hereinspaziert, Leute«, und darunter hing der Titel der Predigt: »Was blüht uns als nächstes?« An einen Pfeiler war ein Plakat genagelt, auf dem Brother Hope furchtsam in die Ferne blickte, so als könnte er direkt in die Hölle schauen. Alte Jungfern mit hochhackigen Galoschen und Männer in Jackets und Overalls strömten daran vorbei auf die hellerleuchtete Tür zu. Evie folgte ihnen und hielt Drums Hand fest umklammert, damit sie auf keinen Fall getrennt wurden. Sie hatte einen großen, unpersönlichen Raum in der Art eines Hörsaals erwartet; keinesfalls jedoch das überdimensionale Wohnzimmer mit Klappstuhl-Reihen und staubigen Vorhängen, das sie nun betraten. Eine alte Frau mit einem Spitzenumhang über den Schultern, der den Eindruck eines Möbel-Schonbezug erweckte, drückte Evie mit beiden Händen die Hand. »Guten Abend, meine Kinder, ihr werdet es nicht bereuen, gekommen zu sein«, sagte sie. Als sie Evies Stirn erblickte, verstärkte sich ihr Lächeln und sie starrte blinzelnd ins Leere, so als versuche sie, eine Beleidigung zu ignorieren. Evie nahm Drum und David beim Ellbogen und führte sie zu der hintersten Stuhlreihe.

»Wären wir bloß nicht hergekommen«, sagte sie.

»Ich hab's dir ja gleich gesagt«, sagte Drum.

»Ich hatte ganz vergessen, wie beklemmend es an solchen Orten ist. Ich mag den Geruch nicht.«

David war als einziger von ihnen gut gelaunt. »Ich weiß gar nicht, was du hast«, sagte er und sog die nach trockenem Holz, uralten Gesangsbüchern und Staub riechende Luft tief ein. »Da ist der Fotograf«, sagte er zu Evie.

»Was macht er da vorne?«

»Er muß weit genug weg sein, um uns fotografieren zu können.«

»Uns?« sagte Evie.

»Wen denn sonst?«

»Ach so, ja, natürlich«, sagte Evie, aber sie wünschte, sie hätte die Aktion vorher genauer durchdacht.

Brother Hope betrat ein kleines Podest an der Stirnseite des Raumes. Er hatte ein knubbeliges, gerötetes Gesicht, wie jemand, der einen Wutanfall unterdrückt. Sein pomadisiertes Haar lag dicht am Kopf an; und er trug ein langes, schwarzes Gewand und einen gestreiften, wollenen Schal, der von seinen Schultern herabhing. »Erhebt euch«, sagte er. Er hatte eine dünne, erstickt klingende Stimme.

Alle standen auf. Vierzig Stühle quietschten und klapperten.

»Mit Freude vernahm ich die Worte: Lasset uns einkehren im Hause des Herrn. Wir singen: ›In the Garden‹.«

»In the Garden« klang ohne Klavierbegleitung sonderbar. Die Frauen sangen mit hohen, unsicheren Stimmen, und die Männer gaben brummende Töne von sich. Evie, die Kirchenlieder nicht leiden konnte, blieb stumm. Als die letzte Strophe beendet war, setzten sie sich wieder, und Brother Hope stützte beide Hände auf die Kanzel.

»Wir sind hier versammelt«, sagte er, »als die letzten Überlebenden auf einem sinkenden Schiff. Wir sind die einzigen, die wissen, daß das Schiff sinkt. Wir sind die einzigen, die nach den morschen Planken suchen. Gehört ihr zu den Geplagten und den Überdrüssigen? Dann seid ihr weiser als euer Nachbar, denn ihr habt gesehen, wie das Wasser unter den Planken ansteigt. Liebe Freunde, letzten Monat war ich in Norville. Ein Mann wollte eine Zeitschrift kaufen, und ihm wurde gesagt, daß sie teurer geworden sei. Ich hörte, wie er fragte: ›Was blüht uns als nächstes?‹ ›Was blüht uns als nächstes?‹ sagte er. Das hat mir zu denken gegeben, meine Freunde. Was blüht *uns allen* in unserem Leben als nächstes, wenn es so weitergeht wie bisher? Ich sehe Frauen, die in Männergewänder gehüllt sind, und Männer, die sich mit alkoholischen Getränken und fremdartigen Pilzen berauschen, Tänzer, die in aller Öffentlichkeit schamlose Tänze vollführen, und überall auf der Welt bringen die Menschen ihre Opfer falschen Göttern und Idolen dar. Was blüht uns als nächstes? Was blüht uns als nächstes?«

Seine Worte vermischten sich mit Evies Gedanken, schoben sich in den Vordergrund, wenn er ein neues Thema anschnitt, und wurden wieder zurückgedrängt, während sie überlegte, ob sie am nächsten Tag zur Schule gehen würde, was sie kochen sollte, und sich fragte, worüber Drum, der die Lippen zu einer schmalen Linie zusammengepreßt hatte, wohl nachdachte. Links neben ihr rutschte David auf seinem Stuhl herum, hielt den Blick aber starr auf Brother Hope gerichtet. Die übrigen Anwesenden gaben Kommentare zur Predigt ab, sobald er einen Augenblick schwieg: »Das stimmt. Das stimmt.« »Amen.« »Recht hat er.« Wie schlechte Zuhörer normaler Gespräche erweckten sie den Eindruck, als könnten sie jeden Moment aufspringen, um eigene Erfahrungen zu schildern. Aber keiner von ihnen tat es. Statt dessen regte sich in Evie die Befürchtung, daß sie diejenige sein würde, die Brother Hope unterbrach. Seine Pausen zwischen den einzelnen Abschnitten wurden immer länger, und vielleicht würde die Stille irgendwann so unerträglich sein, daß sie mit einer peinlichen Bemerkung herausplatzte. Gewöhnliche Pfarrer wählten für jede Predigt ein klar umrissenes Thema; Brother Hope dagegen versuchte alle Probleme der Welt in einer Stunde zu behandeln. Wegen der Sprünge von einem Thema zum nächsten, von dem Übel verfrühter zwischengeschlechtlicher Kontakte zu der Unausweichlichkeit des Todes und von dort zur widernatürlichen Berufstätigkeit von Müttern, atmete er immer wieder tief ein und hielt dann inne, so als bereite ihm der Abgrund, den er überwinden mußte, Sorgen. Jedesmal, wenn er das tat, hielt auch Evie die Luft an. Sie war nicht sicher, womit sie herausplatzen würde. Sie krallte sich an der Lehne des Stuhles vor ihr fest, und der Mann, der auf ihm saß, drehte sich um und schaute sie aus weitaufgerissenen Augen mit dem erwartungsvollen Blick eines Babys an.

»Unsere Kinder sind in Gefahr«, sagte Brother Hope. »Überall werden goldene Netze ausgeworfen, um sie auf den Weg der Verdammnis zu zerren, und wir sagen: ›Es ist doch bloß Musik. Wir haben schließlich auch Musik gehört‹, aber bei uns waren es Walzer und Volkslieder. Freunde, ich rate Euch, geht einmal zu den Festen Eurer Kinder und schaut zu, wie sie tanzen. Nennt Ihr so etwas ein unschuldiges Vergnügen? Ich kann Roß und Reiter nennen. Ein junger Mann raste neulich auf dem Heimweg von einer Tanzbar in einen Lieferwagen und starb; im Handschuhfach fand man Marihuana. Er hieß Willie Hammond, für den

Fall, daß jemand es nachprüfen will. Ein junges Mädchen, das hier in Eurer Stadt lebt, hat sich den Namen eines Rock 'n' Roll-Sängers in die Stirn geschnitten; sie hat ihr Leben sinnlos zerstört. Falls ihr mir nicht glaubt – ihr Name ist Evie Decker und der Sänger tritt in einem Lokal –«

»Moment mal«, sagte Evie. »Das Mädchen bin *ich*.«

Sie stand auf, hielt sich mit den Händen weiterhin an der Stuhllehne fest und schaute in die ihr zugewandten Gesichter der versammelten Gemeinde. Obwohl sie damit gerechnet hatte, kam es ihr wie eine Bloßstellung vor, ihren Namen in der Öffentlichkeit zu hören. Sie begriff nicht, warum David sie anlächelte und nickte.

»Das nehmen Sie zurück«, sagte sie zu Brother Hope.

»Du bist hier unter Freunden«, sagte Brother Hope.

»Also, das glaube ich kaum. Was Sie da betreiben, ist üble Nachrede. Verleumdung. Ich habe mein Leben keineswegs zerstört, und es war auch nicht sinnlos. Wie kommen Sie dazu, so etwas zu behaupten?«

Brother Hope fummelte an den Enden seines Schals herum und starrte auf ihre Stirn. »Bitte, mein Kind, beruhige dich«, sagte er. »Wenn dich eine Last bedrückt –«

»Mich bedrückt keine Last!« brüllte Evie. »Ich habe mein Leben nicht zerstört, ich habe ihn geheiratet!«

Ein Blitzlicht blendete sie, ein plötzliches, grelles Leuchten, das zu einem flackernden, grünen Kreis verblaßte. Es dauerte einen Moment, bis ihr der Fotograf wieder einfiel. Sie beobachtete, wie die Kamera auf das Gesicht von Brother Hope gerichtet wurde, und dann ließ sie den Stuhl los.

»Nun gut«, sagte sie schließlich. »Das Lokal, von dem er sprach, ist das Unicorn südlich der Stadt direkt am Highway. Der Sänger heißt Drum Casey. Er ist mein Ehemann, und der Besitzer des Unicorn...«

»Setz dich hin«, sagte Drum.

»– hat ihn gerade entlassen. Ihm sind nach und nach die Auftritte gestrichen worden. Zuerst hat der Besitzer Hoffnungen in ihm geweckt und sie dann zunichte gemacht, und wenn hier jemand *echte* Nächstenliebe empfinden würde, dann würde er im

Unicorn anrufen und sagen: ›Was ist mit Drum Casey? Warum tritt er nicht mehr auf? Ich will –‹«

Drum stand auf. »Ich werde das nicht länger dulden«, sagte Drum.

»Aber Drum.«

»Halt den Mund«, sagte Drum zu ihr. »Setz dich hin.«

»Bitte, meine Freunde, bitte«, sagte Brother Hope, und er schaute rechts und links über seine Schultern, obwohl es dort nichts weiter als die kahle Wand zu sehen gab.

»Drum, ich will doch bloß –«

»Sie macht das toll, Drum«, sagte David.

»Du hältst auch den Mund«, sagte Drum. »Ich habe heute abend so viel Publicity gekriegt, daß ich mich gleich begraben lassen kann. Und *Sie* –« sagte er und drehte sich plötzlich zu Brother Hope um, der daraufhin den Mund aufmachte und Atem holte, »Sie mit Ihren falschen Göttern, denen Opfer dargebracht werden, das ist alles Schwachsinn. Es wäre ein viel größeres Opfer gewesen, wenn sie jemals hübsch gewesen wäre. Los komm, Evie. Wir haben hier nichts verloren.«

Er packte sie am Oberarm. Er schob sie vor sich her, und Evie ließ sich widerstandslos und mit unsicheren Schritten hinausführen, noch ganz benommen von dem, was er gesagt hatte. David hatte ihre andere Hand ergriffen. »Immer mit der Ruhe«, flüsterte er. »Also, hör mal...«

Auf der Rückfahrt herrschte tiefes, angespanntes Schweigen, fast wie in den Pausen von Brother Hopes Predigt. David räusperte sich mehrmals. Evie hatte erwartet, daß sie weinen würde, aber sie konnte nicht. Drum saß neben ihr, den Blick geradeaus gerichtet, die Hände auf die Knie gelegt. Einmal holte er tief Luft, so als wollte er etwas sagen, aber er blieb stumm.

14

Am Wochenende brachte die Zeitung ein Foto von Evie, auf dem sie gebeugt hinter einem sitzenden Mann stand, als schiebe sie einen Rollstuhl. Sie sah überrascht aus. »Evangelist beendet seinen Aufenthalt in Pulqua«, lautete die Bildunterschrift. »Nach zwei Wochen als Gastprediger im Gebetshaus verließ Brother Evan Hope gestern Pulqua. Er bezeichnete seinen Aufenthalt in der Stadt als ›herzerfrischend erfolgreich‹.« Darüber: »Ein Teenager protestiert gegen Brother Hopes Angriff auf die Rockmusik.« Evie warf die Zeitung auf den Tisch, ohne Drum das Bild auch nur zu zeigen. Am nächsten Tag fuhr David den weiten Weg zu ihnen, um ihnen mitzuteilen, daß Zack Drum wieder engagiert hatte. »Dafür kannst du dich bei Evie bedanken«, sagte er. »Es hat sich in der Stadt herumgesprochen, was sie getan hat. Die Leute haben reihenweise im Unicorn angerufen und gefragt, wo denn Drum Casey sei.«

»Sieh mal einer an«, sagte Drum. Er blickte nicht von der Zeitschrift auf, in der er gerade blätterte. »Wenn ich etwas nicht ausstehen kann, dann ist es Wankelmut. Es wäre mir lieber, Zack würde mich endgültig feuern, damit die Sache ein für allemal erledigt ist.«

»Bist du denn nie zufrieden? Du hast immerhin deine Samstagauftritte wieder, oder?«

»Klar. Scheint so.« Drum blätterte weiter.

Was er im Gebetshaus über Evie gesagt hatte, wurde verdrängt, nicht vergessen; er verdrängte es lediglich durch steife Höflichkeit, die er ihr gegenüber neuerdings an den Tag legte. Er hatte sich nicht entschuldigt. Seit Tagen behandelte er sie außerordentlich zuvorkommend, half ihr beim Abwaschen und hörte mit respektvoller Aufmerksamkeit zu, wenn sie mit ihm sprach. Zu mehr konnte er sich vermutlich nicht durchringen, dachte Evie. Sie unterdrückte die Erinnerung an den Vorfall im Gebetshaus, sobald sie in ihr aufstieg; abends jedoch, wenn sie bei Lampenlicht zusammensaßen und jeder für sich mit etwas beschäftigt waren, wäre sie manchmal am liebsten aufgesprungen und hätte gefragt: »Hast du es ernst gemeint, was du damals gesagt hast? Mußt du ja wohl, sonst wäre es dir gar nicht in den Sinn gekommen. Aber hast du es nur in dem Moment gemeint, oder bist du auch jetzt noch dieser Meinung? Bereust du, mich geheiratet zu haben? Warum hast du mich überhaupt geheiratet?« Drum würde auf keine dieser Fragen antworten. Also schwieg sie und schaute nur zu ihm hinüber, bis er schließlich aufblickte und die Augenbrauen hochzog. Mit der Zeit dachte sie immer seltener über diese Fragen nach. Ganze Tage vergingen, ohne daß die Erinnerung in ihr hochkam, und allmählich wurde zwischen Drum und ihr alles wieder so, wie es zuvor gewesen war.

Drum trat ohne weiteren Kommentar samstags wieder im Unicorn auf, spielte seine Stücke und fuhr gleich nach dem letzten Lied wieder nach Hause. Er ging nie ohne Evie hin. Sie fand, daß sie viel zu wenig für die Schule tat, und manchmal schlug sie vor, daß er alleine fuhr und sie zu Hause blieb und lernte, aber Drum sagte jedesmal: »Nee, du kannst auch morgen noch lernen. Du bist so schlau, da kommt es auf einen Abend nicht an.« Aber während er auf der Bühne stand, schaute er immer über ihren Kopf hinweg, niemals in ihr Gesicht.

»*Wir machten zwei aus eins.*
Wir kreisten im Quadrat.
Wir vermehrten das Geteilte.«

Evie hörte mit ausdrucksloser Miene zu und zog ihren Mantel fest um ihren Körper, um sich zu wärmen.

Sie glaubte, sie könnte schwanger sein. Sie stellte sich ihren Bauch wie eine dünne, dehnbare Hülle vor, wie einen Ballon. Um etwas derartig Empfindliches zu beschützen, atmete sie vorsichtig, schob den Besuch beim Arzt immer wieder hinaus und erzählte Drum nichts davon. Es war noch zu früh, sagte sie sich; dann, am Ende des zweiten Monats, war es zu spät. Wie sollte sie ihm erklären, daß sie es so lange geheimgehalten hatte? Ein Gefühl der Zerbrechlichkeit hielt sie zurück. Das Baby, dachte sie, war ein Junge, ruhig und ernst und mit schmalen Augen, genau wie Drum. Beim Gedanken an diese Augen in einem kleinen Gesicht verspürte sie die Notwendigkeit, das Baby beharrlich und schweigend zu schützen. Sie ging vornübergebeugt, den Rücken gekrümmt, als trage sie eine Schüssel Wasser. Jedesmal, wenn sie kurz davor war zu sagen: »Weißt du was, Drum?«, überlegte sie es sich anders, da sie plötzlich das Gefühl hatte, als schwappe etwas über oder gehe zu Bruch.

Im Kaufhaus nahm sie kostenlose Broschüren für werdende Mütter mit, die sie eingehend studierte. Babys, so schien es, lebten inmitten von lauter Ausstattungsgegenständen mit Rädern, bunten Bildern, Sicherheitsgittern und Vinylbeschichtungen. Sie hatte bisher nichts mit Babys zu tun gehabt und war nicht sicher, wie viele von den Dingen unverzichtbar waren. Mußte er unbedingt einen Babyhopser haben, um glücklich und zufrieden zu sein? Stimmte es, daß Babys in Segeltuchsitzen auf dem Rücken ihrer Mutter getragen werden mußten, damit sie sich sicher fühlten? Und wenn ja, wovon sollte sie das alles kaufen? Sie beteiligte sich an einem Kinderwagen-Gewinnspiel und schnitt einen Gutschein für eine Probewoche bei einem Windel-Service mit Hygienegarantie aus. Wie eine Katzenmutter strich sie durchs Haus, zählte die Kommodenschubladen und starrte lange in alle Schränke. Morgens war ihr schwindelig und übel und sie erbrach sich über der Kloschüssel. Tagsüber grübelte sie lange, wie sie das Geld für einen umkippsicheren Kinderhochstuhl mit abnehmbarem Tablett und Sicherheitsgurt zusammenbekommen konnte.

Drum saß unterdessen im Schlafzimmersessel, hatte die Füße über eine der Armlehnen gelegt und spielte stundenlang Gitarre. Er sang mit sanfter, ungewohnt tiefer Stimme. Sogar Evie erkannte, daß es keine Rocksongs waren. »St. James Infirmary« sang er, und »Trouble in Mind« und ein Stück, das »Nobody Knows You When You're Down and Out« hieß. Die Worte waren in die Länge gezogen, der Rhythmus komplizierter und die Melodien trauriger als bei den Stücken, die er sonst sang. Evie sagte: »Sind die Songs von dir?«

»Natürlich nicht«, sagte Drum.

»Das ist keine Rockmusik, oder?«
»Natürlich nicht.«
Er hatte seit Wochen keine Rocksongs mehr geschrieben. Im Unicorn spielte er dieselben Stücke wie früher, aber zu Hause nur die neuen. Evie waren die einzelnen Stücke inzwischen vertraut. Sie erkannte die Patterns und die Texte, die nur leicht variierten. Die Stellen, die ihr gefielen, sang sie in der Küche falsch vor sich hin:

One morning you'll wake to an empty bed,
You'll bury your eyes and bow your head.

Sie ließ Drum nicht wissen, daß ihr die Songs gefielen. Wenn er anfinge, so was im Unicorn zu spielen, wäre das sein Ruin. Wie sollten die Leute zu ›Nobody Knows You‹ tanzen?

»Du schreibst ja gar keine Stücke mehr«, sagte sie.
»Ich habe keine Lust mehr dazu.«
»Was willst du denn sonst tun?«
»Ach, ich weiß nicht. Es kommt mir vor, als versuche ich ständig, etwas hochzustemmen, wofür meine Kraft nicht ausreicht. Jedesmal, wenn ich ein Lied geschrieben habe, denke ich: ›Das ist es. Jetzt hab ich's geschafft‹, aber dann wird mir schnell klar, daß es nicht besser ist als die Stücke von anderen, vielleicht sogar schlechter. Ein schräger, kümmerlicher Text, der gleiche Beat wie immer. Wozu noch mehr davon schreiben?«

Seine Wimpern bildeten eine gerade Linie über seinen Augen; seine Pupillen schienen mit kleinen goldenen Punkten gespickt zu sein. Evie berührte seine Hand, die nicht weit von ihr entfernt auf dem Sofa lag. »Es wird sich alles finden«, sagte sie. »Du hast nur eine schlechte Phase. Was du brauchst, ist ein bißchen Reklame.«

»Hör mir bloß auf mit Publicity.«
»Mir wird schon etwas einfallen.«
»Vergiß es.«
»Aber es ist zu deinem Besten, Drum.«
»Ist es nicht, mein Schatz«, sagte Drum. »Mir hängt Publicity zum Hals raus.«
»Wie willst du es denn zu etwas bringen, wenn kein Mensch deinen Namen kennt?«

»Das ist *meine* Sache.«

»Meine auch. Schließlich bin ich diejenige, bei der du dich beklagst.«

»Ich habe mich nicht beklagt, ich habe nur geredet«, sagte Drum. »Und du hast mir nicht zugehört. Du hast bloß an Publicity gedacht, und das langweilt mich. Ich kann deine ewigen Nörgeleien nicht mehr ertragen und den Anblick deiner Stirn auch nicht. Wieso trägst du keinen Pony mehr?«

»Ich trage keinen Pony, weil ich zu dem stehe, was ich getan habe«, sagte Evie. »Und ich habe nie auch nur ein einziges, nörgelndes Wort deshalb zu dir gesagt.«

»Schon gut, schon gut.«

»Oder etwa doch?«

»Nein, schon gut. Das war nur so dahergeredet«, sagte er. »Evie, warum habe ich kein Glück mehr? Wann wird das alles endlich hinter mir liegen? Werde ich etwa mein ganzes Leben damit verbringen müssen zu *warten*?«

Evie wußte darauf keine Antwort. Sie konnte nur dasitzen, sich zärtlich zu ihm hinüberlehnen, als könne diese Geste eine Antwort ersetzen, und zuschauen, wie er mit den Fingern durch sein Haar strich.

Am Sonntag kam David zum Mittagessen. Als Drum in die Küche gegangen war, um Bier zu holen, sagte Evie: »Hör mal, David. Wie fändest du es, wenn Drum entführt würde?«

»Was?«

»Um ihm Publicity zu verschaffen.«

»Evie. Darauf würde nicht mal ein Verkehrspolizist reinfallen.«

»Das weiß ich«, sagte Evie. Sie schaute in Richtung Küche, um festzustellen, ob Drum zurückkam, dann setzte sie sich neben David aufs Sofa. »Aber hör dir erstmal meinen Plan an. Ich meine keine *ernsthafte* Entführung, keine Sache, wegen der man das FBI einschalten würde. Er würde einfach von Fans verschleppt werden, nur für ein paar Stunden, mehr nicht. Niemand käme zu Schaden, aber die Zeitungen würden trotzdem darüber berichten.«

»Klar«, sagte David. »Das wäre nicht schlecht, aber der Aufwand ist viel zu groß. Es lohnt sich nicht.«

»Doch, ich finde schon. Außerdem würde *ich* mich um alles kümmern. Ich könnte Violet überreden und auch Fay-Jean Lindsay, die macht es bestimmt, wenn sie glaubt, es hat mit dem Unicorn zu tun. Und vielleicht kann Fay-Jean noch eine Freundin mitbringen. Ich werde alles arrangieren. Einverstanden?«

»Drum kannst du aber nicht arrangieren«, sagte David.

»Drum?«

»Du weißt genau, daß er bei so was nicht mitspielen würde.«

»Ich habe nicht vor, es ihm zu sagen.«

»Also, warte mal.«

»Wir tun es für ihn, David. Ich weiß, solche Sachen gefallen ihm nicht, aber *mir* gefällt es auch nicht, mitansehen zu müssen, wie er sich immer mehr verkriecht. Was soll ich denn sonst tun? Außerdem muß ich an das Baby denken.«

»Welches Baby?«

»Ich glaube, ich bekomme eins«, sagte Evie, und wie sie es erwartet hatte, spürte sie bei diesen Worten ein Zucken in ihrem Innern.

»Oh«, sagte David. »Tatsächlich?«

»Sag Drum nichts davon.«

»Aber sollte er nicht —«

»Evie«, rief Drum, »was hast du mit dem Flaschenöffner gemacht?«

»Ich komme«, sagte Evie. »Also was ist, David? Wenn ich mich um alles kümmere, machst du dann mit?«

»Ach, Evie, ich —«

Später, als Evie und Drum ihn zur Tür brachten, sagte David: »Evie, du weißt, daß ich dir immer hilfreich zur Seite stehen werde.«

»Danke«, sagte Evie.

»Was sollte *das* denn bedeuten?« fragte Drum, nachdem er die Tür geschlossen hatte.

»Keine Ahnung«, sagte Evie.

In der Bibliothek suchte sie Fay-Jeans Telefonnummer heraus und griff nach dem Hörer. Noch bevor sie wählte, hatte sie sich auf den Tonfall eingestellt, in dem sie sprechen wollte. Sie nahm ihn so mühelos an, wie eine Nadel in eine Plattenrille gleitet: es war diese feste, vernünftige Stimme, die man braucht, wenn man jemandem einen Plan unterbreiten wollte, mit dem die betreffende Person voraussichtlich nicht einverstanden sein würde.

Am Dienstag abend um sieben sagte Drum: »Wann gibt es endlich was zu essen? Ich habe einen Mordshunger.«

»Gleich«, sagte Evie. Sie stand am Wohnzimmerfenster und hatte das Gesicht gegen die Scheibe gedrückt, um durch ihr Spiegelbild hindurchsehen zu können.

»Du hast ja noch nicht einmal mit dem Kochen angefangen.«

»Gleich, habe ich gesagt.«

Zwei Scheinwerfer kamen auf der Straße näher. Selbst auf die Entfernung war deutlich zu erkennen, was für ein Auto es war. Die Scheinwerfer waren rund und standen dicht beieinander, wie die Augen einer zierlichen, besorgt blickenden Frau. Sie bewegten sich sanft auf und ab, während der Wagen über die unebene Straße holperte. »Wer kommt denn da?« fragte Drum.

»Keine Ahnung.«

»Was für ein Wagen ist es denn?«

»Keine Ahnung.«

Drum seufzte und ging zu ihr ans Fenster. Sie roch den Ringelblumenduft seiner Haut. »Das ist Davids Jeep, das sieht doch ein Blinder«, sagte er.

»Ach ja?«

Der Jeep hielt vor dem Haus, aber die Scheinwerfer blieben an. Einen Augenblick später klopfte es an der Tür, und als Drum »Herein« rief, traten die drei Mädchen zuerst ein – Violet, Fay-Jean und Fay-Jeans Schwester Doris, alle ziemlich aufgedonnert. Hinter ihnen folgte David. »Oh, hallo«, sagte Drum. Er nickte Violet und Fay-Jean zu, schaute dann Doris an und wartete darauf, daß er vorgestellt wurde. Niemand machte sich die Mühe. Die drei gingen weiter, bis sie ihn umzingelt hatten. Dann holte Fay-Jean eine schimmernde Nylonschnur hervor und griff nach einer von Drums Händen. Einen Moment lang sah es so aus, als wäre alles ein Kinderspiel – sie würden ihn einfach fesseln, während er abwartend dastand. Erst als ihre Finger sein Handgelenk umschlossen, sagte Drum: »Was in –« und zog ruckartig seinen Arm zurück. »Was zum Teufel soll das?« fragte er.

»Sie entführen dich«, erklärte Evie.

»Sie –«

»Entführen. Als Werbe-Gag.«

»Hast du den Verstand verloren?«

»Moment mal«, sagte David. »Die Idee ist nicht schlecht, Drum. Wir bringen dich in meinen Schuppen. Evie erzählt der Polizei, daß ein paar verrückte Fans dich verschleppt haben, und dann wirst du wieder zurückgebracht. Nur ein kleiner Ausflug.«

»Diesmal bist du zu weit gegangen«, sagte Drum, aber es war unklar, ob er damit David oder Evie meinte. Er trat einen Schritt zurück und hob abwehrend beide Arme, während die drei Mädchen auf ihn zugingen. »Ich würde euch ja gerne helfen«, sagte David zu ihnen, »aber dann wäre es nicht echt.« Fay-Jean machte einen erneuten Versuch mit der Nylonschnur, und Drum holte aus und versetzte ihr mit dem Unterarm einen Schlag ins Gesicht, woraufhin sie taumelnd gegen die Wand stieß. »Autsch«, sagte sie. »Los Doris, schnapp ihn dir!«

Aber statt dessen schnappte Violet ihn sich. Sie warf sich mit voller Wucht gegen ihn, so daß er rückwärts zu Boden fiel. Sie setzte sich mit ihren hundertachtzig Pfund auf seine Brust. Obwohl er immer noch um sich schlug, gelang es Fay-Jean und Doris mit vereinten Kräften, seine Hände zu fesseln. Dann saßen sie alle still und schwer atmend da, Drum lag wutschnaubend auf dem Boden. »Das ist doch lachhaft«, sagte er.

»Na klar«, sagte Violet. »Dann lach doch. Sei vergnügt. Wir machen bloß einen kleinen Ausflug.«

»O nein.«

Er wand sich, bis sie von ihm herunterrutschte. Er brachte Violet mit einem Fußtritt zu Fall und rammte Doris einen Ellbogen in den Bauch. »Hey, laß das gefälligst«, sagte Doris. Ihre Stimme zitterte, als würde sie gleich in Tränen ausbrechen. »Hat dir keiner beigebracht, daß man Frauen nicht schlagen darf?«

»So«, sagte Violet und band seine Beine zusammen, ließ die Schnur allerdings so locker, daß er noch laufen konnte. Dann stellten sie ihn auf die Füße und hielten ihn an den Armen fest.

»Evie«, sagte Drum.

Evie preßte die Hände zusammen und schüttelte den Kopf.

»Evie, ich weiß, es war deine Idee. Auf so etwas kannst nur du kommen. Jetzt sag den Mädchen, sie sollen mich gehen lassen, und zwar sofort. Ich habe nicht die geringste Lust, gekidnappt zu werden.«

»Es dauert ja nicht lange«, sagte Evie.

»Ich meine es ernst, Evie.«

»Ich habe dir dein Abendessen eingepackt. Es ist im Jeep. In einer braunen Tüte.«

»David?«

David zögerte.

»Das Schlimmste hast du hinter dir«, sagte Evie.

»Sie hat recht, Drum. Es wäre unsinnig, dich jetzt wieder loszubinden. Hätte ich gewußt, daß du dich so sehr dagegen sträuben würdest, hätte ich nein gesagt. Aber was hast du schon zu verlieren. Spätestens um Mitternacht bist du wieder zu Hause.«

Drum sagte kein Wort mehr. Sobald David die Tür aufgemacht hatte, ließ er sich von den Mädchen widerstandslos nach draußen führen.

Nachdem der Jeep weggefahren war, saß Evie eine Weile mit verschränkten Händen auf dem Sofa. Sie hatte nicht damit gerechnet, daß die Entführung so schwierig sein würde. Im Zimmer herrschte ein heilloses Durcheinander – Möbel waren umgestoßen, Kissen und Zettel auf dem Boden verstreut. Als sie schließlich zum Schrank ging, um ihren Mantel zu holen, stolperte sie beinahe über den zu einem faltigen Klumpen zusammengeschobenen Teppich. Sie schloß die Tür hinter sich, noch ehe sie ihren Mantel angezogen hatte, und rannte zum Volkswagen.

Ein weiteres Paar Scheinwerfer näherte sich dem Haus. Diesmal waren sie viereckig und standen weit auseinander. Während sie bei dem VW wartete, hielt der andere Wagen neben ihr an, und eine männliche Stimme sagte: »Evie?«

»Ja?«

»Ich bin es, Mr. Harrison.«

»Oh, Mr. Harrison«, sagte Evie. Sie zitterte und war erleichtert, ihn zu sehen, so als hätte sie mit der ganzen Sache nichts zu tun. »Drum ist entführt worden«, sagte sie. »Nicht richtig, aber ein paar Fans haben ihn weggeschleppt. Was soll ich tun? Ich mache mir allmählich Sorgen.« Es stimmte. Ihre Kehle war wie zugeschnürt, und sie spürte wieder das unregelmäßige Pulsieren in ihren Ohren.

»Drum kann warten«, sagte Mr. Harrison. »Dein Vater ist krank. Du mußt mitkommen.«

»Drum ist *entführt* worden.«

»Evie, dafür haben wir jetzt keine Zeit. Dein Vater liegt im Krankenhaus.«

»Haben Sie nicht gehört, was ich gesagt habe?« fragte Evie. Sie war näher an den Wagen getreten. Mit zitternden Fingern umklammerte sie das halb geöffnete Fenster. »Fahren Sie mich zu Drum. Nein, schon gut, ich fahre selber. Wo habe ich denn die Schlüssel? Sagen Sie meinem Vater, daß ich so bald wie möglich kommen werde. Sie brauchen die Polizei nicht zu benachrichtigen, sagen Sie meinem Vater nur –«

»Dein Vater«, sagte Mr. Harrison, »hatte einen Herzinfarkt und liegt im Sterben. Ich wollte es dir eigentlich nicht sagen, aber offenbar geht es nicht anders. Steig ein. Ich fahre dich ins Krankenhaus.«

Er öffnete die Beifahrertür, und der Innenraum des Wagens wurde von einem trüben, gelben Licht erleuchtet. Evie ging um den Wagen herum und stieg zögernd ein.

»Ins Krankenhaus«, sagte sie. Ihre Stimme klang so klar und fest, als sei es ein Befehl, obwohl sie nur seine Worte wiederholte und nicht die leiseste Ahnung hatte, was sie als nächstes tun sollte.

15

In der Eingangshalle des Krankenhauses saßen Mrs. Harrison und Mrs. Willoughby, die alte Dame, die im Haus neben Evies Vater wohnte, auf einem Plastiksofa. Sie erhoben sich, als Evie hereinkam – ein schlechtes Zeichen. Evie und Mr. Harrison gingen mit klackenden Schritten über den Fliesenfußboden auf die beiden zu, vorbei an Topfpalmen und Standaschenbechern. Als sie sich den Frauen näherten, strich Mrs. Harrison ihren Rock glatt, zog den Gürtel zurecht und berührte kurz den grauen Haarturm über ihrer Stirn. »Evie, Liebes –« sagte sie. Ihr Tonfall verriet bereits alles, es waren keine weiteren Worte nötig, aber Evie war wie versteinert und wollte einfach nicht begreifen. »Wie geht es ihm?« fragte sie.

»Er ist von uns gegangen, Liebes«, sagte Mrs. Willoughby. Mrs. Willoughby war so klein und unförmig wie ein Napfkuchen. Sie hob jetzt ihre runzeligen Hände an die Brust und legte ihr gepudertes Gesicht mitleidig in Falten. Die anderen beiden waren ebenfalls klein. Alles wirkte auf Evie extrem scharf und verkleinert, als blicke sie durch zu starke Brillengläser. Die Lampen waren helle Stecknadelköpfe, Geräusche klangen blechern.

»Möchtest du ihn sehen?« fragte Mrs. Harrison.

»Nein, danke«, sagte Evie.

»Gleich nachdem du losgefahren warst, ist es passiert, Bill. Hättest du es doch nur gewußt, dann hättest du Evie vorbereiten können. Ich wollte dir zuerst hinterherfahren.«

»Nun«, sagte Mr. Harrison. »Das ist eine sehr sehr traurige Nachricht. Sehr traurig. Sam Decker war wirklich ein feiner Mensch. Wie lange waren wir mit ihm befreundet, Martha?«

»Ewig. Schon seit – Evie, du kannst natürlich bei uns übernachten. Du willst doch sicher nicht den weiten Weg nach Hause zurückfahren, oder?«

»Ich glaube, ich werde im Haus meines Vaters schlafen«, sagte Evie.

»O nein, Liebes, doch nicht allein.«
»Ich möchte es aber.«
»Nun, ganz wie du willst. Aber ich an deiner Stelle –«
Sie fuhren mit Mr. Harrisons Auto. Mrs. Willoughby setzte sich nach hinten, und Evie wurde aufgefordert, sich zwischen die Harrisons auf den Vordersitz zu zwängen. Ständig spürte sie irgendwelche Berührungen – Mr. Harrisons Ellbogen, wenn er den Schaltknüppel bediente, Mrs. Harrisons scharfkantige Handtasche und ihre behandschuhten Finger, wenn sie Evies Hand tätschelte. Ab und zu schnalzte Mrs. Harrison mit der Zunge und schüttelte den Kopf. »Er war ein so geduldiger Mann«, sagte sie. »Und mußte soviel durchmachen. Erst stirbt ihm die Frau – ach Gott.«

»Er lehnte ganz normal am Gartenzaun«, sagte Mrs. Willoughby. Er sagte: ›Mrs. Willoughby, meine Topfpflanzen gehen alle ein. Ich verstehe das nicht.‹ ›Es liegt an diesem Hausmädchen, das Sie haben‹, sagte ich zu ihm. ›Ich kann es nicht beweisen, aber ich habe das Gefühl, die vernachlässigt die Pflanzen. Nimmt nie die gelben Blätter ab, und die Erde sieht aus, als würde sie nicht genug gegossen. Ich kann mich natürlich irren‹, sagte ich. Oder vielmehr, wollte ich gerade sagen, denn in dem Moment rang er nach Luft und krümmte sich. Ich begriff gar nicht, was los war. Ich sagte: ›Mr. Decker? Was ist denn? Mr. Decker!‹ Wegen des Zauns fiel er nicht um. Es sah aus, als stütze er sich ab.«

»Ist ja gut«, sagte Mrs. Harrison.

»›Meine Topfpflanzen gehen alle ein‹, sagte er zu mir. Er hatte ja keine Ahnung, was passieren würde!«

»Na, na, ist ja schon gut.«

Sie hielten vor dem Haus von Evies Vater, in dem immer noch alle Lichter brannten. Sie boten an, mit reinzukommen und ihr Gesellschaft zu leisten, aber Evie lehnte ab. »Ich möchte lieber allein sein«, sagte sie.

»O nicht doch, Liebes. Nicht in einem solchen Augenblick. Du *glaubst* nur, allein sein zu wollen. Wir werden auch mucksmäuschenstill sein. Ich werde einen Tee kochen und kein Wort sagen –«

»Nein, wirklich, ich meine es ernst.«

»Nun, dann vielleicht nur Mrs. Willoughby.«
»Aber ja, ich komme gerne mit!« sagte Mrs. Willoughby.
»Nein. Vielen Dank.«
»Nun, wie du willst«, sagte Mrs. Harrison. »Ich bin zwar der Meinung – aber das spielt keine Rolle. Versuch einfach, dich ein bißchen auszuruhen. Morgen früh komme ich vorbei, um über die Vorbereitungen zu sprechen.«
»Die Vorbereitungen?« sagte Evie. Sie dachte an Prüfungsvorbereitungen, dann an eine Party und an einen Ausflug. Unterdessen schauten sich Mrs. Harrison und Mrs. Willoughby schweigend an, so als fiele ihnen partout kein anderes Wort dafür ein.
»Ach so, die Vorbereitungen«, sagte Evie endlich.
»Ruf uns an, wenn du irgend etwas brauchst.«
»Ja, mach ich. Und vielen Dank für alles.«
»Er war wirklich ein feiner Mensch«, sagte Mr. Harrison unvermittelt. Er hüstelte und starrte auf das Lenkrad.
Evie und Mrs. Willoughby stiegen aus und schauten dem Auto nach, als es wegfuhr. Vor dem erleuchteten Haus sah Mrs. Willoughby aus wie eine Silhouette mit einem verschobenen Haarschopf obendrauf. Ihr Schmuck klimperte leise, als sie den Arm hob. »Dort ist es passiert«, sagte sie. »Er hatte sich ganz normal an den Zaun gelehnt. Ich stand drüben auf dem Beet und wünschte mir, es wäre Frühling und schon Zeit, Petunien zu pflanzen. Er kam langsam herüber. Er lehnte sich mit dem Ellbogen auf den Zaun und sagte...«
Sie ging langsam weg und redete vermutlich weiter vor sich hin. Evie wartete, bis die Dunkelheit sie verschluckt hatte, ehe sie die Verandastufen hinaufstieg.
Dem Haus war von dem Todesfall noch nichts anzumerken. Die Uhren tickten, der Kühlschrank brummte, eine Schreibtischlampe beleuchtete einen Aschenbecher, in dem eine Pfeife lag, und im Kurzwellenradio erklang eine spanische Stimme. Evie schaltete das Radio aus und lief, immer noch im Mantel, durch das Haus. Sie faßte nichts an. Sie betrachtete das Geschirr in der Küchenspüle, dann das Bett im ersten Stock, das Clotelia nicht gemacht hatte. Sie beugte sich vor, um ein Foto auf der Kommode genauer

anzuschauen: eine an einem Stuhl lehnende Frau in einem hochgeschlossenen Kleid, die ebenmäßige, weiche Gesichtszüge hatte und deren langes Haar tief auf dem Rücken mit einer großen schwarzen Schleife zusammengebunden war. Vielleicht eine Vorfahrin von ihr; das konnte ihr jetzt niemand mehr sagen. Unter dem Bett ihres Vaters lagen zwei wie kauernde Mäuse aussehende Socken, über deren Anblick sie erschrak.

In ihrem ehemaligen Zimmer stand eine Pinnwand, ein mit Wimpeln beklebter Papierkorb und das zweite Telefon. Alles andere hatte Drum mit dem Anhänger abgeholt. Evie setzte sich auf den Fußboden und zog das Telefon an der Schnur zu sich heran, bis es zwischen ihren Füßen stand. Dann wählte sie Clotelias Nummer.

»Clotelia?« sagte sie.

»Wer spricht da?«

»Hier ist Evie.«

»Hi.«

»Ich habe schlechte Nachrichten, Clotelia. Mein Vater ist gestorben.«

Es entstand eine Pause. Dann sagte Clotelia: »O mein Gott.«

»Er hatte einen Herzinfarkt.«

»O Gott. Der arme Mann. War er ganz allein, als er starb?«

»Er unterhielt sich gerade mit Mrs. Willoughby.«

»Ausgerechnet mit der. Da könnte ich mir aber eine nettere Gesellschaft beim Sterben vorstellen.«

»Also, ich wollte fragen, ob du vielleicht herkommen und bei mir schlafen könntest. Ich bleibe über Nacht hier.«

»Na klar«, sagte Clotelia. »Bin schon unterwegs. Herrje. So was aber auch.«

»Dann bis gleich«, sagte Evie.

Sie legte auf und wählte noch eine Nummer. »David?« sagte sie.

»Hier spricht sein Bruder. David ist nicht da.«

»Hier ist Evie Decker. Könnte ich bitte mit Drum Casey sprechen? Er ist draußen bei euch im Schuppen.«

»Schuppen? Was für ein Schuppen?«

»Der Geräteschuppen.«

»Soll das ein Witz sein oder was?«

»Er ist in eurem Geräteschuppen.«

»Und was macht er da?«

»Meine Güte, das weiß ich auch nicht«, sagte Evie. »Nichts besonderes wahrscheinlich. Wenn du ihn nicht holen willst, dann richte ihm bitte etwas aus, das ist mir auch recht.«

»Mach ich gern, falls ich ihm zufällig begegne.«

»Sag ihm, mein Vater ist gestorben. Sag ihm, es tut mir leid, aber ich kann im Augenblick die Polizei nicht alarmieren, und ich werde morgen früh wieder zurück sein.«

»*Was?*«

»Sag ihm einfach, er soll nach Hause fahren, okay?«

»Na schön, falls ich —«

Sie legte auf und streifte ein weiteres Mal durch die Zimmer des Hauses. Es wurde allmählich ruhiger. Unter den oberflächlichen Geräuschen der Uhren und Haushaltsgeräte breitete sich eine tiefe Stille aus, die aus den Wänden zu kommen schien, in der sich Evie linkisch und fehl am Platze fühlte. Ihre Schuhe klackten laut auf den Dielen. Ihr weiter Mantel streifte die Aschenbecher und Porzellanfiguren, an denen sie vorbeiging. Im Wohnzimmer lächelte ihre Mutter ihr mit enganliegender Wellenfrisur und dunklem Lippenstift hoffnungsvoll aus einem verschnörkelten Rahmen entgegen. Jetzt lebte niemand mehr, der sich an sie erinnerte. Das Mathematikbuch ihres Vaters lag im Sessel auf einem Stapel korrigierter Klassenarbeiten. Und überall, wo sie hinschaute, sah sie Dinge, mit denen er sich die Zeit vertrieben hatte: Kreuzworträtsel, ein aus abgebrannten Streichhölzern gelegtes Gesicht, ein fein säuberlich mit Bleistift ausgefülltes Silbenrätsel aus dem *Reader's Digest*.

Clotelia traf ein. Sie trug ein langes, gestreiftes Kleid, in dem sie aussah wie einer der drei Weisen aus dem Morgenlande, und dazu einen seidenen Turban. An ihren Ohrläppchen baumelten goldene Pfeile. »Mein Gott, ich kann es gar nicht fassen«, sagte sie. »Es will mir einfach nicht in den Kopf. Na, es war sowieso ein merkwürdiger Tag, da hätte ich eigentlich mit so etwas rechnen müssen. Was ist denn mit deinem Pony, wenn ich fragen darf?«

»Ich trage ihn jetzt aus dem Gesicht«, sagte Evie.

»Du siehst scheußlich aus. Geh und kämm die Haare nach vorne. Wenn du willst, mache ich Kakao, und dann erzählst du mir, wie es passiert ist.«

»Ich kann dir nichts erzählen«, sagte Evie. »Ich war nicht dabei.«

Aber Clotelia winkte nur ab und fegte hinaus in die Küche – sie fegte im wahrsten Sinne des Wortes, denn mit dem Saum ihres Kleides nahm sie alle Staubflocken mit, die sie am Nachmittag nicht weggesaugt hatte. »Nun, also«, sagte sie, während sie die Dose mit dem Kakao aus dem Regal nahm. »Ist er friedlich gestorben? Was waren seine letzten Worte?«

»Ich sagte doch, ich war nicht dabei. Er fragte sich, wieso seine Topfpflanzen alle eingingen.«

»Der arme Mann. Wahrscheinlich hat er mir die Schuld gegeben.«

»Das hat er nicht gesagt.«

»Du siehst nicht gut aus, Evie. Im wievielten bist du?«

»Was?«

»Im wievielten Monat. Im zweiten, im dritten?«

»Im dritten.«

»O je, und dein armer Vater hatte keine Ahnung. Wieso machst du so was?« Sie zündete unter einem Topf mit Milch die Gasflamme an. »Übrigens, im Gästezimmer steht ein silberbeschlagener Spiegel, den er mir vererben wollte. Hat er dir das gesagt?«

»Nein, aber du kannst ihn trotzdem haben«, sagte Evie. »Ich brauche ihn nicht.«

»Du erbst ja das Haus, nehme ich an. Eins muß ich sagen: er war ein echter Gentleman. Hat mich in Ruhe gelassen, im Gegensatz zu so manchen anderen. Jetzt muß ich mir wohl einen neuen Job suchen.«

»Du könntest in einer Fabrik arbeiten«, sagte Evie.

»Ach, vermutlich wirst du mich beschwatzen, auf dein Baby aufzupassen.«

»Spinnst du? Du würdest es wahrscheinlich als Opfer bei einer Black-Panther-Versammlung schlachten lassen.«

»Hör sich das einer an. Ein Trauertag, und du bist genauso unverschämt wie immer. Hier, trink deinen Kakao.«

Sie reichte Evie einen Becher mit Blumenmuster, lehnte sich gegen die Spüle und verschränkte die Arme in ihren langen, fließenden Ärmeln. Ihre Hände, an deren Außenrändern ein gelblichschimmernder Streifen zu sehen war, umfaßten ihre Ellbogen.

»Und wie es scheint, hast du mit der Schule aufgehört«, sagte sie.

»Wer behauptet das? Ich habe nicht aufgehört.«

»Aber du bist seit Wochen nicht da gewesen.«

»Na ja«, sagte Evie. Sie fuhr mit dem Finger über den Rand ihres Bechers. Es stimmte; sie konnte sich gar nicht mehr erinnern, wann sie das letzte Mal beim Unterricht gewesen war. »Jedenfalls gehe ich ab nächste Woche wieder jeden Tag hin«, sagte sie.

»Du hast dich auch getrennt, oder?« fragte Clotelia.

»Getrennt?«

»Von deinem Angetrauten.«

»Nein, ich habe mich keineswegs getrennt.«

»Und wo ist er dann bitte?«

»Zu Hause nehme ich an.«

»Wieso ist er nicht hier, um dir beizustehen? Oder warum bist du nicht dort?«

»Das ist eine lange Geschichte«, sagte Evie.

»O ja, das glaube ich gern. Wozu hat man denn einen Ehemann, wenn man sich in solchen Momenten nicht bei ihm anlehnen kann?«

»Clotelia, ich bitte dich«, sagte Evie. »Hör endlich auf, ständig auf mir herumzuhacken. Kannst du mich nicht einfach in Ruhe lassen?«

»Tut mir leid«, sagte Clotelia. Sie öffnete ihre Arme und starrte auf ihre Fingernägel, die bis auf die ausgesparten Halbmonde perlmuttfarben lackiert waren. »Wenn ich schlau gewesen wäre, hätte ich meine Mutter mitgebracht«, sagte sie.

Evie legte ihren Kopf in die Hände.

»Meine Mutter ist nämlich Trösterin bei der Baptistengemeinde. Sie geht zu allen Beerdigungen und tröstet die Trauernden, bis es ihnen wieder bessergeht.«

»Wie macht sie das denn?« fragte Evie mit gedämpfter Stimme.

»Na ja, sie umarmt sie und klopft ihnen auf die Schulter und gibt ihnen Papiertaschentücher. Was sollte sie denn sonst machen?«

Dann wandte ihr Clotelia, die ihrer Mutter kein bißchen ähnlich war, den Rücken zu und spülte den Kakaotopf aus. Evie umfaßte mit beiden Händen ihren Becher, um sich zu wärmen.

16

»Ich war seit Wochen nicht mehr auf dem Land«, sagte Mrs. Harrison. »Nimmt der Winter denn gar kein Ende? Schau sich einer diesen Himmel an. Und die Bäume, keine Spur von Grün. Wenn du willst, mache ich die Heizung an, Evie.«

»Mir ist wirklich ein bißchen kalt«, sagte Evie.

Mrs. Harrison betätigte einen Hebel unter dem Armaturenbrett. Sie fuhr mit einem angespannten Gesichtsausdruck, als frage sie sich ständig, ob sie alles richtig mache. Sie saß kerzengrade; zwischen ihrem Rücken und der Sitzlehne waren fünfzehn Zentimeter Abstand.

Mr. Harrison konnte natürlich nicht mitkommen. Es war ein Schultag. Evie hatte dafür Verständnis, aber Mrs. Harrison schien besorgt zu sein, daß sie es ihm übelnahm. Sie sagte: »Wenn doch Bill nur hätte mitkommen können. Er hätte es gerne gewollt, das mußt du mir glauben. Und natürlich wird er zur Beerdigung kommen. Die Sache geht ihm wirklich sehr nahe. Dein Vater war der erste Lehrer, den wir kennengelernt haben, als Bill die Stelle als Rektor hier antrat. ›Ich bin Sam Decker‹, sagte er – oh, ich weiß es noch wie heute! Er trug seinen ausgebeulten Anzug. Und er war etwas verwirrt, weil er nicht wußte, ob ich ihm die Hand schütteln wollte oder nicht. Und jetzt das. Aber wenn Bill der Schule auch nur eine Minute den Rücken kehren würde, ginge dort alles drunter und drüber. ›Bill‹, habe ich zu ihm gesagt, ›Evie wird das verstehen. Du kommst doch zur Beerdigung, oder?‹ und er sagte: ›Aber Martha, natürlich werde ich kommen, das weißt du doch.‹ Du bist doch nicht gekränkt, oder?«

»Aber nein«, sagte Evie. »Er hat gestern abend schon mehr als genug für mich getan.«

»Aber das war doch nicht der Rede wert«, sagte Mrs. Harrison.

»Nun, es war trotzdem sehr freundlich von ihm.«

Es war, als seien sie am Ende eines Tanzes angelangt und würden jetzt knicksen und höfliche Floskeln murmeln. Aber Evie wußte nicht mehr genau, was man in solchen Situationen sagte. Ihre Stimme klang unsicher, sie suchte nach dem richtigen Ton. Hatte sie genug Dankbarkeit gezeigt? Wurde sonst noch etwas von ihr erwartet? Vor ihrem inneren Auge erschien das Bild einer Reihe von Erwachsenen, die über die Ungeschicktheit von Evie Decker die Köpfe schüttelten.

»Du mußt mir sagen, wo ich abbiegen soll, Liebes. Hier draußen bin ich noch nie gewesen.«

»Da hinten, bei der Tabakscheune«, sagte Evie.

»Habt ihr hier keinen Ärger mit unangenehmen Nachbarn?«

»Ich kenne die Nachbarn gar nicht.«

Mrs. Harrison bog schwungvoll nach rechts ab und fuhr auf die tiefen, vom Frost gehärteten Lehmfurchen. Es klang, als würde der Boden des Wagens herausfallen. Ihre behandschuhten Finger hielten das Lenkrad so fest umklammert, daß die gedehnten Stellen über den Knöcheln glänzten, und sie blickte ängstlich umher, während das Auto von ganz alleine an den kargen Feldern entlangzuholpern schien. Hinter einer Kurve standen zwei dünne Kinder mit struppigen Haaren, die in ihren viel zu großen Kleidern versanken und ein totes Kaninchen an den Hinterläufen hochhielten, um es ihnen zum Kauf anzubieten. »Du meine Güte«, sagte Mrs. Harrison. Eine schmale Furche erschien plötzlich zwischen ihren Augenbrauen, als sie an ihnen vorbeifuhr.

»Weißt du, was ich noch zu Bill gesagt habe«, sagte sie, »›Bill‹, habe ich gesagt, ›wie gut, daß sie verheiratet ist.‹ Anfangs waren wir natürlich anderer Meinung, aber jetzt kann man von Glück sagen, daß du wenigstens nicht ganz allein auf der Welt bist. Du hast einen selbsterwählten Beschützer. Bist du sicher, daß wir auf der richtigen Straße sind?«

»Ja. Unser Haus ist gleich da drüben.«

»Wo?«

»*Da*«, sagte Evie und wies mit dem Kopf auf das Holzhaus. Doch einen Moment lang war sie selber unsicher gewesen. Die Hütte sah heute so anders aus. Der Himmel wölbte sich in tristem Hellgrau über den baumlosen Weiten der ausgedörrten Felder,

und das Haus und der einsame Busch neben der Tür wirkten zwergenhaft klein. Die kahlen Fensterscheiben schimmerten grau. Eine dünne Rauchsäule stieg aus dem rostigen Schornstein auf. Mrs. Harrison fuhr auf das mit Schotter bedeckte Grundstück und hielt zwischen einem Fahrrad ohne Reifen und einer alten Badewanne an. Noch ehe sie den Motor abstellen konnte, sagte Evie: »Sie brauchen nicht mit hereinzukommen, wirklich nicht. Ich komme schon zurecht.«
»Bist du sicher?« fragte Mrs. Harrison.
»Ganz sicher. Haben Sie vielen Dank.«
»Na schön, wir sehen uns dann bei der Beerdigung. Oder schon vorher. Wenn du irgend etwas brauchst, sag uns einfach Bescheid.«
Sie wartete, während Evie ihren Mantel zusammenraffte und nach dem Türgriff fummelte. Dann hob sie eine behandschuhte Hand und schoß, immer noch steif und gerade sitzend, auf die Straße hinaus. Der Wagen zog eine Staubwolke hinter sich her.
Evie stieg die beiden hölzernen Stufen hoch und vermied es dabei, auf die morsche Ecke zu treten. Als sie die Tür öffnete, schlug ihr ein feuchter Geruch entgegen, als wäre der winterliche Himmel durch die Fensterritzen ins Haus eingedrungen. Sie brauchte einen Moment, um zu begreifen, warum drinnen ein solches Durcheinander herrschte; an die Entführung hatte sie gar nicht mehr gedacht. Die Beine eines umgekippten Stuhls versperrten ihr den Weg. Darunter lag faltig zusammengeschoben der schäbige Teppich, der an einigen Stellen fast durchgescheuert war. In einer Ecke des Zimmers lag eine halbfertige Patience auf einem Hocker, daneben ein Berg von Papierflugzeugen, die Drum aus Langeweile gebastelt hatte, fünf leere Bierdosen und ein Aschenbecher, der mit Zigarettenkippen, Kaugummipapier und den Metallverschlüssen der Bierdosen gefüllt war. Ein Traubensaftfleck an der Wand schimmerte durch die weiße Plakatfarbe, mit der sie ihn überstrichen hatte. Das Zimmer sah aus, als sei es schon vor Wochen verlassen worden und wäre seitdem unter einer schmutzigen Staubschicht erstarrt.
»Drum?« rief sie.

Sie hörte etwas aus dem Schlafzimmer, aber es war kein richtiges Geräusch.

»Bist du da, Drum?«

Als sie das Schlafzimmer betrat, saß Drum bereits aufrecht im Bett. Die eine Hälfte seines Gesichts wies Kopfkissenabdrücke auf. Neben ihm lag Fay-Jean Lindsay, in einem orangefarbenen Spitzenunterrock, durch den sie selber vollkommen farblos wirkte. Ihr Gesicht und ihre spitzen Schultern waren leichenblaß; ihr Haar, das auf ihren Rücken fiel, glänzte weißgrau wie Eis. »Oh-oh«, sagte sie und griff nach dem schwarzen Kleid, das zusammengeknüllt am Fußende des Bettes lag. Drum sah völlig entgeistert aus. Er und Evie starrten einander ausdruckslos und mit angehaltenem Atem an.

»Was machst *du* denn hier?« fragte er schließlich.

»Ich wohne hier.«

»Und wo bist du gewesen? Glaubst du etwa, du kannst die ganze Nacht wegbleiben und dann einfach so wieder auftauchen?«

»Ich war bei mir zu Hause. Mein Vater ist gestorben.«

»O mein Gott.« Er schaute hilfesuchend zu Fay-Jean hinüber, aber Fay-Jean war damit beschäftigt, sich zwischen den Laken in ihr schwarzes Kleid zu zwängen. Es waren nur ihre schlaffen, zur Decke erhobenen Arme zu sehen. Als sie den Kopf durch den Halsausschnitt gesteckt hatte, sagte sie: »Nun, entschuldige, daß ich hier bin, aber du warst schließlich nicht da. Machst du mir mal den Reißverschluß zu?«

»Selbstverständlich«, sagte Evie. Jetzt, zu spät, traf sie genau den höflichen Tonfall, der den Erwachsenen gegenüber angebracht gewesen wäre. Sie zog den Reißverschluß zu, während Fay-Jean ihr Haar im Nacken hochhielt; dann wartete sie geduldig, bis Fay-Jean mit ihren langen Zehen ihre hochhackigen Schuhe unter dem Bett hervorgeholt hatte. Drum war inzwischen aufgestanden und schüttelte seine Arbeitshose aus. Er trug vergilbte Unterhosen und ein Unterhemd mit ausgefranstem Kragen und einem Loch auf der Brust. Auf einem Bein hüpfend stieg er in die Hose und spannte wegen der Kälte alle Muskeln an. »Moment mal«, sagte er mehrmals. »Warte doch. Hör zu.« Aber nichts weiter. Evie reichte Fay-Jean ihren Mantel und brachte sie zur Tür. »Wie komme ich hier weg?« fragte Fay-Jean.

»Lauf zum Highway und nimm dort den Bus.«

»Laufen? In diesen Schuhen? Kannst du mich nicht hinfahren?«

»Dazu habe ich keine Zeit«, sagte Evie und machte die Tür zu.

Sie ging in die Küche und setzte Kaffeewasser auf, immer noch im Mantel. Mit dem Mantel kam sie sich energisch und kompetent vor. Während sie darauf wartete, daß die Butter in der Pfanne schmolz, betrat Drum in Arbeitshosen und einem Khakihemd die Küche und stellte sich hinter sie. »Also, ich weiß nicht, was ich sagen soll«, sagte er.

Evie hielt die Pfanne schräg, um die Butter zu verteilen.

»Und wegen deinem Vater. Also, er war ein echt netter Kerl.«

Sie schlug ein Ei an und brach es glatt auseinander.

»Ich weiß nicht, was in mich gefahren ist«, sagte Drum. »Es lag an dieser Entführung. Wie konntest du mir so was antun? Und dann sah es aus, als hättest du beschlossen, nicht wiederzukommen. Oder als hättest du uns völlig vergessen. Wir haben eine Ewigkeit gewartet, mit den drei Mädchen im Geräteschuppen. Violet wollte schließlich, daß wir alle zusammen Lagerfeuerlieder singen. Evie, sag doch etwas. Was denkst du?«

»Ich denke, daß wir endlich Ordnung in unser Leben bringen müssen«, sagte Evie. »Hast du dich hier mal *umgesehen*? Es ist die reinste Bruchbude. Völlig chaotisch. Und ich friere mich zu Tode, weil es so kalt ist.«

»Willst du *darüber* reden? Über den Haushalt?«

»Nicht den Haushalt, sondern die Situation im allgemeinen. Du mußt dich am Riemen reißen, Drum. Ich wollte es dir schon lange sagen: ich erwarte ein Baby. Es kommt in ungefähr sechs Monaten.«

Sie rührte mit schnellen Bewegungen die Eier, ohne ihn anzusehen. Drum sagte nichts. Schließlich atmete sie aus und sagte: »Hast du gehört, was ich gesagt habe?«

»Ja.«

»Das scheint mir aber nicht so.«

»Ich bin nur überrascht, das ist alles«, sagte Drum. »Warum hast du es mir nicht früher erzählt?«

»Ich habe auf den richtigen Moment gewartet.«

»Ist jetzt etwa der richtige Moment?«

Dann schaute sie ihn doch an, aber sie erriet nicht, was er dachte. Er lehnte mit gekreuzten Stiefeln an der Wand, den Blick auf die schäumende Eimasse geheftet, so daß sie nur die geraden, dunklen Linien seiner Wimpern sehen konnte. »Egal, ob es der richtige Moment ist oder nicht«, sagte sie nach einer Weile, »wir müssen etwas unternehmen. Mein Vater hat mir sein Haus hinterlassen. Wir können heute nachmittag einziehen. Von vorne anfangen. Unser Leben in den Griff kriegen.«

»Du meinst, dort *wohnen*? In seinem Haus wohnen?«

»Es ist jetzt unser Haus.«

»Es ist *dein* Haus.«

»Das ist doch dasselbe.«

»Mir gefällt es hier«, sagte Drum.

»Hier können wir nicht bleiben, Drum.«

»Und warum nicht?«

»Weil es nicht geht.«

»*Dort* kann ich aber nicht hinziehen«, sagte Drum.

»Wie meinst du das?«

»Wie ich es gesagt habe. Ich kann es nicht.«

Er setzte sich an den Küchentisch und legte die Hände an die Schläfen, als hätte er Kopfschmerzen. Evie starrte ihn an, aber er sagte nichts mehr. Er verschränkte die Arme, schob sie auf die Tischplatte und wartete. Sie schenkte ihm Kaffee ein, stellte seine Eier vor ihn hin und brachte ihm eine Gabel. Dann sagte sie: »Na schön, dann ziehe ich alleine dorthin.«

»Du meinst, du willst mich verlassen?«

»Wenn es sein muß.«

»Es muß nicht sein«, sagte Drum. »Evie, ich verstehe nicht, warum du auf einmal solche Sachen sagst. Wegen Fay-Jean? Fay-Jean bedeutet mir gar nichts. Ehrenwort. Wie kann ich dich davon nur überzeugen?«

»Fay-Jean. Daß ich nicht lache«, sagte Evie. »Ich verlange nur, daß du dich zusammenreißt und mit mir in ein anständiges Haus ziehst. Wenn du dich weigerst, dann bist *du* derjenige, der *mich* verläßt. Du hast die Wahl.«

»Das ist doch keine Wahl«, sagte Drum. »Evie, ich würde fast alles für dich tun, aber das nicht. Ich kann kein geordnetes Leben führen, so wie du es dir vorstellst. Dir hat es hier bisher doch auch gefallen. Warum bleibst du nicht bei mir, bis meine Pechsträhne vorbei ist?«

Er legte eine Hand auf ihren Arm. Über sein Handgelenk lief ein wunder, roter Streifen. Evie hatte das Gefühl, als würde er etwas aus ihr herausziehen, eine metallene Gitarrensaite, aber sie blieb so aufrecht und steif stehen wie ein Stapel Karteikarten aus der Bücherei.

»Ich muß an das Baby denken«, sagte sie.

»Ich verstehe nicht, warum sich deshalb etwas ändern sollte.«

»Ich weiß, daß du es nicht verstehst. Deshalb gehe ich ja.«

»Können wir nicht in Ruhe darüber reden?«

Aber sie hatte ihm bereits den Rücken zugedreht und war auf dem Weg ins Schlafzimmer. Dort nahm sie einen Koffer und legte ihn offen auf das Bett. Dann faltete sie die Blusen aus dem Kleiderschrank zusammen. Diese Szene hatte sie unzählige Male im Kino und im Fernsehen gesehen – sie wußte, wie man das machte. Ehefrauen hatten ihre Blusen säuberlich in Köfferchen gepackt, noch einmal darauf geklopft und waren dann auf klackenden Absätzen zum Schrank gegangen und hatten einen Armvoll Kleider mitsamt den Bügeln herausgenommen. Sie konnte gar nichts falsch machen. Die Schauspielerinnen hatten ihr jede Bewegung vorexerziert, bis hin zum Ausstopfen der leeren Kofferecken mit aufgerollten Strümpfen und dem nachdenklichen Blick in den leeren Kleiderschrank.

Drum war ihr Publikum. Er lehnte betreten am Türrahmen und vergrub die Hände in den Hosentsachen. »Meinst du nicht, daß du die Sache ein bißchen überstürzt?« fragte er.

»Was?« sagte Evie und starrte auf ihre Hände hinunter, in denen sie ein paar Schals und Stirnbänder hielt.

»Man zieht nicht einfach so aus. Man denkt zuerst in Ruhe darüber nach. Man redet darüber. Wie willst du zum Beispiel das Baby ganz alleine durchbringen?«

»Ich werde schon zurechtkommen.«

»Ja, klar«, sagte Drum. »*Das* scheint mir auch so.« Er hob eine Haarspange vom Boden auf, drehte sie zwischen den Fingern hin und her und betrachtete sie. Dann sagte er: »Und wie willst du fremden Leuten erklären, warum du ›Casey‹ auf der Stirn stehen hast?«

»Ich werde sagen, das sei mein Name«, sagte Evie. Sie rollte gerade einen Gürtel auf und hielt mitten in der Bewegung inne. »Es *ist* ja auch mein Name.«

Drum starrte mit finsterem Blick die Haarspange an. »Erst das ganze Theater mit dem Einritzen und dem Blut und der Polizei und dem Krankenhaus«, sagte er, »und jetzt willst du behaupten, du hättest es bloß zum Zweck der *Identifizierung* getan?«

Er warf die Spange in den offenen Koffer. Evie zerrte eine Reisetasche unter dem Bett hervor und stopfte sie mit Unterwäsche und Fläschchen aus dem Arzneischrank voll. Als sie im Badezimmer war, eine Tube Zahnpasta in der Hand hielt und ihr besudeltes Gesicht im Spiegel betrachtete, sagte sie: »*Ich* habe es gar nicht getan.«

»Was?«

»Ich habe mir nicht die Stirn zerschnitten. Es war jemand anders.«

»Wie meinst du das?« fragte Drum.

»Du warst doch dabei. Du weißt, wie es sich abgespielt hat. Du hast toll gesungen, und ein paar Fans haben dir etwas zugerufen, und viele Leute haben getanzt. Als ich auf die Toilette ging, kam es irgendwie zu einem Streit, ich weiß nicht mehr genau, wieso. Zwischen mir und einer Rothaarigen und deren Freundin. Sie wurde wütend. Sie sagte ihrer Freundin, sie solle mich festhalten, und dann ritzte sie deinen Namen in mein Gesicht. ›Hoffentlich bist du jetzt zufrieden‹, sagte sie. *So* war das.«

»Das ist mir alles zu chaotisch«, sagte Drum.

»Habe ich es dir nicht gesagt?«

Sie zog den Reißverschluß der Reisetasche zu. Es gab noch andere Sachen im Haus, die ihr gehörten, Bücher und Platten und Kleidungsstücke, aber sie wollte so schnell wie möglich weg. Im Film dauerte das Packen nie so lange. Sie griff nach dem Koffer, aber Drum trat davor, um ihn ihr aus der Hand zu nehmen. »Geh nicht, Evie«, sagte er.

Das wurde im Film auch gesagt. Die Szene endete dann jedesmal damit, daß er es sich anders überlegte und sagte, er würde ihr überall hin folgen, aber was verstand Drum schon von solchen Dingen? »Dann komm doch mit«, sagte sie, und alles was Drum antwortete war: »Nein, ich kann nicht.«

Er hatte noch nie, nicht ein einziges Mal, das getan, was sie von ihm erwartet hatte.

Er trug den Koffer, sie trug die Reisetasche. Sie gingen durch die Kälte zum Auto. »Die Schlüssel«, sagte Drum, und sie reichte sie ihm. Er schloß den Kofferraum auf und stellte das Gepäck hinein. Er ließ sie also gehen. Sie setzte sich auf den Fahrersitz und wartete, bis er den Kofferraumdeckel zugeschlagen hatte. »Vielleicht –« sagte er, nachdem er um den Wagen herum an ihr Fenster gekommen war.

Sie kurbelte die Scheibe herunter. »Was?«

»Ich sagte, vielleicht wirst du es dir irgendwann anders überlegen und zurückkommen. Was meinst du?«

»Ich stehe immer zu meinen Entscheidungen«, sagte Evie.

Er gab ihr die Schlüssel. Er sagte nicht einmal auf Wiedersehen; er legte nur die Schlüssel in ihre Hand, und sie spürte einen Hauch seiner kühlen, glatten, nach Ringelblumen riechenden Haut und ein stechendes Gefühl in ihrem Innern, das noch nachwirkte, als sie schon längst auf dem Highway in Richtung Stadt fuhr.

Am Samstag abend spielten Joseph Ballew und Drumstrings Casey im Unicorn auf der hölzernen Tanzbühne Rockmusik, genau wie immer. Joseph Ballew sang zwei neue Songs, Drumstrings Casey sang seine alten Songs und unterbrach hin und wieder sein Gitarrenspiel für seine Zwischenrede.

»*Wo ist die Wendeltreppe?*« fragte er.

Und dann: »*Aber die Buchstaben waren falschrum eingeritzt.*«
»*Kannst du mir das erklären?*«

Das Publikum nickte zu allem, was er sagte. Der einzige Mensch, der ihm eine Antwort hätte geben können, war nicht anwesend.